方本幼 《小渡无人》

方本幼

　　字鹤来，浙江绍兴人。天池艺术研究院院长、教授，浙江省美术家协会会员，文化部中国画创作研究院研究员、副秘书长，首都企业家俱乐部诗书画院顾问，中国旅游文化画院理事，东方日出艺术公司签约画家，钱君陶艺术研究院研究员、高级画师，中国田园画会副秘书长，绍兴画院副院长。作品多次入选国内外美展并获奖。

方本幼　《山水人家》

路健群 《野风》

路健群

　　1960 年生，祖籍山东，现居绍兴。现为浙江省美术家协会理事、绍兴市美术家协会副主席、绍兴市美术家协会秘书长，作品多次入选国家、省市美展并获奖。

路健群 《在采风途中》

笔名一健，1965 年生，浙江绍兴人。中国书法家协会会员、绍兴市书法家协会副秘书长、《绍兴书法作品集》副主编、《越地文化》丛书副主编。作品多次参加全国和浙江省书法展览，曾应邀赴日举办书法展及书艺交流。在《中国书法》、《书法》等国家级刊物上多次发表作品，出版物有《治篆修道·范建华书法篆刻选》。

范建华

范建华 书法作品

范建华　书法作品

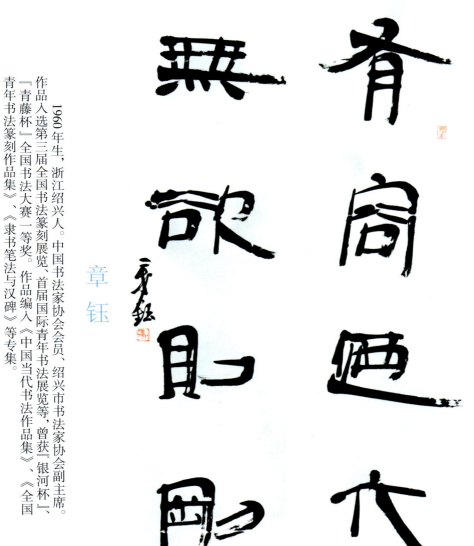

章 钰

1960年生，浙江绍兴人。中国书法家协会会员、绍兴市书法家协会副主席。作品入选第三届全国书法篆刻展览、首届国际青年书法展览等，曾获『银河杯』、『青藤杯』全国书法大赛一等奖。作品编入《中国当代书法作品集》、《全国青年书法篆刻作品集》、《隶书笔法与汉碑》等专集。

章钰 书法作品

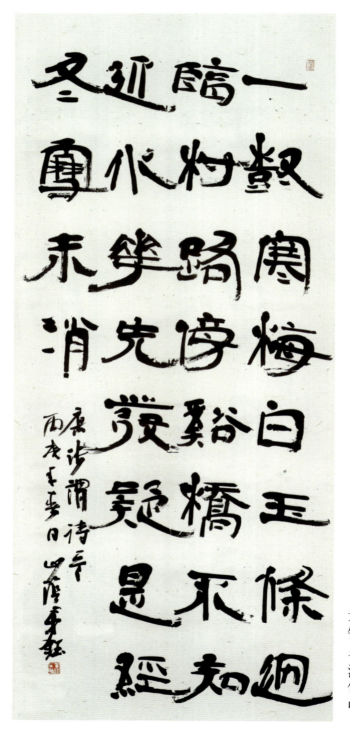

章钰 书法作品

吴越风流丛书 苏锡篇

太湖膊木深

易乾 著

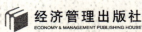
经济管理出版社
ECONOMY & MANAGEMENT PUBLISHING HOUSE

图书在版编目(CIP)数据

太湖草木深/易乾著 .—北京:经济管理出版社,
2011.7

(吴越风流)

ISBN 978—7—5096—1554—6

Ⅰ.①太… Ⅱ.①易… Ⅲ.①散文集—中国—当代 Ⅳ.①I267

中国版本图书馆 CIP 数据核字(2011)第 150808 号

出版发行:经济管理出版社

北京市海淀区北蜂窝 8 号中雅大厦 11 层

电话:(010)51915602 邮编:100038

印刷:三河市海波印务有限公司 经销:新华书店

组稿编辑:郝光明 责任编辑:张 达

责任印制:杨国强 责任校对:曹 平

720mm×1000mm/16 12.75 印张 183 千字

2011 年 9 月第 1 版 2011 年 9 月第 1 次印刷

定价:36.00 元

书号:ISBN 978—7—5096—1554—6

自　序

　　照惯例，序言需请名家来写。名家倘肯赏脸写序，彼能笔下生花，余则脸上有光。然而思忖再三，还是决定由自己动手做这道菜了。并非孤而自恃、目中无人，而是觉得最了解书之内容的莫过于作者，能诠释文之情感的应当是自己。

　　这套"吴越风流"丛书，顾名思义，其内容自然是论吴谈越，说浙道苏，也涉及十里洋场上海滩。简言之，是写长江三角洲的。这套书讲的是吴越文化，江南佳话，湖山美女，苏浙先哲。

　　坦白说，我和易乾兄写这套书的动机并不纯粹。动机之一，我是绍兴人，在绍兴、杭州度过了青少年时代；易乾兄是无锡人，把一生的留影几乎都放进了无锡、苏州的相册。我们两人又曾不断地客居或旅次于江南诸地，吴越文化、江南胜景，在心中留下了挥之不去、抹之仍留的难忘印象。文人怀古，老人忆旧，仿佛成了一种人生的必然，对我们来说，昔日熟谙的名城旧事，经常跃入脑海，时而进入梦乡，乃是不言而喻的事。这种心情颇有点儿像白居易暮年的《忆江南》所言："江南好，风景旧曾谙。日出江花红胜火，春来江水绿如蓝。能不忆江南！"动笔写这套书的动机之一，就是了却自己的乡思。

　　动机之二，也许比较冠冕堂皇。我和易乾兄一直认为，经济上堪称全国首富、文化底蕴又十分深厚的长江三角洲经济区，迫切需要一套较系统和全面地宣扬、描述本地区历史文化的作品。再者，辉煌悠久的吴越文化是江南文化的主线，应当让海峡两岸同胞和海外华人多多了解，以期对激发爱国主义热情有所裨益；也希望通过弘扬吴越文化，联络和团结旅次于家乡内外的吴越乡贤，联手演绎并创造更靓丽的后吴越文化。

　　古老的吴越文化，一个永不枯竭、情趣无穷的话题，在演绎数千年、翻新几百遍之后，在一些人看来，似乎已经变成了平淡无味的老生常谈。对此，我和易乾兄却并不以为然，带着一种不甘心、不服输的"赌徒"心态决定另辟蹊径。故而我们写了这套以古代历史人物为主体，融情、景、史、诗为一体的历史散文作品，希冀以一种新的思路和文笔，给吴越文化带来一股新风。

　　由《月是西湖明》、《小城故事多》、《日出东南隅》、《太湖草木深》、《漫溯秦淮梦》、《诗满绿杨城》六部书组成的"吴越风流"丛书，以浙江省的杭州、绍兴、宁波、嘉兴、湖州、温州，江苏省的苏州、无锡、南京、扬州、镇江以及上海市等十余座城市的文化历史为背景，描述了众多吴越先贤的人生遭遇和盖世才情，并对中国传统文化进行了多层次的探讨和评估。书中还荟萃了古今诗人挥洒在江浙沪山川的大量优秀诗词，与瑰丽多彩的吴越风情交相辉映，让你有机会尽情地欣赏五彩缤纷的江南风情，并有缘与自己仰慕已久的古代名士邂逅相逢。

　　上有天堂，下有苏杭。"吴越风流"丛书为你展示了桃花源的仙境、迪斯尼的世界。这里有"水光潋滟晴方好，山色空蒙雨亦奇"的神奇，"山阴道上行，如在镜中游"的绝胜，"江雨霏霏江草齐，六朝如梦鸟空啼"的苍莽，"水天向晚碧沉沉"、"夜半钟声到客船"的幽深以及"二十四桥明月夜，玉人何处教吹箫"的梦幻。

　　"人人尽说江南好，游人只合江南老"——"吴越风流"丛书将如诗如画的湖光山色呈现在你眼前。在"千里莺啼绿映红"的江南之春，与之一起感受"柳暗花明又一村"，足以让你如痴如醉，乐而忘返。

　　"王师北定中原日，家祭无忘告乃翁"——"吴越风流"丛书又将如歌如泣的先贤悲欢在你耳边倾诉。在"乌衣巷口夕阳斜"的余晖中，聆听那一曲曲"忧忡为国痛断肠"的歌吟，也必将让你悲愤填膺，泣下沾襟。

谢善骁

2011 年 3 月于北京人济山庄

忆 江 南 （代前言）

谢善骁

江南是春天的梦
思念是绿色的风
悄悄地潜入梦乡
去寻觅孩提的影踪

孩提的影踪在河边
童年的欢乐是小河
小河是从前的诗
流水是古城的歌

捕捉蜻蜓的白昼
墙影映照着蓝天
追逐流萤的夜晚
繁星漂泊在水面

河岸上的黑漆台门
衰老了，依然岸然道貌
河面上匍匐的石桥
忠诚地承载着爱与辛劳

编织市廛的青绿河水

融入我周身的血流

沿河蜿蜒的石板小道

铺在我深深的脑沟

逝去的岁月是缓缓流水

停滞的记忆是悠悠小船

那河底珍存的档案

记录了童年的天真

2

流水和小桥梦牵魂绕

最难忘的是家乡父老

浮在酒气中的旧毡帽

古朴得像失修的城堡

人面桃花簇拥着春天

妩媚是枕河人家的姑娘

梅兰竹菊剪裁着冰霜

清高是吴越文人的幽香

点燃骚人墨客的灵感

是浣纱女的热烈槌敲

遍布街巷的名人足迹

留下的是迷茫也是思考……

江南是秋天的画

思念是白云飘飘

悄悄地飞舞蓝天

去寻找童年的欢笑

目　录

太湖草木深

——我说苏锡

一

一泓湖水，包孕着烟波浩渺的七十二峰，伫立湖畔极目远眺，碧波无垠，山影朦胧，缕缕雾霭飘弋湖面，阵阵烟雾萦绕着远近群峰，点点风帆，翩翩水鸥。身后是平畴绿野，烟村花树，小桥流水，枕河人家。

一千二百多年前，唐代杭州刺史白居易从西子湖畔来到太湖之滨。他泛舟湖上，流连忘返，这位享誉千年的大诗人留下了《宿湖中》一诗：

> 水天向晚碧沉沉，树影霞光重叠深。
>
> 浸月冷波千顷练，苍霜新橘万株金。
>
> 幸无案牍何妨醉，纵有笙歌不废吟。
>
> 十只画船何处宿？洞庭山脚太湖心。

这首诗涵括了太湖的灵秀、丰饶和得天独厚的文化底蕴。太湖水哺育了膏腴肥沃、旱涝保收的江南农田，铸就了一群经济活跃、文化繁荣的名城名镇。太湖钟灵毓秀，是造化的得意之作！

太湖草木深，苏锡财富多。

商代末年，泰伯在梅里建立句吴都城，二千五百年前吴王阖闾筑造了

"姑苏大城"。到了战国后期，秦将王翦驻军锡山，发现古碑，上刻："有锡兵，天下争；无锡宁，天下清"，从此有了无锡这个地名。在汉代，吴县和无锡都属会稽郡。

吴中地区向称"鱼米之乡"，先辈们胼手胝足在太湖和江海间辟田开河。法国资产阶级启蒙学者孟德斯鸠描绘古代的江南说："无法形容的丰饶，使欧洲人获得了这个辽阔的国度幸福繁荣的观念。"早在唐代以前，苏锡一带已是重要的水稻生产基地。唐代大诗人杜甫诗云："云帆转辽海，粳稻来东吴"；日本引进江南稻种和耕作技术，是在弥生时代，正值中国秦汉之交。斜风细雨，千里稻浪；丰衣足食，物阜民康。锦绣江南的根基是深深根植于黑色土壤中的吴稻吴米。

在漫长的农业社会里，苏锡常和杭嘉湖被称为"天下粮仓"。唐、宋时期，无锡农业生产从"火耕水耨"的轮荒耕作发展为耕、耙、耖配套的耕作技术，形成稻麦两熟制，太湖周围卑湿之地改造成河渠纵横、湖塘棋布、排灌结合的水网系统；明清两代更是将"江南漕粮"看作王朝帝国统治的"命根子"。宋熙宁七年（1074 年），天下大旱，饿殍遍野，苏轼途经无锡，见到的却是另一番景象，他写下了《无锡道中赋水车》：

> 翻翻联联衔尾鸦，荦荦确确蜕骨蛇。
>
> 分畴翠浪走云阵，刺水绿针抽稻芽。
>
> 洞庭五月欲飞沙，鼍鸣窟中如打衙。
>
> 天公不见老翁泣，唤取阿香推雷车。

这年干旱古所罕见，湖心岛屿飞沙，扬子鳄在穴中鸣吼，宛若衙门前的击鼓声，但首尾相衔的龙骨水车，昼夜不停地飞转，稻秧新绿，田禾苗壮，老天爷看不得老农民流眼泪，连忙命令雷公雨师行云布雨。东坡的诗，从一个侧面写出了江南农业和江南农民——引以自豪的江南土地和令后人崇敬的太湖祖先。

自隋唐以后，苏锡一带一直是曹雪芹在《红楼梦》中所说的"红尘中一二等风流富贵之地"。苏州从北宋起，就成为中国的丝绸生产和贸易中心。宋元时期"风物雄丽为东南冠"的苏州，给曾经漫游于此的威尼斯商人马可·波罗留下了深刻印象，在他的著述《马可·波罗游记》中有这么一段描述："苏州城市漂亮得惊人，方圆有三十二公里。居民生产大量生丝制成的绸缎，而且还行销其他市场。他们之中，有些已成为富商大贾。"明清时期的苏州，"金阊之列肆，锦绣成堆"，"织作在东城，比户习织，专其业者不啻万家"。号称"日出万绸，衣被天下"的丝绸之府苏州，每年都要对外输出缎、绸、绫、绢、纱等大量丝织物，从而使苏州也成为"海上丝绸之路"的起点。

苏锡的远海航运从很早就开始了。春秋吴国，已经有了渡海作战的戈船、旗船；到了三国，吴主孙权建造青龙战舰远至夷洲（台湾），开拓航海事业。历代政府在太仓浏河设立舶司，办理与日本、朝鲜和南洋、阿拉伯诸国通商事宜。唐代高僧鉴真大师东渡五次失败，第六次从黄泗浦（今苏州所属的张家港市）起航，终于一帆风顺抵达日本奈良。明代三保太监郑和下西洋，他率领的船队也从苏州刘家河（浏河镇）出发，经闽、粤至东南亚、阿拉伯和东非各国。

万商云集的无锡，是历史上粮食、布纱、蚕丝、银钱的四大码头。从隋唐开始，无锡就是著名的稻米集散地，除了因为是主要产米区外，更由于京杭大运河开通后，它位处太湖、南运河和长江水运的联结点，周围地区的漕粮也都在此集中北运，无锡很自然地成了江南官粮漕运的重要码头。元代"置仓无锡州，以便海漕（海上漕运）"；明代一半税赋取之于江南，无锡河道中"商旅往返，船乘不绝"，城中金银、彩帛、烟酒、油酱、食米等作坊错杂开设，市场繁荣。

明清时期的无锡更成为富庶江南的一块风水宝地，有"布码头"之称的无锡，与汉口的"船码头"、镇江的"钱码头"，并称为长江"三码头"。无锡粮商，以诚信蜚声朝野。从清雍正年间起，清廷指定江浙两省漕粮在无锡购运。到了清末，全城上规模的粮行就有三百余家，成为全国"四大米市"之一，同时也带动了仓储、碾米、面粉加工和酒肆、茶楼、旅馆等行业的繁荣。在粮行集中的北塘，灯红酒绿，笙歌达旦，俨然是座不夜城。

栽桑养蚕是苏锡乡村的传统副业。无锡丝市的每年营业额达数十万两白银，丝商将土丝经过整理远销外地，形成其他城市不多见的丝茧市场。而流通的活跃又促使金融发展。明代末叶无锡就有了"钱肆"、"钱铺"，使无锡成为"银钱码头"。19世纪欧风东渐，苏锡一带是最早感受到这股清新气息的地区之一，兼收并蓄的古老文明和活泼开朗的文化氛围，在这里造就了经世致用的近代"实学"，苏锡以后又成了中国民族工业的发祥地之一。

这两座江南名城开内地风气之先，在商品经济迅速发展和激烈竞争中，资本主义萌芽首先在纺织、缫丝、制粉、碾米、榨油等行业中破土而出。鸦片战争以后，作为商品经济发展产物的纱缎庄（俗称"账房"），逐渐成为丝织业中普遍采用的经营方式。这种商业资本渗入丝绸生产领域的方式，成为资本主义萌芽的一种典型形态。

在历经两千多年火与血的洗礼、风和雨的磨砺之后，苏州和无锡两座古城脱胎换骨，重振雄风，一跃成为江南工商业重镇，并率先以丝织业为龙头突破了中国封建社会的冻土，为推动中国社会的进步做出了新的贡献。

二

太湖草木深，苏锡名士多。

古往今来，多少诗人雅士在这三万六千顷的浩瀚湖面上，不知泼洒了多少华美绝伦、空灵剔透的笔墨。今生前世，苏州和无锡这两颗托在太湖母亲手掌上的璀璨明珠，不知养育了多少为中华文明书写辉煌、增光添彩的英杰。

风土清嘉，人才辈出，唐代著名诗人刘禹锡有一句精辟的概括：

梁氏夫妻为寄客，

陆家兄弟是州民。

"梁氏夫妻"指东汉高士梁鸿、孟光，他们寄居无锡鸣山，终此一生；

"陆家兄弟"是陆机、陆云，他们是西晋重要作家，一代文宗。我十分感佩刘禹锡的敏锐和凝炼，短短两句话，就锤炼出苏锡是一块"出人才，留人才"的"风水宝地"。

确实如此，在苏锡这块人文宝地，除了泰伯、仲雍、寿梦、季札、言偃等开发江南的先贤外，另外有西汉严忌、严助；西晋张翰、陆机、陆云；刘宋陆探微；萧梁张僧繇；唐代张旭、陆龟蒙；两宋范仲淹、范成大；明代名相王鏊，著名书画家沈石田、唐寅、文徵明、九十洲、祝枝山、董其昌，建筑学家计成，大思想家顾炎武；清代政治家翁同龢等。

宋代的苏州两范——范仲淹和同族后辈范成大，是两位蜚声政坛的优秀文学家。范仲淹在家乡修水利、建府学并首创范氏义庄，身体力行地实践了他"先忧后乐"的人生哲学。田园诗人范成大在告老还乡、卜居苏州石湖后，寄情于诗，写下六十首清新优美的《田园四时杂诗》。他的四季田园杂诗具有浓厚的生活气息，琅琅成诵，其中脍炙人口的一首是：

> 昼出耘田夜绩麻，村庄儿女各当家。
>
> 童孙未解供耕织，也傍桑阴学种瓜。

（《夏日田园杂兴》之一）

吴中把最辉煌的一页写进了明史和清史，在这两个朝代中，"科第冠海内"，状元、进士、文人、名家林立迢递，屈指难数，仿佛应验了唐代诗人韦应物在《郡斋雨中与诸文士燕集》一诗中所盛赞和预言的话：

> 吴中盛文史，群彦今汪洋。
>
> 方知大藩地，岂曰财赋强。

唐宋的诗文之流融入水城，激发后浪，到了明清时期，包括姑苏才子唐寅（伯虎），诗坛俊彦高启、通俗文学巨匠冯梦龙、杰出的文学批评家金圣叹、现实主义剧作家李玉、思想家和诗人顾炎武在内的一大群名士大笔如椽，用他们的诗文、小说和剧作，在古城建筑了一座座绚丽多姿的精神大厦。冯梦龙及其"三言"古今小说的出现，造成了短篇白话小说的繁荣局面。通俗文学在苏州首先兴起，直接影响和促进了说唱文学的产生。以李玉为代表的剧作家，又适逢其时地向时代献上了一批适合于演出的戏

5

剧作品，使古老的昆曲以及苏州评弹等地方戏曲应运而生。

与文徵明、祝枝山、徐祯卿并称"吴中四才子"的诗人唐伯虎，同时又是优秀的画家和书法家，他与沈周、文徵明和仇寅一起组成了"吴门四家"。吴门书画曾经独步中国画坛，擅雄书法界，不仅明亮地显示了姑苏文化之光，而且也成为一朵艳丽的华夏文明之花。唐伯虎是民间家喻户晓的人物，他的一段"三笑姻缘"或"唐伯虎点秋香"的风流韵事，纯属子虚乌有，但却流传甚广。在唐伯虎的一生中，有的只是令人悲愤的辛苦遭逢。仕途蹭蹬和家事挫折，促使他坚定地摆脱了功名利禄的羁绊，筑室桃花坞醉心画艺，使自己的诗、书、画迅速达到艺术顶峰，被称为"唐寅三绝"。唐伯虎墓在苏州胥门外唐家祖茔，清人方引谐在凭吊后写下一诗《吊唐寅墓》，赞曰：

> 先生胸次海天宽，只爱桃花不爱官。
>
> 荒土一抔魂魄在，满溪红雨落春寒。

明末清初的苏州出了个金圣叹，搅乱了中国文坛的一潭死水，为吴门增色不少，但也招来了颇多是非。不过无论是赞许他还是反对他的人，都不得不承认金圣叹是个才子。金圣叹的文章词赋流传海内，影响深远，但他却并不热心科举功名，而是热衷于对历代小说、戏曲、诗词、历史、哲学的"评点"。离经叛道的学术思想，使金圣叹在生前不断受到"倒金"的围攻，甚至在他惨遭清王朝斩首后，咒骂声仍不绝于耳。

近代和现代的苏州，又有爱国诗人和文学革命团体南社领袖柳亚子，作家、教育家和出版家叶圣陶等人承前启后，诗文相继，使悠长的苏州诗流得以绵延不绝地流淌。

在无锡，则有唐代诗人、名相李绅，宋代抗金名相李纲，晋代名将周处，明代卢象升、东林党领袖顾宪成与高攀龙，清末思想家、外交家薛福成等。在我国古代大画家中，三位无锡人名列前茅，他们是顾恺之、倪瓒、王绂；还有地理学家徐霞客、历史地理学家顾祖禹等留名桑梓。近代以来，无锡又出现了我国最早的自然科学大师徐寿、徐建寅、华蘅芳，"面粉大王"、"棉纱大王"荣宗敬、荣德生兄弟。

吴中，这是一方"大藩之地"！它不仅向国家提供财赋，更为社会输送人才。然而，从这张长长的名单来看，其中多数人不是以科举起家的高官显宦，吴中远离京师，多数精英无缘蒙受皇家雨露和豪门恩泽，他们往往抛弃读书做官这"千古华山一条路"，从榛莽丛中另辟蹊径，以多元化成才渠道而名扬天下、流芳后世。谁也说不清张旭、陆龟蒙、倪瓒、沈石田、唐寅、徐霞客、王韬等是什么学历，但他们的成就却是远泽后代，功垂千秋。

诗画之乡的苏锡山温水柔、吴侬软语，吴人总给人以稍显柔懦文弱、略逊英武阳刚的印象。其实不然，阖闾时代的古吴之地本来是一个剑乡、一个"蛮邦"。吴王阖闾统率十万貔貅，成了春秋最后一代霸主；楚霸王项羽在苏州发兵反抗暴秦，他带领的"八千江东子弟"绝大多数是苏锡常一带人氏；明代无锡县令王其勤日夜守城击溃倭寇；东林党人坚持节操以身殉道；明末宜兴籍名将卢象升马革裹尸战死疆场；典史阎应元和江阴百姓抗击清兵、誓死守城八十个日日夜夜……这些都证明了南人在"最后关头"的强悍之气，这也许就是"柔中寓刚"。

值得一赞的是明代苏州市民两次震惊朝廷的抗暴行动，先是织工葛成带领失业工人怒逐税监，事后毅然投案，刑满十二年释放后，他自愿为五义士守墓。五义士是五位苏州庶民，他们挺身而出为保护东林党人而怒杀朝官的壮举，演绎为千古不朽的五人墓，在苏州留下了一曲颂歌。五人墓与当年成就了公子光（阖闾）霸业的刺客专诸、要离二冢相距不远，因此清诗人蒋士铨在《五人墓》诗中叹道：

> 断头犹能作鬼雄，精灵白日走悲风。
>
> 要离碧血专诸骨，义士相望恨略同。

三

太湖草木深，苏锡诗文多。

一代代的江南人，用心血和汗水编织了锦绣江南，在描龙绣凤般的精

7

耕细作中，在殷实富裕的深厚土层里，不断绽放出一朵朵举世瞩目的文化奇葩。

苏州和无锡，秀丽典雅，魅力无穷。千年古刹，万佛古塔，小河古桥，园林古木，古老苏州的风情物貌，拨动了无数诗人词客的心弦。一千二百多年前的一天，唐进士张继客游江南，乘舟来到苏州，夜泊城外枫桥。距苏州阊门西七里远的枫桥镇，原名封桥，早年只有一条百米长的青石板小街，唯一的小茶馆里兼备评弹。北街口紧靠古运河处耸立着铁岭关，厚墙高堞，城门巍然，长亭古道，衰草连天。镇南河上横跨着半圆形的石拱桥，桥堍不远就是寒山寺。

小镇宁静，古刹肃穆，绵长而悠远的夜半钟声从幽深的寒山寺悠扬传来，敲醒了静谧的水乡之夜，仿佛一位在每个夜晚都准时来到枫桥的历史老人，站在桥上吟咏着姑苏史诗。缓慢而深沉的声调，声声拨动着张继的心弦，叩打着他的灵感，于是一首传诵千古的苏州标志之作《枫桥夜泊》就这样瓜熟蒂落了：

月落乌啼霜满天，江枫渔火对愁眠。

姑苏城外寒山寺，夜半钟声到客船。

在张继之后，许多大诗人为寻梦枫桥接踵而至，其中就有唐代的韦应物、杜牧，宋代的岳飞、陆游、范成大，明代的高启、唐伯虎、文徵明，清代的王士禛、康有为、俞樾等。这些名气均在张继之上的名士，或以诗抒情寒山钟，或以画写意枫桥夜，无不留下自己的墨迹。明诗人高启的《泊枫桥》，堪称其中的一首代表之作：

画桥三百映江城，诗里枫桥独出名。

几度经过忆张继，乌啼月落又钟声。

然而《枫桥夜泊》毕竟只是一曲过路之作，张继未能长住于苏州，真正在苏州任职而或长或短地居住过一段时间的是三位"诗太守"，他们是唐代诗人韦应物、白居易和刘禹锡。有这三位优秀诗人先后任苏州刺史，是诗人难忘的一段经历，更是古城珍贵的一段城史。他们在苏州留下了政绩，也留下了诗作，尤其是那位韦应物还把自身也留下了，据说任满以后，他带着两袖清风，寄迹于苏州郊区的永定寺，度过了凄凉的晚年。在他们的吟苏诗文中，有一首是白居易作的《正月三日闲行》：

> 黄鹂巷口莺欢啼，乌鹊河头冰欲销。
>
> 绿浪东西南北水，红栏三百九十桥。
>
> 鸳鸯荡漾双双翅，杨柳交加万万条。
>
> 借问东风来早晚，只从前日到今朝。

苏州民众将三位造福百姓和廉政为官的诗太守称为"循吏"，并为他们建了三贤堂，岁岁祭祀，代代纪念。

苏州人引以为荣的不仅有唐代张继的钟，还有南宋姜夔的箫。宋绍熙年间，姜夔携范成大赠妓小红，于除夕由石湖范家乘船归浙，轻舟路过吴江的垂虹桥，佳人低唱咏梅曲，诗人则以箫伴和。于是，一首唤起后人无限向往的《过垂虹》诗，就此悠悠流淌在垂虹桥下：

> 自作新词韵最娇，小红低唱我吹箫。
>
> 曲终过尽松陵路，回首烟波十四桥。

太湖之滨的无锡，是名副其实的万顷碧波佳绝处。湖山真意，太湖是天地造物之灵；亭榭入画，无锡有人工点缀之美。古往今来的很多诗文书画凝聚了历来文人墨客对无锡山水的依恋和寄情。唐代无锡诗人李绅在《却望无锡芙蓉湖》（五首之一）中写道：

> 水宽山远烟岚迥，柳岸萦回在碧流。
>
> 清昼不风凫雁少，却疑初梦镜湖秋。

早年寓居苏州的唐诗人张祜，以《宫词二首》、《题金陵渡》、《题润州金山寺》等诗而得"海内名士"之誉。他在往来于苏州、扬州、无锡、杭州等地之际，模山范水，题咏名寺，在无锡西郊的千年古刹惠山寺写下《题惠山寺》一诗：

> 旧宅人何在，空门客自过。
>
> 泉声到池尽，山色上楼多。
>
> 小洞生斜竹，重阶夹细莎。
>
> 殷勤望城市，云水暮钟和。

　　至元十六年（1279 年）十月，抗元英雄文天祥被捕后被押解大都，路过无锡黄埠墩时，作诗《无锡》（一说《过无锡》），诗中以春秋时期程婴和公孙杵臼救赵氏孤儿的故事，宣扬了舍生取义的义士精神：

　　　　金山冉冉波涛雨，锡水泯泯草木春。

　　　　二十年前曾去路，三千里外作行人。

　　　　英雄未死心为碎，父老相逢鼻欲辛。

　　　　夜读程婴存赵事，一回惆怅一沾巾。

　　1959 年，当现代诗人郭沫若来到无锡的观湖胜地鼋头渚，茫无际涯的浩渺烟波使诗人陶醉，他欣然命笔题下一诗：

　　　　信步上鼋头，龟丘水面浮。

　　　　四周腾黛浪，万顷泛金沤。

　　　　范蠡祠犹在，女夷风正道。

　　　　光明无上处，帆影与归舟。

　　风光如画，市廛锦绣，佳作琳琅，文采风流，这是以深厚的民族历史积淀所孕育出来的一种大文化成果。

四

　　太湖草木深，苏锡园林多。

　　苏锡文人的作品，不仅是表现在纸面上的诗、文、书、画，而且还有构筑在地面上的古典园林。

　　江南的私家古园林，主要集中在苏、杭、湖、扬四州，其中以苏州最多。从北宋到清末，有文字记载的知名园林，苏州就有一百七十多处，故而到苏州必游园林，没有见过苏州园林的人想必也不可能成为一个真正的园林学家。对苏州园林的地位，当代著名的园林学家陈从周一言以蔽之："江南园林甲天下，苏州园林甲江南。"

　　苏州古典园林起始于春秋，形成于五代，成熟于宋代，兴盛于明代，明清时期形成了一个群芳荟萃的园林网络。在千变万化、亦真亦幻的苏州园林，咫尺天地之间，容纳了万里山河，说不尽的山水林泉之趣，诗情画意之美。

在今日姑苏园林中，最古老的是沧浪亭。这是五代吴越中吴军节度使孙承佑的别墅，北宋诗人苏舜钦（子美）丢官流寓苏州，花四万钱买下这所废园，题名沧浪亭，苏舜钦自号为沧浪翁。北宋著名文学家欧阳修，在题诗中幽默地说："清风明月本无价，可惜只卖四万钱。"园内以假山为中心布局建筑、园外以水面为外景的沧浪亭，面积仅十六亩，却在有限的空间里，通过叠山理水、栽花植木来配置园林建筑，形成了由文人构思和写意的山水园林，成为一篇人与自然和谐相处的"城市山林"代表作。苏舜钦在《沧浪亭》一诗中，以"迹与豺狼远，心随鱼鸟闲"之句，道出了文人造园旨在避俗自娱的心态：

> 一径抱幽山，居然城市间。
>
> 高轩面曲水，修竹慰愁野。
>
> 迹与豺狼远，心随鱼鸟闲。
>
> 吾甘老此境，无暇事机关。

从沧浪亭开始，苏州园林的定位就是归隐。尝到过宦海风浪之险恶的官吏，先后把苏州园林当做他们贬、退或告老的理想隐居地。有一位从监察御史跌为驿丞的失意官员，解职还乡后用做官时积蓄的私囊买下一块废寺址，建造了苏州现存最大的园林。此人就是拙政园的第一代主人、明弘治进士王献臣；而参与造园的主要设计者是被誉为画坛"明代四大家"的文徵明。拙政园以水池为中心，悠悠流水萦绕着园内建筑，形成了朴素开朗、淡雅素静的自然风貌，文徵明的《拙政园梦隐楼》诗曰：

> 林泉入梦意茫茫，旋起高楼拟退藏。
>
> 鲁望五湖原有宅，渊明三径未全荒。
>
> 枕中已悟功名幻，壶里谁知日月长。
>
> 回首帝京何处是？倚栏惟见暮山苍。

与拙政园、北京颐和园、承德避暑山庄并列于中国四大名园的留园，是苏州古园林中为数不多的官僚花园之一，其以建筑布局之紧凑精巧、典雅风致、曲径通幽、变幻无穷而在苏州园林中首屈一指。而与留园具有异曲同工之妙的，是位于小巷深处的网师园。网师园虽小，但却巧妙地运用了透视学的原理，在中部一个不大的水池四周布局了一些小建筑，而使较大的建筑退避池岸，留出空间植树种花。在涓涓溪流上架起尺度极小的舞台布景式的小桥，形成桥小池大的强烈对比，将小中见大、以少胜多的技艺发挥得淋漓尽致。

在苏州的园林中，由远及近，从东晋顾辟疆建造的被称为"吴中第一私园"的辟疆园，到晚清著名学者俞樾的曲园；由大到小，从面积六十二亩的"大哥大"拙政园，到面积不足九亩的"小家碧玉"网师园。如果我们透过这些风格各异的大小园林，追溯它们的主人当年的经历，不难发现他们大多是在沉浮宦海之后退避于此，各自选择了一角僻静的小天地，筑起一个颐养天年的生活港湾。园林是他们从官场到文坛、从喧杂到宁静、从争斗到闲适、从奔波到安居的最终选择。这一方小小的园林是园林主人广阔的精神绿洲和安逸的生活空间，寄托了他们的荣辱、苦闷和追求，也使他们体味到了其中的安宁与永恒。

参与造园的设计师，又大抵是历经艰辛、饱尝苦乐的文人，经他们手建的园林，往往面积不大，寓意深远。他们力图以"白屋草堂"的朴素清白来映衬和讥讽"朱门华堂"的豪华奢侈。正是他们的构思和画艺，从不同角度勾画出丰富多彩的优美画面，为后人留下了一幅幅"不出城市，而能获山林之怡"的淡雅创作。

苏州园林是典型的中国式园林，它是按中国传统读书人所向往的生活方式精心打造的，山亭水榭无不寄托了园林主人的幽雅情思，体现了人与自然之间的心灵沟通。1997 年 12 月，以拙政园、留园、网师园、环秀山庄为典型例证的苏州古典园林，经联合国教科文组织正式批准而被列入了《世界遗产名录》。一位联合国专家在考察苏州园林时惊叹道："我没想到人间还有这么美的地方！"他又说："苏州园林列入世界文化遗产，应该是理所当然。"

为江南风景锦上添花的另一处园林，就是无锡惠山之麓的寄畅园。此园始建于明朝嘉靖六年（1527 年），是由告老还乡的户部尚书秦金所建，当时他只利用自然景点略加收拾，取名"凤谷行窝"；六十四年后，族孙秦耀修建园林，改名寄畅园。清初秦氏家族出了几名高官，于是聘请造园名家张涟、张钺叔侄重新设计改建，增加了二十多处景点建筑，从而成为江南名园。寄畅园又名"秦园"，在四百多年中都保持在秦氏一姓手中，最后作为秦氏族产保持近二百年，这在江南园林中十分罕见。

寄畅园面积不大，但逶逶冈峦，漾漾流泉，森森浓荫，草草竹篁，峰峦笼罩云霭，水面飘浮轻烟，不管摄取任何一角，都是一幅绝妙山水盆景的原型。康熙六次南巡，乾隆六次南巡，每次都来到寄畅园，两位皇帝十二次"驾幸"，这使寄畅园身价百倍。两位皇帝在这里留下不少墨迹和诗篇，其中乾隆还命随从画师摹录寄畅园全景，回京第二年，在颐和园内仿照寄畅园意趣，建了一所惠山园（后改名为谐趣园）。就连劳瘁终身、不太爱舞文弄墨的嘉庆帝颙琰，也写下一首七律《寄畅园》：

名园正对九龙冈，鹤步滩头引径长。

树有百年多古黛，花开千朵发清香。

流泉戛玉通芳沼，修竹成荫覆曲廊。

燕子来时春未老，故巢忆否旧华堂？

也许，今人游园会感到这些园林的广阔和精致，从而联想到当年的园主似乎都是富甲一方的高官巨商。其实在地广人稀、房多价低的古代，比之王府官邸、豪门大院，江南园林却是在有限的空间写出大块"文章"。这种"文人写意山水园林"，就是苏锡古典园林的精华。在一个不大的天地里，因洼疏池，沿阜垒山，种花植木，从不同角度勾勒出多样的幽美画面，"不出城市，而能获山林之怡"，这也许就是江南人创作的古典园林，一种雅致、灵巧、细腻的江南品位。

郑板桥曰："室雅何须大，花香不在多。"这是文人对自己居住环境自我满足的表白，我想也可以将此联推而广之，作为对苏锡园林的诠释。

古吴智者
——吴地始祖泰伯、季札及东汉学者梁鸿

一

在江南，泰伯是一位家喻户晓的人物。传说中"泰伯奔吴"的一幕惊心动魄：

古代无锡东南梅村附近有一条水阔浪急的大河，公元前1198年左右，几位风尘仆仆的关西大汉扬鞭策马来到河边。正值黄梅季节，连日暴雨，河水猛涨，为首的骑者正犹豫着，只见随从他的马伕挥动马鞭，"啪"地一声，马儿负痛长嘶，四蹄腾空，直向河心冲去，跟着他的几名骑者也驱马下河。风骤浪高，漩涡湍急，马儿在水里挣扎着向前，一排巨浪压来，为首的坐骑已渐渐地下沉，马头淹没在水中，但骑者仍紧紧地抓住马缰……

就在这性命攸关时刻，他身旁的马伕毅然潜入水底，用尽平生力气托住马腹。水大口大口地呛入口鼻，但他拼死顶住，马儿终于浮出水面，艰难地挣向对岸，但马伕被拽到岸边时，已经气息全无。同伴们流着泪用手扒了个大坑，将他埋葬在旁侧的小河浜口。为首的骑者，就是来自黄土高原的泰伯。那位不知名的马伕，成了为开发江南而献身的第一位先驱。从此，这条无名大河被称为"皇渡河"，埋葬马伕的小河浜被叫

作"马伕浜"。

陕西岐山周部落首领古公亶父的长子泰伯，为了将继承权让给三弟季历（周文王姬昌的父亲），和二弟仲雍逃离岐山，千里迢迢，备尝艰辛，来到被称为"荆蛮之区"的江南。他们在这一大片不毛之地日夜奔驰，过河后，终于找到一块住着星散部落的高地，当地人称之为"梅里"。泰伯决定留下，而仲雍继续东行，不久定居于常熟虞山。

入乡随俗，几天后泰伯就和当地"蛮民"一样，剪短了散开的头发，浑身刺上横七竖八的花纹。泰伯原来所在的周部落，农业很发达。泰伯带来了先进的黄河文化和耕作技术，教会当地人种植粮食，饲养家畜，归附的"蛮民"越来越多。梅里周围形成一个个自然村落，其中一个叫"荆村"，另一个叫"蛮巷"（吴话"蛮"、"万"谐音，后称为"万巷"），饲养猪羊之处名为"猪羊巷"。这些地名留下了史前期江南先民生活的深刻印记，这些淳朴的地名一直延续至今。

随着部落增多和地域扩大，殷商后期，泰伯在江南建立句吴国。句，音钩。为何取名句吴？据说"句"是吴语的发声词，（格）吴，就像最早的越国被称作"于越"一样。元代张昱诗曰："于越地形缘海尽，句吴山色过江来"（《京江送远图歌》），恰如其分地表达了吴越的地理特色。传说当时句吴国的都城梅里"平地高三丈"，泰伯率众平墟建城，内城圆周三里又二百步（一步，相当于五尺），这符合《周礼》关于侯国筑城的规制。过了若干年后，北京著名学者杨时寻访梅里古墟，曾赋诗道：

> 泰伯城三里，来寻梅里隈。
>
> 当年建雉堞，今日剩莓苔。

泰伯在梅里究竟生活了多少年已无据可考。但据《毗陵志》记载，吴地最早都城梅里，从泰伯到吴王僚，经历了二十三个国君，直到周敬王六年（公元前514年），吴王阖闾命伍子胥筑姑苏大城，吴都才从梅里迁往姑苏。

15

二

梅里故城，早被湮没在漫漫的历史尘埃之中。中国有稽可查的信史，始于公元前9世纪50年代，泰伯处于"半信史"时期。半信史，来自前辈史家的模糊记载，这些模糊记载，又往往来自地方志和当地百姓的"有口皆碑"。江南传说中的泰伯，不是王者的威风，不是神仙的法力，而是他的种粮种麻、开河筑城、放鸭养猪羊，是他的织麻布制衣、熟食烹饪、教民识字。他使江南摆脱了蒙昧的原始状态，带来了最早的文字，奠定了江南的古代文明。在江南百姓的心目中，他始终是一位充满智慧的农家长者。

我多次沿着南郊的渎港步行至无锡东南的几个乡。这是一条古老的河，两岸垂柳依依，覆盖着一条蜿蜒牵道，水面开阔处水波粼粼，渔帆点点。这条通向漕湖的水上通道，全长三十七里，河宽十二丈，相传是当年泰伯率领各部落开挖，原名浍渎，俗称"泰伯渎"。它灌溉两岸万顷粮田，将原来的荒原、沼泽和"葑田"改变为平畴沃土。据清代修编的《无锡县志》记载："……当季开之，以备旱涝，一方居民，始得粒食。"这是江南最早的人造运河，是新石器时期的一大奇迹。

伯渎港畔的古梅里，就在今日的无锡新区梅村镇一带。这是一个古朴的小镇，旧时镇上有一条青石板曲尺小街，跨河的石拱桥很有气魄，镇上人家枕河而居。古镇最有吸引力的是泰伯庙会，每逢农历正月初九泰伯诞辰，泰伯庙会迎神赛会，小街上人头攒动，水泄不通，河上用农船搭起几座浮桥……周围十里方圆的农户，家家迎亲眷，这不是一般意义的招待亲眷，而是包括近亲和远亲、亲眷的亲眷、亲眷的亲眷家的乡邻。菜是粗鱼大肉，酒是用铝制脸盆装的家酿白酒。"绿树村边合，青山郭外斜。开轩面场圃，把酒话桑麻。"一桌桌开下去，从正午吃到月上东山，那股豪气和质朴情谊，真令人心醉。

后来庙会取消，就改为"节场"，人们仍忘不了正月初九这个日子。

正月初九纪念泰伯的节场，持续几千年，一直延伸到现在。江南人对泰伯的崇敬，常使我想起蜀人对李冰父子的缅怀。可见，真正在人民心中扎根的，是那些推动生产力发展和社会进步的人物。

今日的梅村镇，也和江南很多农村集镇一样，很像个"洋派"的小城。只有那"江南第一古镇"的牌坊和庄严古朴的泰伯庙，能够使人依稀回想起梅里这座"古吴故墟"的昔日风采。

坐落在梅村镇伯渎河南岸的泰伯庙，传说是泰伯故居原址。东汉永兴二年（154年），汉桓帝下诏敕建为"至德祠"，祠多次毁于战火，现在的大殿为明弘治十三年（1500年）重建。清代重建的殿宇轩室，也都保持明式建筑格局。戟门旁的"至德名邦"石坊和照壁对面池上的香花桥都是明代遗物，迄今已有五百多年历史。现在，泰伯庙已修缮一新，分散海外的吴氏宗亲会成员，每隔两年总要从世界各地赶来，举行一次大型祭祖活动。

大殿内高大的泰伯塑像，冠冕旒，衣龙袍，手捧圭桌，雍容，肃穆，俨然帝王打扮。其实，当年泰伯开发江南时，筚路蓝缕，胼手胝足，根本没有这等气魄和风光。这使我想起了湖南炎帝陵的神农氏金身塑像：环眉豹眼，光头赤膊，下围叶裙，手执灵芝，膝下是个药篓。倘若按庙堂惯例，似乎是对祖先的"亵渎"，但它更接近真实，启迪后人去遥念人类进步的艰难行程，缅怀这些披荆斩棘的开拓者，"慎终追远"之情肃然而生。

17

三

从梅村东行数里，就是鸿山的泰伯墓（现属锡山区鸿山镇）。鸿山，又名铁山、皇山、吴王墩，这里林木幽深，浓荫蔽日，山泉清澈，是一座幽雅秀丽的小山。泰伯墓于东汉永兴二年（154年）建造，墓地三亩，墓陵古拙朴实，庄重简约。但沿袭帝王规格，有沼池、墓道、龙雕古柱、罗城、石狮、华表。两块《泰伯墓碑记》，一块是明弘治十四年（1501年）由国子监丞杨文手书；另一块立于明天启三年（1623年）由东林学派领袖高攀龙撰写。墓旁享堂是清嘉庆二十三年（1818 年）的建筑物，堂前石刻清人的对联：

> 志异征诛三让两家天下
>
> 功同开辟一抔万古江南

前句说的是泰伯避位让国的美德，后句是赞颂他开发江南的功绩，这是对泰伯比较完整的评价。

历来史学家对泰伯的评述都侧重一个"让"字。最早的文字记述出于《论语》，孔老夫子说："太伯可谓至德矣，三以天下让，民无得而称焉。"后人称泰伯庙为"至德祠"，尊泰伯为"让王"，大概源出于此。司马迁在《太史公自序》中写道："嘉伯之让，作《吴太伯世家第一》。"因为他崇敬泰伯的谦让美德，所以在《史记》中将太伯世家列为"世家"第一篇。

"孝悌"和"礼让"是儒家倡导的最高道德准则，"泰伯让国"集中体现了这两种品德，因此赢得了后代读书人的极高赞誉。因为在利害攸关的事情上，人们所见所闻都是所谓"当仁不让"，所以晚唐诗人陆龟蒙在《泰伯庙》一诗中写道：

> 故国城荒德未荒，年年椒奠湿中堂。
>
> 迩来父子争天下，不信人间有让王。

它道出了在父子争位、兄弟阋墙，为了名利而六亲不认的世界，谦让美德的"物以稀为贵"。然而，我总怀疑儒家经典提倡的"礼让"，是指升斗小民之间的家产分析、舟船让座、小儿分梨等鸡毛蒜皮小事。历来君临天下的皇帝老倌，即使像东吴末年孙皓那样的蠢材、似晋惠帝司马衷之类的白痴，也都一个个自我感觉很好，总要摆出一副"救天下苍生，舍我其谁"的架势。只信天下有"让民"，而"不信天下有让王"，似乎也很有道理。

儒家推崇泰伯的礼让，但使百姓们不能忘怀的却是他开发江南的功绩。传说泰伯逝世时百姓哭声遍野，纷纷采摘白花献于泰伯墓前，白花采完了，因泰伯生前喜爱种麻，后来者就信手剥一束麻皮，系在腰间表示哀悼，"披麻戴孝"的习俗从此而来。当然，这只是民间传说，但由此可见泰伯在江南人的心目中，已不仅是吴姓一族的祖先，而是作为古代文明的象征在江南代代相传。

相传泰伯是于农历三月初三病逝的，旧时每逢这天，附近几个县的百姓都要来泰伯墓前设酒祭奠，祭洒的椒酒使享堂地面一片潮湿。不知从何时起，人们将泰伯忌日改为清明，一到清明，山下几里长的大路两侧摆满摊点，老老少少，摩肩接踵，都来到墓前瞻仰片刻。能够享受这"千年一贯制"待遇的人物，在江南寥若晨星。这种古风的延续，反映了人们对开拓者的崇敬，炎黄子孙永远不忘"根"之所在，显示了无形的、潜在的、无与伦比的凝聚力。

四

无独有偶，继泰伯之后，在他的子孙中，又出了一位多次"避国让位"的季札。

泰伯死后，传位仲雍，季札是仲雍的十九代孙，吴王寿梦的幼子。寿梦是一位有抱负的国君，在他执政期间，发展生产，创拓冶炼、造船等新兴行业的"尖端技术"，整肃军备，开拓疆土。在他的四个儿子中，以季札最贤，寿梦曾多次想传位给他，但都遭到拒绝，最后只得相约四个兄弟依次为君。季札一次次地让下去，从长兄诸樊到次兄余祭，直到三兄余昧病重，本该由他继位，但他却躲到封地，结果只好立余昧之子僚为王。

季札依旧任劳任怨地效忠王事，作为吴国的特使，先后出使鲁、齐、晋、卫、郑等国。他具有高度的政治智慧和杰出的外交才能，对政局的观察敏锐而准确，他先后劝说齐相晏婴、郑上卿子产未雨绸缪，使他们避免杀身灭族之祸。他是最早看出"三家分晋"危机的政治家之一，曾规诫晋卿叔向早做避灾准备。翻阅史书，每读到季札外交生涯的记述时，我总觉得他像一位高明的棋手，一子落地就能预测到以后棋局的走势。

在今日徐州实验中学北院，仍保存"挂剑台"遗址。季札使晋经过徐国，徐君看中他的佩剑，季札因出使上国，想回来后再赠送徐君，不料返回时徐君已死，他遂将宝剑挂在墓前树上，表示"不能因他去世就违背我的心愿"。季札坚守诚信，一诺千金，徐人歌谣中唱道："延陵季子兮不忘故，千金之剑兮挂丘墓"，并建"挂剑台"以纪念，"季札挂剑"的故事流传千古。

最精彩的是太史公笔下的"季子听乐"。《史记》载：公元前544年，季札使鲁，鲁襄公邀请他观赏周乐，为他演奏了风、雅、颂，季札对每一乐章都做了精辟的总评，堪称是我国最早的音乐评论。例如，他听了《卫风》演奏后说："曲调深沉，从歌声中我听到隐隐的忧患，但充满希望，没有困的感觉。"他对《齐风》的评价是："音节深远弘大，展现了大海的气魄，太公建立的这个国家前途无量。"

秦国地处西陲，是少数民族杂居之地。"秦乐"中含有浓郁的"戎秋之声"，秦相李斯说过："击瓮扣缶，而呼呜呜快耳者，秦声也。"意思是，敲打瓮缸陶盆，发出有节奏的呜呜声响，这就是"秦声"。但随着秦国的强盛和文化发展，有了"秦箫"、"秦筝"、"秦瑟"等乐器伴奏。季札听了《秦风》演奏后说："这是'夏声'。"就是说，秦人已逐渐改变"戎秋之音"，接近华夏音乐。

从偏塞一隅走出来的"荆蛮人物"，能如此精确而细致地评点周乐，发人深思。古代大教育家孔子生于公元前551年，在他的学生中，只有言偃（子游）是唯一的江南（常熟）人。据载，言偃回到常熟后设帐授德，才把中原文化带到江南，故被誉为"南方夫子"。然而，季札出使鲁国听周乐，是吴王余祭四年，鲁襄公二十九年，这时孔子只有七岁。若等到孔子学生言偃把中原文化传播到江南，就不可能出现"季子听乐"这精彩篇章。近时期吴地出土的古代稻谷、陶器，鸣山泰伯墓附近考古挖掘的吴越贵族墓葬群，都为半信史时期的吴地历史增加了值得研究的新课题。

"季札让国"，比起泰伯似乎稍逊一筹。泰伯让位，奠就了周王朝八百年基业，开发了"荆蛮之地"的江南。而季札的最后让国，却酿成一场流血政变，此后吴国又走上穷兵黩武之路。所以司马迁赞誉季札是"闳览博物"的君子，他说："延陵季子之仁心，慕义无穷。"这位太史公十分欣赏他的仁义和博学，而又很有分寸地避开对其"礼让"的褒赞。由此可见，对"让"的评价，也要做具体分析。

季札的墓地，在四十多里外的江阴申港镇，这里有季子庙和季子墓。

五

鸿山风光旖旎，纵横溪流围绕着一抹绿色的峰峦，很有水乡特色。旧时有"鸿山十八景"，如泰伯墓东坡的"响镗碑"，掷上一块小石子，就会訇然作响，碑文模糊难辨，据说是明代以前的遗物。山脊松林中的望虞亭，相传是泰伯思念仲雍、登山东眺的地方。从泰伯墓右侧拾级而上，沿着松风飒飒、鸟鸣啾啾的幽静山路，就到了东汉高士梁鸿和孟光夫妇隐居的鸿隐堂。

梁鸿是历代儒家树立的另一个道德行为规范的榜样。

梁鸿是东汉著名学者，他和妻子孟光住在陕西扶风的灞陵山中，他偶游京都洛阳，见到宫室豪华、官僚奢侈、百姓劳苦、民不聊生，不免有点"少见多怪"，写下一首《五噫歌》，原文是：

> 陟彼北邙兮，噫！
>
> 顾瞻帝京兮，噫！
>
> 宫阙崔嵬兮，噫！
>
> 民之劬劳兮，噫！
>
> 辽辽未央兮，噫！

这是一首浅显通俗的讽刺诗，只是哀叹帝王宫室的豪华和百姓生活的艰难，漫漫长夜，不知何时才能天亮？一连五个"噫"，有点阴阳怪气，如此而已。但也许是因为叹气太多，一下子触犯了汉章帝刘炟的"龙鳞"，在发了一通脾气后，汉章帝下令搜捕梁鸿。于是两口子隐姓埋名逃到江南，隐藏在梅里附近的皇山，开垦了几块山地，与长眠地下的泰伯为伴。梁鸿还外出帮佣为人舂米，清苦贫寒，过着逃难式的隐者生活。

让梁鸿欣慰的是，他有一个贤惠的好妻子。孟光对丈夫敬重体贴，丈夫闯下大祸，她毫无怨言，跟着丈夫来到当时经济很不发达的江南。夫妻患难与共，相敬如宾。每当梁鸿干活回来，孟光都将热气腾腾的饭菜（无非是黄米饭、炒韭菜）放在木盘里，恭恭敬敬地弯着腰举过眉毛，伺候丈夫吃饭，这就是千百年来人们津津乐道的"举案齐眉"的故事。

不过，用现代人眼光来看，伺候丈夫吃饭，如同祭神祀祖，倘若天天如此，餐餐如此，似乎也有点乏味。形式重于内涵，敬畏多于恩爱，缺乏人情味，很像在做戏。所以，尽管我多次听到男性老师讲过这个故事，而在女性中却很少听到说起，于是我想这个故事可能是男人"发明"的。在古书中，孟光是"模范妻子"的楷模，而现存的古书大都是儒家男士们的杰作。

但在无锡民间流传最深远的，是梁鸿带领百姓开发梁溪的故事。全长三十余里的梁溪，从无锡西郊贯穿全城通运河流入蠡湖，后来成为运河至太湖的水上通道，直接关系到无锡这座城市的发展和繁荣。为了纪念梁鸿，无锡人将这条河命名为"梁溪"，一千多年来，"梁溪"也是无锡城的别名。梁鸿夫妇隐居的山丘，也从铁山、皇山更名为鸿山。梁鸿、孟光在无锡历来享有很高的知名度。

现在鸿山保存的梁鸿故居，是四进两侧厢的古建筑。原为铁山禅寺，明嘉靖年间重建为"鸿隐堂"。附近有梁鸿井，又名梁鸿泉，泉边有涤砚池。这里山径幽僻，林木葱茏，明代高攀龙、浦凌云、华贞元等很多东林党人曾多次来此小住，或为讲学，或为避祸。从鸿隐堂旁小径上山，有鸾游洞，这是一个宽丈余、左右相通的洞穴，梁鸿常来此小憩。梁鸿字伯鸾，此洞因而得名。

梁鸿墓在鸿山之巅，从这里极目环眺，平畴沃野，禾苗青青，河网纵横，舟楫荡漾，浓荫掩映中的农舍升起袅袅炊烟，竹篁密林里传来鸟鸣鸡啼，一派江南水乡典雅的田园风光。紧靠梁鸿墓旁边的是要离墓，要离是吴王僚死后，吴王阖闾指派去刺杀吴僚儿子庆忌的刺客。是忠臣义士，还是死士杀手？谁也弄不清楚。他和耿介、高洁以及与世无争的东汉高士紧密为邻，一边是蔼蔼高风，一边是腾腾杀气，显得有些不伦不类。其实，高士与杀手紧邻，博爱和恐怖并存，正展示了这个世界的多元化。想到这里，也就坦然了。

从泰伯的"孝悌"、"礼让"，季札的"仁义"、博学，到梁鸿、孟光的淡泊名利、耕读治家和"举案齐眉"，似乎构成了儒家伦理道德行为规范的经纬网络。尽管它陈旧刻板，甚至还带点冬烘迂腐之气；尽管每当一次新思潮崛起后，它总要遭到严酷的否定，但是仍旧绽开着古老而刻板的笑容，凝视着大千世界的芸芸众生。

多少否定旧道德体系的仁人志士，他们带着理想而来，慷慨激昂，壮怀激烈，最后又带着"理想"而去，人们怀着善意嘲讽他们是"理想主义者"。可悲的是，他们所坚持和奉行的，仍旧有很多并没有超越旧道德准则的范畴。至于有些打着否定旧道德的旗号，而把一切道德准则践踏在脚下的"英雄好汉"们，结果成了比旧道德的糟粕更要糟上千百倍的人类渣滓，这也是有目共睹的事实。

然而，旧的道德体系确实太古老了，况且它自身也很不完美，带着驳杂的旧经济基础和社会习俗的烙印，需要现实生活锤炼出更加完善和美好的规范行为来代替它。这需要多少代人的聪明才智和水磨工夫。

其实，时代精神总是和传统文化有着内涵的沟通和默契。21 世纪的现代社会仍流传着半信史时代泰伯的古老故事，就是明证。它寄托着一种憧憬和向往，它不是抱住僵死的往事，而是向往人格力量如凤凰涅槃似地升华。

如今，梅村泰伯庙和鸿山泰伯墓、吴越贵族墓群，都被列为国家重点保护文物。特别是吴越贵族墓群的出土，被称为"2004 年中国十大考古发现"之一，并被认定是西周晚期至春秋时期的历史遗存。依偎在青山绿水环抱中的泰伯墓，仍是那么恬静、寂寞。它周围的那些名祠古墓、废墟故城，流传民间的轶闻掌故、野叟曝言，都零星而琐碎地展露了前人的思维方式和生活轨迹，这一切，多姿多彩而又庞杂零乱。这一切，更增添了古梅里风景深厚的内涵和朦胧的魅力。

从霸主到灭国

——春秋吴王阖闾、夫差

一

苏州，江南最古老的历史名城。

石桥朱塔，江南园林，深宅水巷，吴侬软语。典雅，纤细，精致，幽娴，历朝历代文人雅士吟咏苏州的诗篇车载斗量。但我最欣赏的是唐代诗人杜荀鹤的一首《送人游吴》：

> 君到姑苏见，人家尽枕河。
>
> 古宫闲地少，水港小桥多。
>
> 夜市卖菱藕，春船载绮罗。
>
> 遥知未眠月，乡思在渔歌。

这首诗朴实无华地描绘出一个平民化的苏州：水港小桥，枕河人家，在阵阵吴歌声中，满载绸缎和喊卖菱藕的船只在河上荡漾……

姑苏园林，世界闻名，它从小小一角折射出一个深邃莫测的世界，一片足以引发人们丰富想象的艺术天地。姑苏美食，品种繁多，不说那些苏式名点佳肴，即使是极其普通的一碗阳春面、一个挂粉汤团、一块"酱方"（红烧肉），都能使你辨别出它独特的风味。皇城根儿的八旗子弟，虽然懂吃会玩，从提鸟笼到斗鹌鹑，甚至对金玉古董的鉴赏也很有见地，但恕我直言，在享受生活的情趣方面，他们似乎还缺乏苏州人那份东方味儿更浓的典雅情韵。

然而，世界上本就没有真正的"天堂"，苏州也不像诗人笔下描绘的那样潇洒和空灵。它经历过多少次争霸厮杀、腥风血雨，这里的山水间留下了一个个古老而驳杂的历史印记，其中一个就是泰伯和仲雍的二十一代孙、吴国第二十四代国君阖闾争霸的故事。

阖闾是一位充满传奇色彩的人物。他原名光，派遣杀手专诸杀死他的堂兄弟吴王僚后，登上王位，号称吴王阖闾。他是个野心勃勃的君主，不满足苟安于东南一隅，即位后，就和相国伍子胥商量，如何走出三吴，面向中原。而那位忠心耿耿的伍子胥，则立即拿出了他谋划已久的"称霸纲领"，他说："凡欲安君治民，从近制远者，必先立城郭，设守备，实仓廪，治兵库，斯则其术也。"

于是，吴国君臣整军经武、励精图治，国力大增，特别是发展先进的冶炼技术和造船业。据载，在吴王阖闾时代，吴地两位冶炼能手欧冶子和干将，精选矿物，调整配料，升高炉温，改进淬火工艺，铸出"干将"、"莫邪"等名剑，剑身呈现龟甲或水浪形花纹，这正是钢所具有的纹理，被载入了我国的冶炼史册。后人将锋利的宝剑称作"吴钩"，概源于此。作为水乡泽国的吴国造船工匠，当时不仅能造民用小船、运载武器的"戈船"，而且能建造高运载、快航速、用于作战的"艅艎"和指挥水军作战的"楼船"。依靠这些设备，阖闾建立起了我国历史上最早的一支海军。

"水犀十万横吴钩"，这气势磅礴的诗句，与其说是反映了吴军军容的严整和强盛，倒不如说它展示了吴国军工生产成果的璀璨、辉煌。是战争的需要促进了科技的发展，还是由于科技的创新加速了战争的步伐？这成了多少代人争论不休却难以得到结论的话题。

吴王阖闾的时代，"春秋无义战"，在那战乱不止的漫长岁月中，没有任何一个国家，也没有任何一次战争具有足够的道义力量和精神支柱去动员百姓为赢得胜利而发展生产力。往往是一个国家在战争中毁灭，而那些在战争中崛起的国家，不久又毁于另一场战争。古人云"乱国兴邦"，而战争的结果往往是邦未兴而国已乱，只会带来无穷后患。

当时吴国的发展生产，是为了扩张领土。阖闾是个打仗的行家，早在登王位之前，他就曾领兵败楚师于居巢；北伐陈、蔡，凯旋而归。登位后不久，更展现了他卓越的军事才能。他领兵攻打夷国（今山东即墨），侵犯潜国（今河南临汝）、六国（今安徽六安）。当楚国出兵救潜国时，他又掉过头来攻打弦国（河南潢川），灭徐国，打越国，最后联合蔡、唐两国兵力攻打楚国，五战五捷，一时威震诸侯。

面对吴王国的日益强大，楚王国在它的东界早已改攻为守，沿着边界一连筑起三座大城：州来（今安徽凤台）、钟离（今凤阳）和居巢（今巢县），企图阻止吴军西进。但楚王国那老式装备的军队抵挡不住"现代化"的吴兵团，三城陆续陷于吴王国之手，楚国疆域自开国以来第一次萎缩，吴国地盘则拓展到淮河以北、汉水以东。

最关键的一战，是阖闾九年开始的吴楚之战。这一年，吴王国向楚王国发动了历史上空前的大规模总攻击。阖闾自任统帅，吴水军分别沿长江淮河逆流而上，陆军则由昭关（今安徽含山县昭关镇）向西挺进，楚军节节败退，吴军不久就抵达郢都城（今湖北荆州纪南城）下。楚昭王芈轸弃城逃到郧县（今湖北郧县），然后又投奔随国，吴军进入郢都。

然而，吴国的兵力，当时还不能将楚国这个庞然大物一口吞下。到了第二年（阖闾十年，公元前505年），楚国大臣申包胥率领秦国战车五百辆向郢都进发。恰巧吴国又发生内乱，阖闾的弟弟率领他的部队径自回国，袭击都城，阖闾只好撤兵，当然满载着抢掠到手的金银财宝。

在这场战争中，楚国遭到亡国浩劫，纵然复国，也已残破不堪，元气大伤，长期霸权到此结束。而吴国却一跃成为新兴的霸权国家，以"刀口舐血"作为毕生事业的阖闾，成为春秋时代又一位赫赫有名的霸主。

二

根据伍子胥"立城郭，设守备，实仓廪，治兵库"的备战主张，吴国的防务是巩固的。公元前 514 年，在伍子胥一次伐楚归来后，吴王阖闾派他建造了大城和小城。大城即姑苏城，周长四十七公里，后来吴都从梅里迁往姑苏。小城是阖闾城，故城遗址在无锡市西郊四十五华里的闾江村附近。

阖闾城周长约一千五百米，据说，原来阔四丈，高约二丈。这座古老的土城，宛若长蛇横卧在太湖之滨，它背倚群山，面对太湖，在湖与城之间，是一片开阔地带，和群山之巅的烽火墩、瞭望台、运兵道构成当时吴国西南隅的防御体系，是防止越兵渡湖侵犯的前沿阵地。这里曾出土一批春秋时期的陶器残片，五十年前，还留有二三米高残存的古城墙。但由于附近砖瓦窑取土，如今土城只能依稀可辨了，剩下一条曲尺形的土墙，种上了大片桃树。原来的护城河和古战场，都成为阡陌良田，宛若绿色的海洋。来到古城遗址，看太湖水天一色，朝晖夕阴，水鸥戏浪，渔舟唱晚，淡抹群山，浮现在缥缈的烟波云霭中……

这一派江南水乡的如画春色，使人顿时忘却阖闾的雄心、伍员的壮举；忘却世道的诡谲多变、霸业的短暂、个人的渺小，深深为大自然的永恒和不朽所沉醉。古往今来，很多文人雅士前来凭吊阖闾城，面对着这长眠在青山绿水环抱中的古城废丘，诗人丁镛在《阖闾城》一诗中写道：

冬冬筑吴城，城高防越兵。

越人兵未起，长城已先倾。

从阖闾城乘船进太湖，到湖中心的马迹山，在龙头渚北侧有个小山湾，相传是吴王阖闾所建"避暑宫"遗址，名内闾湾。不管传说是否可靠，但这里确实是绝妙的避暑胜地。山湾幽深，青峰环抱，松林竹海，蔽天盖日，清晨和傍晚雾气空濛，夏日湖风习习。这里又是吴水军训练基地，紧靠阖闾城防线前哨，太湖水道又可直达姑苏大城。当年这位创业的国君，时刻不忘敌人那一双双虎视眈眈的眼睛，他头脑清醒，警惕性很高，真乃时之英雄。

现在的内间湾是一个小山村，避暑宫的宫阙建筑早不复存，只是根据当地村民世代口头传说得知宫殿遗址的大体轮廓，规模并不宏大，和后来夫差的姑苏吴王宫相比，不可同日而语。宋代诗人范成大的《避暑宫》写出了这里的沧桑变化：

> 凉生白芷水云空，湖上曾闻避暑宫。
>
> 清簟疏帘人去后，渔舟占尽柳阴风。

现在留下的唯一痕迹，是原避暑宫内的一口古井，名吴王井；村西的聚马湾，相传是避暑宫放马之处。

在吴地，阖闾的名气虽然很响，但实际上在这里留下更多历史脚印的，却是辅助他的吴相国伍子胥（伍员）。除了伍子胥沿湖屯所在胥山、伍相庙、天井泉外，在马迹山，还留有西钮湾底的"古战场遗址"和嶂青湾、耿湾之间的"伍子盟顶"。"伍子盟顶"是马迹山秦履峰巅的一块平坡。相传伍子胥伐越前，曾在这里誓师设盟，盟誓后挥剑劈石，一块高高耸立的巨石当中裂开一条缝，名"试剑石"。现在看来很有点"戆气"，但在当时却表现了一种气魄。清人张洒济写诗凭吊说：

> 凤抱兴吴志，相传顶上盟。
>
> 此间曾败越，当日誓惩荆。
>
> 大计关君国，深仇忆父兄。
>
> 至今遗恨在，犹作怒涛声。

人们重视伍子胥的历史地位，这绝非偶然，因为伍子胥是吴国称霸的关键人物。吴国的霸业是从阖闾开始的，阖闾的霸业也就是伍子胥的霸业；阖闾是躯壳，伍子胥才是灵魂，伍子胥为吴国崛起的擘谋运筹和汗马功劳不可泯没。但阖闾值得后人称道的是他能任用伍子胥，他们君臣之间始终如一的"黄金搭档"关系在历史上并不很多见。

靠战争发迹的吴王阖闾，最后仍死于战争。阖闾十九年（公元前496年），阖闾攻打越国。他平时对处于太湖对岸的于越，始终认为是"疥癣之患"。阖闾十年春，越国乘吴王阖闾率领大军攻打楚国郢都的空隙，钻了个空子，起兵攻吴，但阖闾分了一支兵力抗击，越方立即撤兵。可是，这一回阖闾却打了有生以来第一次、也是最后一次窝囊仗。

这年夏天，吴越双方会战于太湖对岸浙江嘉兴南面的槜李，越王勾践挑选了五百名死刑犯人组成敢死队，打了头阵，他们高喊着冲出来，在吴军面前纷纷自刎。哪有这样打仗的？吴国的士兵看呆了，就在这一霎间，越军如潮水般地冲上来大肆挥杀，冲乱吴军阵脚，吴方大败，一下子后退七里。吴王阖闾的脚姆趾被刺了一戈，可能戈头涂有毒汁，回营几天后不治而死。临死前将他的儿子夫差喊到床前，问道："你会忘记勾践杀你父亲的仇恨吗？"夫差流着眼泪说："不敢。"阖闾溘然长逝。叱咤风云的一代霸主，竟死于刺中脚姆趾的一戈？简直令人啼笑皆非。

三

吴王阖闾被埋葬在新都姑苏的虎丘山上，葬礼是阔绰豪华的。据《吴越春秋》、《越绝书》等古书记载："阖闾之葬，发五郡人作冢，铜椁三重，水银灌体，金银为坑，以扁诸、鱼肠剑各三千为殉。葬经三日，金精上扬，化为白虎，蹲其上，因号虎丘。"最后一点说得神乎其神，但阖闾殡葬的隆重，由此可见一斑。

吴王墓在虎丘，但在虎丘哪里，对此谁也不清楚。虎丘最神秘的古迹是虎丘剑池：两爿陡峭的石崖拔地而起，锁住了一池绿水。池形狭长，颇似一口平放着的宝剑，当阳光斜射水面时，给人以寒光闪闪的感觉，即使是炎夏也觉得凉气逼人，这就是"虎丘剑池"。"虎丘剑池"四个大字，是唐代大书法家颜真卿所书，每一笔画都有二尺多长，笔力遒劲。经风霜剥蚀，"虎丘"二字断落湮没，于是在明代万历年间照原样钩摹重刻。所以苏州人称为"假虎丘真剑池"，也有人说这句话暗指阖闾墓的秘密。

据方志记载，剑池下面是吴王阖闾埋葬的地方，因入葬时把他生前喜爱的三千宝剑作为殉葬品埋在墓中，故名"剑池"。历史上不少淘金者想挖掘阖闾墓。据《元和郡县志》记载"秦皇凿山以求珍异，莫知所在；孙权穿之亦无所得，其凿处遂成深涧"，从而后来演变为剑池。传说秦始皇拟发掘阖闾之墓，却见一只白虎当纹蹲踞，他拔剑斩虎，误砍了石块，将大石分成两爿，也名"试剑石"，至今犹在。元代名士顾瑛写诗嘲讽道：

> 剑试一痕秋，崖倾水断流。
>
> 如何百年后，不斩赵高头？

剑池的外侧有一块南北倾斜的大盘石，面积有一二亩。传说阖闾墓筑成后，吴王夫差担心工匠泄露墓中秘密，便将全部工匠邀来饮酒看鹤舞。白鹤也会跳舞？多么稀罕！他们兴高采烈地伸长颈脖，等待着仙鹤降临，但等到的却是一把把寒光闪闪的利刃。据说，当年千余名工匠喋血石上，至今石头都是紫褐色的，名曰"千人石"。

如此传说，有些残忍。但我是相信的。那些马上争雄的霸主、领兵厮杀的统帅，一场战斗下来，总要看到尸横遍野的场面。死人，对他们来说是再平常不过的。不过吴王夫差以这种欺骗伎俩残杀无辜，和秦始皇的焚书坑儒异曲同工，手段都十分卑劣！

更为有趣的是晋代著名高僧生公，也曾在这块地方讲经说法。千人列坐石上，聆听长老讲经，故石壁上书有隶书"生公讲台"和"千人座"。在千人石下的白莲池中，有一方形大石，上书"点头"两个隶体字，传说生公说法到精彩处，石头听了也频频点头，"生公说法，顽石点头"就作为成语被保留了下来。唐代诗人贾岛《千人石》诗云：

> 上涉千人坐，低窥百尺松。
>
> 碧池藏宝剑，寒涧宿潜龙。

在同一个地方，甚至在同一块巨石平台上，前者高举屠刀血腥残杀，后者弘扬佛法而使顽石点头，残忍与慈悲同处，冤死和超度共存，显得十分矛盾。但似乎也讲得通，杀人灭口为了保护帝王坟墓的机密，屈死的冤魂将由高僧长老来超度，争取来世不要再被冤杀，几千年来，升斗小民就是这样活过来的。

如果吴王墓的墓址确实是虎丘，吴王阖闾真是三生有幸。他生长在风光旖旎的古梅里；长期沿太湖西南一线统军作战；最后长眠在江南名山虎丘。虎丘，是一座美丽的山。这里有虎丘塔、憨憨泉、第三泉、断梁殿、孙武子亭、勾践洞等名胜古迹。轩阁亭榭，玲珑而精致，是园林式的山峦。唐代大诗人白居易曾写诗赞美虎丘景物：

> 香刹看非远，祇园入始深。
>
> 龙蟠松矫矫，玉立竹深深。
>
> 怪石千僧坐，灵池一剑沉。
>
> 海当亭两面，山在寺中心。
>
> 酒熟凭花劝，诗成倩鸟吟。
>
> 寄言轩冕客，此地好抽簪。

这首诗点出虎丘的原始来历，它是远古时期看潮起潮落的临海山峰，名海涌山。后来的虎丘于佛寺四围，进山先得进入寺门，出现"山在寺中心"的壮观景象。但与阖闾有关的是孙武子亭，相传这是我国古代著名军事家、吴国将军孙武操练女兵的场所。连宫中的嫔妃宫女都拉出来操练，说明当时的吴国为了争霸，国内几乎已"全民皆兵"。偏偏那些被宠惯了的宫女不习惯这种操练，仍然嘻嘻哈哈，不听指挥，结果孙武杀了两个女军首领，她们都是阖闾的爱姬。阖闾虽心里在滴血，但口头仍说："该杀！"他支持了孙武的做法。人们在讲述这个古老的故事时，总是夸赞孙武练兵时的执法严明，实际上却忽视了阖闾的明智和果断。为了争霸，他什么都舍得放弃，包括自己心爱的女人。

和阖闾比较，夫差是平庸的，但是，他并不愚蠢。阖闾脚趾中戈而亡，夫差为了报父仇，每顿饭前他都命令卫士大声问："夫差，你忘记杀父之仇了吗？"他肃然回答："誓死不忘！"这种做法虽然有点像做戏，但反映他力求进取的锐气。果然，两年后太湖中夫椒山一战，他大败越军，进逼越都，迫使越王勾践举旗降吴，入吴为奴，到马厩里养马。这显示出青年时代的夫差并不窝囊。当然，越国战败，山河破碎，吴王夫差和他的将士们将越国抢掠一空。

四

　　夫差的昏庸之处在于他和常人一样，抵御不了阿谀奉承的包围。在群臣一片歌功颂德的声浪中，夫差昏昏然，自以为功高盖世，无敌于天下。在他的眼里，俯首帖耳服罪称奴的勾践，业已成为屠刀下的羔羊，但他怎么也没有料到，这只看似可怜巴巴的羔羊，实际上是一只窥伺动向、暗藏杀机的狡猾狐狸。正是利用了夫差的得意忘形，勾践首先向夫差进献了越国的美女西施，接着又怂恿夫差大兴土木，伐光越国的名贵木材，供夫差建造豪奢的姑苏台和馆娃宫。夫差病了，他居然能去亲口尝一尝夫差的粪便，并煞有介事地报喜说："如病人的粪便是香的，性命就危险；若是臭的就表示正常，大王的粪便是臭的，一定会马上痊愈。"

　　头脑发热的夫差，连粪便香臭的常识也忘得一干二净，他十分欣赏勾践的恭顺。三年后，在公元前 491 年，夫差释放勾践。心机深藏的勾践，忍受了常人无法忍受的屈辱，用阿谀和贿赂换来了生命。回国后，他卧薪尝胆，励精图治，以求东山再起。不过，被严酷摧毁的越国，已是百孔千疮，根本无力再与吴国抗衡。如果不是夫差的头脑发热，吴国还不致很快遭受灭顶之灾。可悲的是，夫差战胜越国后，狂妄自大，自命为"天纵神明"，不顾国力民力，加快了争霸步伐。

　　阖闾留下的谋臣老将，被夫差晾在一边，取而代之的是一批唯唯诺诺、专以吹牛拍马为能事的"新贵"。公元前 484 年，他不听伍子胥的苦苦忠谏，率军进攻齐国，为了便利进军，他不惜动用全国民力，突击开凿了一条从姑苏到广陵（今扬州）的水上通道，称为邗沟。随后吴军在艾陵（今山东泰安）击败齐军，这就更加增长了他不可一世的气焰。班师后立即杀了忠心耿耿、对吴国崛起建立了不朽功勋的老臣伍子胥。

　　公元前 482 年，夫差又率大军北上，在黄池（今河南封丘）大会诸侯，和晋国争夺盟主之位。早在夫差的曾祖父吴王寿梦时代，晋国扶持吴国用以牵制楚国。这位一向唯命是从的"小兄弟"，现在一反过去的谦恭和顺从，杀气腾腾欲与晋国争霸。当晋君稍微表示一点犹豫，夫差就下令吴军擂起战鼓，晋国只能屈服，夫差得意非凡地坐上盟主的交椅。

为了争得这个"第一"，夫差孤注一掷，不惜动用全国兵力，急行军二十天，跋涉七百多公里，只是为了争夺一个"盟主"的浮名。一个人如果头脑发热，常常会干出别人想象不到的蠢事，就会酿成祸国殃民的后果。果然，"盟主"的椅子尚未坐热，勾践却乘机突袭吴国，包围姑苏，纵火焚烧姑苏台。据说那是夫差藏珍宝的地方，大火一月不熄。夫差狼狈回军救援，以疲惫之众对复仇之师，在姑苏城外一触即溃，多年争霸成了恶梦一场。夫差不得已向越求和，勾践接受了，因为他此时的力量还不足以吞并吴国。

我们常常看到这样一种人物的形象：顺利时忘乎所以，失败后一筹莫展；胜利后过河拆桥，倒霉时摇尾乞怜。夫差就是这一类"庸人"。他堕落了，从此沉醉在西施的温柔乡中，不思振作，再也没有当年报杀父之仇的锐气了。十年后，公元前473年，勾践发动全面总攻，吴军崩溃，姑苏陷落。夫差逃到阳山（今吴县万安山），向勾践请求仿效二十年前的故事，甘为越国附庸。但老练而狡诈的勾践却答复说："从前老天爷把越国赐给你，你不接受；现在老天爷将吴国赐给我，我不敢拒绝。"真是"三十年河东，三十年河西"，一向飞扬跋扈的霸主，沦落到了连当奴才的资格都没有的田地，夫差只好自杀。传说他在临死前用布蒙脸，说是在地下无颜再见伍子胥，但这对他已失去任何意义。

很多人往往将吴国覆灭归咎于夫差的"荒淫无度"，独独忽略了他的"头脑发热"。史书对夫差由于头脑发热所形成的称霸野心、穷兵黩武、滥用民力，往往一笔带过。给我印象最深刻的，是顾颉刚教授写的一篇《吴王夫差亡国真因》，他在这篇论文中说："吴之亡也，其故有三。其一，敌国太多，齐、鲁、宋、楚、越，皆其仇也，吴之通于中原，晋之力也，而终亦与晋争盟。四境之外，无一非敌。敌国既多，外患斯频数矣。其二，重视中原之霸业而轻忽南方，使越人坐大。其三，则罢（疲）民力于工事。"

吴国是偏于东南一隅的后起小国，但它的成败兴亡却突破地域局限，给后世留下深刻的教训，成为民族文化宝库中可贵的精神财富。古往今来，

33

人们吃够了头脑发热、好大喜功的亏，但有些人却往往将这种反科学的病态心理和"气魄大、热气高、干劲足"等同起来加以赞颂。而正是这种狂热，将举国一切作赌注一掷，以满足一己之功利，造成了吴王夫差灭国的结局。

今日姑苏，已成为著名的旅游城市，峰峦丘壑、河湖港溪，似乎到处都保存着吴越春秋的痕迹。为什么历史上只有二十余年短暂一瞬的失国故事，会绵延流传二千多年？我想，恐怕是因为在浪漫的爱情故事后面，蕴藏着严肃的历史课题，一种带有普遍意义的人生思考。

五

夫差失国，尽管不是"言情小说"，但是失国与情爱，是如此密不可分地交织在一起，使后人不可能撇开夫差与西施的情爱经历而去议论他的失国。反之，他们的情爱故事，倒是可以成为一个独立的华美篇章。夫差是国君，也是凡夫，是一个懂美和爱美的男人；他的审美观念似乎并非仅局限于对西施和女人，而且也包括了文化艺术和建筑艺术，也许还涉及更广的领域。我想，如果不是以成败论英雄，吴王夫差可能是一位很懂得生活的人。

周幽王姬宫涅为引逗褒姒一笑，烽火戏诸侯，那是胡闹；殷纣王的"肉林酒池"，和群臣狂吃滥饮七昼夜，那是放纵。和吴王夫差比较，他们在文化素养和生活情趣方面，似乎还稍逊一筹。单看吴王夫差在馆娃宫建造的那条长达七十余米的响屧廊（又叫鸣屧廊），就会发现其别致和水准。他想入非非地把地下挖空，放进一排陶瓮，上面铺一层用富有弹性的楩梓木做成的薄地板，让西施和宫女们在长廊地板上轻歌曼舞，有节奏地发出木琴般的"跫跫"音响，女裙下的小铃和女鞋上的金铛玉佩叮当齐鸣，故以"响屧"命名。

后代文人对这条"响屧廊"是颇有微词的，好像它就是吴国亡国的原因。北宋诗人王禹偁写道：

廊坏空留响屧名，为因西子遶廊行。

可怜伍员终尸谏，谁记当时曳屧声？

我想，如果撇开吴越争霸、伍员尸谏等大背景，就事论事，这条长廊的建造是很有想象力的，它是最古的音响设施，在二千四百多年前，是一项非同小可的创造和发明，这条音乐长廊的建成比长城还早二百五十年。

事情坏就坏在夫差亡了吴国；何况他还宠爱一个越女西施。所以后人都将吴国的灭亡归罪于夫差的"生活腐化问题"，姑苏的名胜古迹，很多也和夫差、西施的"罗曼蒂克"挂起钩来。

苏州城西南三十里的灵岩山，秀丽而幽雅，向有"灵岩秀绝冠江南"的美誉，据说这里就是吴国馆娃宫的遗址。古书记载馆娃宫"铜勾玉槛，饰以珠玉"，极度富丽堂皇，这里是夫差和西施的温柔乡。山顶设有西施弹琴的琴台；假山旁的长寿亭是西施的梳妆台；那口圆形的吴王井，是西施以水为镜插花理妆之处；夫差和西施在天池中划船、在浣花池采莲、在玩月池前赏月。在山腰深处还留下了勾践、范蠡向夫差进献西施的地方"西施洞"，以及拘禁勾践君臣的"勾践洞"。

从半山向南望去，有一道溪水直指太湖，这就是著名的箭径河，又名采香径。传说，西施的宫室，每天要熏香，而香草种在沿湖的香山上，船只能从木渎、胥口绕道而行。夫差对准香山射了一箭，"十里银河一箭开"，按照箭射的方向开辟了这条笔直的河道，可见这个亡国之君滥用权力的恣意任性。两岸垂柳依依，水面像一支银色的离弦之箭，直刺烟波浩渺的太湖。从此，宫女们泛舟河上去香山采香草，吴王和西施乘着画船，一路笙歌前往太湖游览。

围绕夫差和西施的故事，这里的名胜古迹充溢着脂粉气。在书本上，夫差的奢侈无度招来亡国之祸；但在导游口中和游人眼中，他却是那么风流倜傥、知情识趣。不过，我总觉得这里的古迹过于周备和详细而有些牵强附会。面山水梳妆，临清波赏月，登高操琴，响廊曼舞，画船笙歌，扁舟采莲，仿佛是后代文人们为二千多年前的古人所设计的一整套享乐生活。过分的逼真反而透露出成套的虚假。

这不禁使我想起，五十多年前初游灵岩，一个从颓破农舍里跑出来的小女孩为我们领路。她讲解道："西施娘娘每天一早起床，就用香草抹身子，再到梳妆台梳头，以后就回宫，喝枣子莲心汤……"她活灵活现的描述逗得我们哈哈大笑。其实吴亡后，灵岩山宫室就被焚烧一光。大诗人李白在《苏台览古》中写道：

> 旧苑荒台杨柳新，菱歌清唱不胜春。
>
> 只今惟有西江月，曾照吴王宫里人。

从这首凭吊诗中看出，唐时的灵岩山已是铜驼荆棘，一片荒凉，找不到一点吴宫风流韵事的蛛丝马迹。但不知从什么时候起，灵岩的馆娃宫遗址成了吴国灭亡的见证，成了夫差"荒淫无度"的象征。明初诗人高启在《馆娃阁》一诗中幸灾乐祸地写道：

> 馆娃宫中馆娃阁，画栋侵云峰顶开。
>
> 犹恨当年高未及，不能望见越兵来。

历代大多数帝王都"荒淫无度"，这是制度使然。纵然是开国雄主，在坐稳江山后也不能免俗。由于他们没有亡国，也就无人敢记下这笔闲账，甚至还作为风流佳话流传。诸如汉武帝的"金屋藏娇"，明正德帝的"游龙戏凤"，以及现代荧屏上频频出现的"戏说"。相反，末代帝王也未必个个都"荒淫无度"，如汉献帝刘协、晋恭帝司马文德、唐哀帝李柷、明思宗朱由检等，即使如此，也没有一个能挽回颓势而幸免身败名裂。

唐代诗人陆龟蒙说得很深刻："吴王事事堪亡国，未必西施胜六宫。"（《吴宫怀古》）世上没有万世不变的"江山"，一个朝代的衰亡，原因很复杂。有的是皇帝颟顸无能，有的是政策连续失误，更多的是重用奸佞，以致外戚篡位或宦官擅权。当然，前代种下的恶果，到头来也往往一并算总账，只有小说家才把亡国之因单一地归结为帝王的"生活作风"，因为"宫闱秘史"富有刺激性，小民们也愿意知道一点深宫隐私。于是夫差西施的故事，先起源于稗史，再红火于舞台，从此就在市民中流传开来了。

严谨的历史学家在对史事经过认真考证，反复推敲之后才做出结论。人们珍惜历史的印记，但决不应夸大、扭曲般牵强附会，更不能贴上现代商品标记而胡编乱造。

乱世一萍

——春秋吴大夫伍子胥

一

　　苏州是古老的水城。18世纪法国启蒙大师孟德斯鸠把姑苏城形容为"从水底下出现的█美丽的地方"；而另一位元代来自意大利的著名旅行家马可·波罗，则称它为"东方的威尼斯"。可见，在古代建造的这座水城，世界上并不多见。

　　可以想像，在二千五百年以前，要在这大片沼泽河港密布的泽国水乡建造起一座城市，在中国是并无前例的，这在当时是个"尖端课题"。但我们的祖先根据地形，利用水系，开凿河道，营造建筑，正如唐人陆广征在《吴地记》中所说，"相土尝水，象天法地"，形成了一个格局独特、建筑别致的水网城市。水城姑苏，以"三横四直"的大河为经纬，与"六纵十四横"的分流相交贯。河密桥多，"里间棋布成册方"，从空中俯瞰，整座城市宛如一个有着精密双线条的大棋盘。建造这座水上城市，凝聚着前人的智慧和创造、艰辛和坚韧，令后人叹为观止。

　　据史书记载，公元前514年，吴王阖闾派伍子胥筑造姑苏城。至于伍子胥怎样建造这座水城，花了多长时间，却没有留下记载。只知道最早的

姑苏城，由外郭、大城和小城（即子城或宫城）三重城垣组成。当时的
"吴郡八门"都是水陆兼备，以土筑城垣，夯打垒实。八门之名皆由伍子
胥所制，分别为东门娄、匠，西门阊、胥，南门盘、蛇，北门齐、平。

由伍子胥营建的姑苏水城，当然早已荡然无存了，如今作为旅游景
点，苏州市重修了古吴都"八门"之一的城南盘门。运河水经过水关桥，
从古城墙下的水城门流进古城，这是古代进城的水上通道。在平地，要经
过两道"陆门"和"瓮城"才能拾级而上，登上可供四马并驱的城墙。在
曲尺形的城墙上，分布着城楼和一座座烽火台、敌楼。

然而，从城楼纵览江南山水，确实令人销魂。登上四十四米高的城门
加上十二米高的城楼，极目远眺，群山依依，碧波漾漾，"水是眼波横，山
是眉峰聚，欲问行人去哪边，眉眼盈盈处"，江南风情尽收眼底。再看看城
内那个凡俗的花花世界，街道若格，民居似棋，帆樯林立，行人如织，点
缀着花树、柳荫、红墙、碧瓦，令人想起范成大《晚入盘门》的诗句：

> 人语潮喧晚吹凉，万窗灯火转河塘。
>
> 两行碧柳笼官渡，一簇红楼压女墙。
>
> 何处采菱闻度曲，谁家拜月认飘香。
>
> 轻裘骏马慵穿市，困倚蒲团入醉乡。

古人建城，很大程度上是为了防守御敌，但它客观上的效果却是便利
交通，畅通物流，增殖财货，繁荣市廛，从而拓宽境界，使文化教育提高
到穷乡僻壤所无法达到的新水准，让生活更加丰富多彩，不断提高生存质
量并创造新的文明。从这一层意义说，伍子胥建造姑苏城的业绩并不亚于
他辅佐吴王阖闾争夺霸权的汗马功劳。所以，后人将伍相国祠从滨湖的胥
山迁到盘门城内一侧，作为永久性的纪念，人们更把伍子胥看成是这座千
古名城光辉的标志性人物。

二

从楚国的郢都来到吴地姑苏，伍子胥的一生，是一出风波迭起、曲折

跌宕的悲剧。

伍子胥早年悲剧是由楚国的一个宫廷丑闻引起的。多妻制度下的中国宫廷，历来是一个道德沦丧、人性灭绝的黑暗渊薮。在春秋战国时的诸侯宫廷，父母、夫妇和兄弟、姐妹、儿女，在忠孝仁爱喊不绝口的同时，为了淫乐、纵欲，为了继位或篡位，互相猜忌陷害，残杀吞食，荒诞的丑剧走马灯似地愈演愈烈。

楚平王芈弃疾霸占了貌美的儿媳，在佞臣费无极的怂恿下，还要以"谋反"罪除掉儿子太子建。楚国太傅、太子建的老师伍奢"不识时务"，他愤怒地问楚王道："大王已夺去儿媳，如果又要谋杀儿子，你于心何忍？"伍奢说的是老实话，但老实话往往会使不老实的人发狂。楚平王弃疾立即囚禁伍奢，并命令他写信给他的两个儿子，要他们立即赶回郢都，可赦其无罪。忠厚的长子伍尚，接信后立即跟着使臣去郢都，而次子伍员（伍子胥）却不信任暴君的"空头支票"，他仗剑闯围，逃离楚国。伍尚到了郢都后全家满门抄斩，这说明伍员料事的准确。

经过漫长的流离颠沛，伍子胥从宋国逃到郑国，因卷入一起政治纠纷，太子芈建被杀，伍子胥再度逃亡。天下之大，竟没有伍子胥的立足之地：他经历了杀机四伏的路程，在吴楚交界的昭关，面对着悬赏缉拿他的告示，一夜之间，他愁得须发全白。京剧《文昭关》这出以唱功见长的老生戏，生动而细腻地表现出伍子胥在昭关不眠长夜所经受的痛苦煎熬。

他来到吴国，在梅里街头吹箫求乞，饿昏倒地，幸而吴公子光收留了他。他知恩图报，作为吴光"死党"，物色并培训六合人专诸去刺杀国王吴僚，策划了天衣无缝的政变，使吴光登上王位，他也一跃为吴相国（宰相）。

他运筹帷幄，使吴国日益强盛。公元前506年，在芈弃疾占媳为妻丑剧发生的二十年后，在伍奢、伍尚全家被杀、伍子胥过昭关的十六年后，由阖闾（吴光）为统帅、伍子胥为参谋长的吴国大军，攻破楚都郢都。楚昭王芈轸弃城逃走，伍子胥将芈弃疾的尸体从坟墓里挖出来，亲自抽打三百皮鞭。

一个沿街吹箫讨食的乞丐，居然能向庞然大国的君主报仇，这是历史上绝无仅有的奇迹。这充满传奇色彩的故事，使后世飞扬跋扈的独裁者胆战心惊，使受侮辱、被损害的人扬眉吐气。虽然对于伍子胥"鞭尸事件"，从来就见仁见智评价不一，因为它违背了儒家的"恕道"，但它在民间流传深远，其影响也一直延续到现在。

以后，他作为阖闾的"首席智囊"，为吴王国的崛起和称霸建立了不朽的功勋。他闯过了"功高震主"、惨遭不测的第一关，然而，他没有逃过新主猜忌、佞臣谗害的第二关。

虽然夫差的即位，伍子胥是起了决定性作用的，但新主一旦坐稳江山，他们需要的是俯首帖耳能显示自己的"更加圣明"的奴才群体，而不需要常在耳边聒噪不休、使人感到碍手碍脚的"老保姆"。对夫差的倒行逆施，伍子胥一再诤言忠谏，却引来了夫差更大的反感。聪颖睿智的伍子胥，明知自己在吴国的地位已岌岌可危，但是，他已经老了，况且他早把个人祸福和吴国的兴衰融为一体，他已不可能像当年在楚国那样，仗剑突围，到别国去另立基业了。他所能做到的，只是在几年前把儿子托付给齐国的大臣鲍息，给伍家留下一脉香火。

夫差对伍子胥的处置是严厉无情的。他派人送给伍子胥一把名叫"属镂"的宝剑，令他自杀。伍子胥仰天长叹："嗟乎！谗臣嚭为乱矣……然今若听谀言以杀长者。"他临死都不埋怨直接杀他的吴王夫差，而把责任归结于谗臣伯嚭，可称得上是"愚忠"。他嘱咐手下门客说：我死后挖去我的双眼，悬挂在吴城东门，看越寇入城灭吴！然后自刎而死。此话传到夫差那里，这个失去了理智的暴君更加火冒三丈，他阴险地自语："伍大夫呀，我是不能让你看到这一天的！"于是，他毁尸灭迹，命人将伍员尸体放进"鸱夷"，投入江中。鸱夷是鹞鹰形状的皮革口袋，原来是用于装酒的盛器。装入鸱夷中的伍员尸体，顿时沉没在滚滚波涛之中。

为什么历史上的所有暴君对功臣的处死，总要比对敌人残酷百倍？如比干被挖心，吴起遭车裂，彭越被"醢"（剁成肉酱），胡惟庸受"磔"（分尸）。也许在这些暴君的心目中，敌人虽然可恶，但毕竟是"人"；而那些文官武将，尽管功高盖世，说到底是奴才。在古代，奴才和猪牛羊一样可以拿到市场上进行买卖。个中奥秘，恐怕不是历史学家所能完满解答的，还得请教研究犯罪学、心理学的老师。

三

杀死伍子胥的，是吴王夫差；但离间夫差和伍子胥君臣关系、最后煽动夫差下毒手的，却是伯嚭。伯嚭是历史上公认的奸臣。

在旧时的政治舞台，素来有两种人："忠臣"和"奸臣"。一心想为皇帝效忠、给小民办点好事的"忠臣"，如果碰到"巧言令色，鲜矣仁"的奸佞之徒，结局往往是十分悲惨的。"精忠报国"的岳飞碰到秦桧，结果是岳家军被彻底瓦解，自己以"莫须有"的罪名被缢死于风波亭中。伍子胥则更加不幸，他一生中碰到两个奸臣，遭受到两次家破人亡的惨祸。这两个奸臣，一个是前期楚国的费无极，另一个是后期吴国的伯嚭。

据有些史学家考证，正式用"诬以谋反"的罪名置政敌于死地，是从公元前 6 世纪楚国费无极开始的。这种将阴谋和欺骗糅为一体的卑劣伎俩，违背人性，破坏法治，丧失民心，最后又反过来削弱和动摇自身的统治。然而，这种伎俩往往又多为后世所沿袭，因为它"简便"而"实用"，操作方便，效果快捷。随时可供统治者打击需要排除的人，不仅是政敌，也包括那些自己平时看不顺眼的"异己"。如果说它也算是中华民族的传统遗产，那么它应该是传统中最肮脏的糟粕。

伍氏家族就是这种诡谲伎俩的牺牲品。结果是，费无极当上了太子轸的宫廷老师，并顺理成章地成了楚国的太傅。而伍奢、伍尚父子却喋血法场，全家只逃出了一个伍员（伍子胥）。和费无极的尽耍小聪明、鬼点子不同，后来的吴国大夫伯嚭，借着在国策上与伍子胥政见不同，来达到排斥、陷害伍子胥的目的。和伍子胥一样，伯嚭也是楚国逃到吴国的亡将，阖闾任之为大夫。夫差即位后就任命他为太宰。阖闾在世时，伯嚭就是夫差的心腹，伯嚭为人随和、善解人意，不像伍子胥那样固执、刚烈，所以和夫差一拍即合。

41

伯嚭最大的毛病是贪财，是我国历史上早期的大贪官之一。"贪赃"常常是和"枉法"分不开的。当越国战败后，勾践派遣大夫文种向吴国求和，聪明的文种看中了伯嚭这一"嗜好"，就用大量财物贿赂伯嚭，使他逐步成为越国在夫差身边的"代言人"。

在伯嚭的影响下，夫差同意越国的讲和。此后勾践就靠着谄媚和贿赂使得吴国君臣飘飘然、昏昏然。在这条黄金撑开的夹缝中，勾践保住了性命。在勾践用微笑、可怜的面孔和甜蜜的语言营造的假象面前，夫差纵虎归山，释放了勾践。能够抵挡住越国的谄媚和贿赂的，似乎只有伍子胥一人，显然，他当时是孤立的。

伍子胥主张将越国并入吴国版图，杀勾践以绝后患，他说："越王为人能辛苦，今王不灭，后必悔之。"而伯嚭则坚决主张把越国收为附庸国，这样对吴国的好处更大。双方的理由都很充分，但吴王夫差采纳了伯嚭的意见。因为勾践君臣既然能用重金贿赂伯嚭，当然更不会漏掉这位有绝对权力的吴国国君。吴国君臣都坠入了勾践用金丝编织的含情脉脉的罗网，进入甜美的梦乡。直到十年以后，他们一觉醒来，一个个都成了勾践的刀下之鬼，但此是后话。

在吴王宫中红得发紫的伯嚭，他的本领不仅在于逢迎君王、讨好同僚，还会打"小报告"，在关键时刻，从伍子胥背后狠狠地捅上一刀。古往今来具有超前意识的人，其结局往往是悲哀的。当时唯一清醒的伍子胥因为和同时代的多数人不能保持同调，"曲高和寡"，因而难免落入孤家寡人的境地。譬如，夫差欲乘齐景公死后国内不稳定之时发兵攻打齐国。伍子胥向夫差忠谏道："勾践回国后'食不重味，吊死问疾'，收买人心，是为了要卷土重来，越国是吴国的心腹大患，大王不解决身边的越国，而先去跟齐国结怨，岂不是很荒谬吗？"日日夜夜做着霸主梦的夫差，当然听不进伍子胥的忠言。他听信伯嚭的话，而伯嚭又听了越国的话，遂吴国决定攻齐。

伯嚭向夫差进谗道："子胥这个人，为人刚强暴烈，不讲感情，待人猜疑嫉妒，他对大王有很多怨言，恐怕今后会给吴国带来灾难。"夫差攻齐，打了胜仗回来，伯嚭又对夫差说："大王没有采纳子胥的意见，发兵攻齐，子胥就推说有病不上朝。我得到消息说，他在出使齐国时，已将儿子托付给齐大夫鲍息。这像话吗？他身为吴臣，在国内不得意，而倚靠外部的诸侯。自以为是先王的谋臣，大王现在不重用他，他常常发牢骚，希望大王早些对他采取措施。"

这一席话，说得滴溜滚圆，但暗藏杀机，十分轻巧地将一顶"叛国通敌"的"帽子"扣到了伍子胥头上。夫差答道："你说的这些，我早就怀疑了。"于是立即赐剑责令子胥自裁。和费无极比较，伯嚭更为可怕。他损人无影、杀人无形的"本事"在后世的佞臣中得到了更多的仿效和发展。

四

一部《二十五史》，忠臣屈指可数，但奸臣比比皆是。忠奸合朝，很有点"鸡兔同笼"的味道，但最后总是忠臣受害。因为忠臣违拗世俗，过于"鹤立鸡群"，很难生存下去。就像伍子胥，在他惨遭杀害以后，吴国被越国消灭。不争气的伯嚭投奔勾践，此时人们回过头来想想，才觉得伍子胥是大忠臣。

人们对奸臣是深恶痛绝的，但也仅仅停留在史书记载和民间的口头流传。如东汉孔融在《临终诗》中所言"谗邪害公正，浮云翳白日"，这仅是作者倾诉自己的委屈；卢照邻的"愿得斩马剑，先断佞臣头"（《咏史四首》），表达了作者的不平和愤怒；而杜甫的"自古圣贤多薄命，奸雄恶少皆封侯"，则更是牢骚之语。

向来对忠奸的辨别，不像京剧舞台上那么便当，以丑角和净角来扮演奸臣，当然是十分恰当的。但在实际生活中的奸臣，并不会在脸上挂着狰狞或猥卑的印记，很多要留给以后的历史去论定。例如，"阿谀奉承，拍马逢迎"，是人们公认的奸佞者的共性，但这些并不犯法，任何朝代均未将此列入法典，只是道德水准不能"达标"而已，说上一句"人在江湖，身不由己"，就可以搪塞过去。只有在造成不可收拾的恶果后，大家才恍然大悟：他是奸臣！

伍子胥是忠臣，但后来的史学家对他褒扬的角度也各有侧重。如《吕氏春秋》在回忆夫差灭国的惨痛历史时道：伍子胥被杀十年后，"越破吴，残其国，绝其世，灭其社稷，夷其宗庙，夫差身为擒"。这是从灭国的悲剧、夫差的结局来证实伍子胥生前料事的正确。司马迁"二十而南游江淮、上会稽，探禹穴"，他"壮游"吴越，对吴越故事了如指掌，他对伍子胥的评价是："向令伍子胥从奢俱死，何异蝼蚁。弃小义，雪大耻，名垂后世，悲夫！伍子胥窘于江上，道乞食，志岂须臾忘郢耶？故隐忍就功名，非烈丈夫孰能致此哉！"这位太史公赞扬了伍子胥忍辱蒙垢，最终洗雪了楚国戮杀父兄的深仇大恨，称赞他是性格坚韧的"烈丈夫"。

对伍员的评价，各有侧重。伍子胥最重要的功绩是辅佐阖闾兴吴争霸，但是，"几时拓土成王道，从古穷兵是祸胎"。春秋时的争霸，很难说是正义的事业。所以，史学家在记载客观史实之外，对人物的总评是严谨而慎重的。

但吴中百姓对伍子胥的评价却比煌煌史册鲜明得多。伍子胥光明磊落，性情刚烈，嫉恶如仇，恩怨分明，对吴王国忠心耿耿，最后却遭到悲剧的结局。他们在对伍子胥表示敬仰之余，还夹着同情和怜惜，故伍子胥死后，吴人在湖边胥山立伍相祠，历代祀祷不绝。到了宋王朝南渡，也许是"闻鼙鼓而思壮士"，在一年一度的钱塘大潮中，据说有人看见伍子胥银盔素甲，骑纯白骏马，带领兵马，威风凛凛地傲立潮头。于是在以后的民间传说中，伍子胥就成了潮神。杭州钱塘江畔的潮神庙，供奉的神祇就是伍子胥。

清康熙年间，诗人吴愧庵在《咏伍相国》一诗中写道：

阖闾行歌身未死，一言投契作宗臣。

报仇暮日忘荆国，抉眼衰年看越人。

罗刹江头潮最怒，姑苏台畔草长新。

虫沙猿鹤无穷化，愿向波涛问大神。

这首诗描述了伍子胥的后半生，特别是伍子胥的冤死所引起的天怒人怨，告诫后人要看清"虫沙猿鹤"的变化，警惕历史沉渣的泛起。

伍子胥早年受暴君佞臣迫害，远离楚国故土；晚年又遭独夫谗臣的诬陷，儿子远走他乡，自己死无葬身之地。他建造了这座永远值得后人骄傲的姑苏古城，但在这片土地上却找不到属于他的一抔黄土。他生前如浮萍漂泊，死后仍被滔滔波涛拥簇而去。"山河破碎风飘絮，身世浮沉雨打萍"。伍子胥正是二千多年前的"乱世一萍"。

如今，苏州人重修了盘门，并在盘门西侧建造伍相庙。似乎并不是为了纪念他驰骋沙场厮杀争霸的业绩，而是因为他建造了这座古老而美丽的水城，创造应该重于摧毁。现在，水城已成了锦绣江南的膏腴之地，它的名字始终和伍子胥连在一起。

新建的伍相庙，是一座幽雅沉寂的园林，厅堂、廊亭、花园，假山玲珑，花木扶疏。正厅中有伍子胥塑像，一位壮实的皤然老翁，谁也弄不清当年伍相国的相貌，塑像只能是象征性的标记。虽名为"庙"，但并无香烟缭绕，梵音呗唱，倒像是一座纪念馆。在这里人们可以详细了解伍子胥这位已离去二千多年的历史人物。

当然，谁也不会忘却楚平王芈弃疾和费无极，不会忘却夫差和伯嚭。在这里，人们仍会吟咏着那两句古老的诗："虫沙猿鹤无穷化，愿向波涛问大神。"

"虎头"三绝

——东晋画家顾恺之

一

在中国画坛，顾恺之（348～409 年）是鼻祖级人物。

时间已过去了一千六百多年，在顾恺之的故乡江苏无锡，已找不到丝毫他生活过的痕迹。传说他的坟墓在将军堰，这个地名早就湮没无闻，只大体上知道在旧时西水关附近。六十多年前，这里城墙逶迤，荒丘连片，芳草萋萋，荒凉冷落，只有摇着橹的农家小船进水关，留下咿咿呀呀的声响……

顾姓是江南望族。据《无锡顾氏宗谱》记载，顾恺之的祖先多人担任过孙吴和西晋政权的要职。祖父顾毗，是晋康帝时的光禄卿；父亲顾悦之，曾任尚书右丞。顾恺之，字长康，小名"虎头"，他曾在东晋桓温的大司马府担任参军，又在荆州刺史殷仲堪帐下任参军；桓玄杀死殷仲堪，顾改投桓玄门下，直到晚年，才入朝任散骑常侍。

顾恺之官职不高，但名气不小。他是东晋名士，时人称他有"三绝"：才绝、痴绝和画绝。他博学多才，擅长诗文，传世的文学作品不多，主要有《观涛赋》和《筝赋》。《观涛赋》开头是："临浙江以北眷，壮沧海之洪流。水无涯而合岸，山孤映而若浮。即珍藏而纳景，并激涛而扬波……”将潮头未到前的气势，一览无遗地展现眼前。

他思维敏捷，常能出口成章。有人问他会稽山水，他随口答道：“千岩竞秀，万壑争流，草木蒙茏，若云兴霞蔚。”大司马桓温死后，他前往送葬，在墓前，他当场赋诗：“山崩溟海竭，鱼鸟将何依。”他的《云台山画记》，是山水人物画卷的构思方案，全文五百六十一字，但读来宛若优美的写景散文。顾恺之书迹，留下的只有《女史箴图》中的楷书箴文，但明代大书画家董其昌说，顾恺之的书法水平与王献之相当，唐代书法家虞世南就是师承他的笔意。

“才”与“痴”，从来风马牛不相及，如此聪明绝顶而又才华横溢的人物，又怎么会是“痴绝”呢？这是时代的“杰作”。魏晋改朝换代中的篡弑屠杀，先是诛杀异己，以后又是家庭内部互杀。史载，“魏晋之际，天下多故，名士少有全者”，短短“天下多故”四个字，掩盖了多少罪恶和血腥？实笃笃的，倒是“天下名士”活下来的不多。顾恺之不幸身为“名士”，耳濡目染的是时世的艰辛，朋辈的不幸，宵小的猖狂，个人的坎坷……

愤世、嫉俗、忧生、惧祸，成了当时名士们特有的心态特征。谈玄纵酒，放浪形骸，成了“魏晋名士风流”的主要表现，他们憎恨虚伪造作，鄙弃儒家礼法，很多荒诞的行为在今人看来，是怪僻的变态，但在当时社会条件下，不失为一种人性自我觉醒的触发，是“时髦”。

西晋嵇康临刑前弹了一曲《广陵散》，还后悔没有传给友人袁孝民，他说：“《广陵散》于今绝矣！”这不单是冷傲，也显示出从容潇洒之美。阮籍无目的地狂跑，跑到“此路不通”的尽头时痛哭而返，这不是“傻帽”，文人最怕“末路穷途”，这恰恰是真率感情的流露。所有这些，加上不分昼夜地“清谈”、无休无止地酗酒、拉破嗓门对着旷野发出“哦”——“哦”的长啸，时人都谓之“痴”。其实对魏晋名士风流夹说，却是一种思潮。

顾恺之生活于东晋乱世，这是一个没有民众基础而又不停内斗的政权，他所依附的大司马桓温，飞扬跋扈，独断专权，其曾经说过"既不能流芳千古，也不妨遗臭万年"这句可怕的"名言"。桓温的幼子桓玄，更是个阴险狠毒的野心家，还做了八十多天皇帝。顾恺之寄食门下，不"痴"能行吗？史书记载了他很多"痴"的故事：

顾恺之曾将一橱珍藏的画托桓玄保存，并将橱门严实封糊，贪鄙的桓玄撬开画橱后板，将藏画盗走，待顾恺之回来开橱取画时发现画已被盗一空。他憨头憨脑地说："我的画通灵气，就像人可以修炼成仙，蜕化而去了。"桓玄素性贪婪，别人的珍奇异宝、园林美宅，他都要千方百计据为己有，顾恺之只能忍痛"割爱"，还要装出憨态可掬，可谓是煞费苦心。

一次，桓玄捉弄他，把一片柳叶交给顾恺之，说是"隐身草"，然后假装什么也看不见，向顾身上撒尿，顾还附和说："果然是好宝贝！"对这种侮辱人格的恶作剧，他只能逆来顺受。

顾恺之吃甘蔗总是从尾梢吃起，人问为什么？他答道："渐入佳境。"甘蔗，尾梢苦，根部甜，人们都先吃根部，将尾梢扔掉。但顾恺之却注重品味甘蔗由苦而甜的过程，细腻地体验味觉变化的感受。这种"痴"，正是他执著追求的艺术精神在日常小事中的表现。

老奸巨猾的桓温看出顾恺之"痴里有黠"，说他"一半是痴，一半是黠"。但他怎么也不会看到，这"痴"中蕴涵率真、通脱，流露出谐谑和幽默，还带有强权压制下为保全自己的无可奈何……

这种"痴"，正是不折不扣的"大智若愚"。

二

顾恺之，是能够留下画迹的我国最早的著名画家，是开创一代新画风的大师。

魏晋时代，画坛人才辈出，如卫协、曹不兴、张墨、荀勖等，都是杰出的画家。但是，尽管画史记载着他们的业绩，却没有留下任何画迹。顾恺之是卫协的弟子，20多岁时，他的作品就以独特的风格蜚声朝野。在众多古籍中，都记述了他为瓦棺寺画像的故事：

东晋兴宁年间（364 年左右），江宁（南京）瓦棺寺初建，僧众发起募捐，捐款者最多不超过十万钱，但顾恺之却大笔一挥：一百万！他很穷，众人不信他能兑现。顾选中寺内一殿，闭门一个多月，他在壁上画了一幅维摩诘像，只是没有点睛。他关照寺僧说："我点好眼睛后，你们打开殿门，第一天来看的人，每人交钱十万，第二天每人五万，第三天随缘乐助。"僧众打开殿门，壁画光彩照人，满殿生辉，参观者争先恐后，拥挤不堪，当天就收钱百万以上。

一幅维摩诘像，缘何引发如此轰动效应？因为他的画与众不同。据载，瓦棺寺壁画维摩诘形象是"清羸示病之容，隐几忘言之状"。这里涉及一个佛教典故，维摩诘，是毗耶离城的大乘居士，是佛典中"现身说法，辩才无碍"的智者。《维摩诘经》道：释迦牟尼到毗耶离城说法，居士中只有维摩诘称病不到，佛派遣舍利佛和文殊师利前去问疾，文殊问："居士这个毛病因何而起？"维摩诘答道："一切众生病，是故我病；若一切众生得不病者，则我病灭。"这个故事点出佛教普度众生的宗旨。

顾恺之按照佛经原义所塑造的维摩诘形象就显得真实可信，故善男信女"见像如同见佛"。由于维摩诘不是一般体虚病弱，他将"点睛"之笔放到最后，透过这个"灵魂的窗口"，让他充溢着博大、深邃、睿智、祥和的光芒，从"形似"升华到"神似"，实现了中国画历史性的跨越。正如后来苏东坡所说，"传神之难在目"，"觉来落笔不经意，神妙独到秋毫颠"。

顾恺之的原画早已泯灭，后人看到的是唐代画家李公麟的摹本，画中维摩诘是"清羸示病、隐几忘言"的长者。现在麦积山口窟出现的《维摩诘经变》，躺在卧榻上的维摩诘流露出的神情，"完全与顾恺之在瓦棺寺所绘的维摩诘形象一脉相承"（《中国绘画史》）。这个形象，在后人诗词中也常被提及，如李商隐的"维摩一室虽多病，亦要天花作道场"；苏东坡《殢人娇》词中的"白发苍颜，正是维摩境界"。可见，顾恺之的瓦棺寺维摩诘壁画，对后世画坛和文坛影响深远，堪称千古佳话。

顾恺之的人物画，妙在传神。他为裴楷画像时，借助微小的细节，在面颊上加了三根毛，从而使形象神态逼真，栩栩如生。他将谢鲲画在岩石中间，用背景衬托人物豁达而坚韧的性格。他给人画肖像，常常数年不点睛，别人问他，他说："四体妍蚩，本无关妙处，传神写照，正在阿堵中。"意思是说人体其他部位画得美一点或丑一点，都无关紧要，要传达对象的精神面貌，关键全在（这个）眼睛上头。

刻画人物神态，是绘画的难点。唐代才女薛媛说："泪眼描将易，愁肠写出难。"明代戏剧家汤显祖在《牡丹亭》中写道："三分春色描来易，一段伤心画出难。"王安石则说得更明白："糟粕所传非粹美，丹青难写是精神。"这也就难怪顾恺之人物画的"点睛"有时要一拖几年了，这正反映出这位国画大师捕捉人物精神的细致、严谨。

顾恺之的作品，流传下来的只有《女史箴图》和《洛神赋图》，虽然也是后人摹本，但比较接近顾恺之原画风格，成了稀世珍宝。

《女史箴图》是根据张华的《女史箴》绘制的画卷，一题一图。张华是西晋政治家、文学家，他写的《鹪鹩赋》，感叹鹏鹍、鹄鹭（天鹅）等名鸟都因"美羽丰肌"而"无罪皆毙"；"苍鹰鸷而绁"，"鹦鹉慧而入笼"。只有微不足道的"鹪鹩"（又名巧妇鸟）能够安然无恙地活下去，这是因为它的羽毛无用，它的肉上不了桌面，"所求甚少，与物无患"。他分析鸟类命运，用来反映当时荣辱不定、诛黜无常的政治现状。他的传世之作《博物志》取材丰富，但其中也有诸如张骞乘船寻觅水的源头，却糊里糊涂地飘进银河、闯进牛郎织女家中的篇章，好像特地为后世"戏说"者所写，因为有些"戏说"，本身就是一笔糊涂账。

《女史箴》是张华对皇后贾南风的婉言规劝。箴是古代以劝谏告诫为主的文体。当时的皇帝晋惠帝司马衷是个白痴，有地方闹灾荒饿死人，他惊奇地问："他们为什么不吃肉（何不食肉糜）？"如果在今天他会被送进精神病院，可是当时他却仍坐在皇帝的龙椅上，接受群臣朝拜，山呼万岁。于是大权很自然地落入皇后手中。皇后贾南风专横凶残、骄奢淫逸，在她的操纵下，外戚擅权，宗室操戈，把好端端的晋王朝搅得天昏地暗。

史载，作为一代重臣的张华，"因惧后族之盛，作《女史箴》以讽。"

《女史箴》以历代宫廷妇女的道德规范劝诫贾后恪守妇道，辅佐惠帝。箴言包括：樊姬三年不吃禽兽肉以劝谏楚庄王狩猎；齐桓公夫人因齐桓公好淫乐而不听郑卫之音；冯昭仪以身挡熊，保护汉元帝；班婕妤为正名位，不与汉成帝同辇等。全文只有三百三十六字，文中指出的"专宠生慢，致盈必损"、"亲贤远佞"、"杜绝文过饰非"等并非毫无可取之处。

顾恺之的《女史箴图》抓住了箴文的精髓。"玄熊攀槛"，描绘当熊而立，以身遮护汉元帝的冯昭仪临危不惧，与汉元帝惊慌失措、左右贵人四散逃跑而形成强烈对比。"班姬辞辇"，描绘的是班婕妤不与汉成帝同车的故事，从人物面部表情凸显班氏的温顺和成帝的尴尬。"修容饰性"，着力表现"人咸知修其容，莫知饰其性"，其实心灵美胜过容貌美，对今人仍起警示作用。

画卷中众多人物神态各异，人们仿佛看到她们的喜怒哀乐，听见她们的絮絮私语。"班姬辞辇"中的轿夫落脚沉重，看来很吃力，和班婕妤轻盈的步履截然不同。"修容饰性"中的对镜修容，是一女子为坐在镜前的男子梳头理发，男子只是显示背部，但从铜镜里可以看出他神情端肃。"同衾以疑"描绘一对帐幔中的男女，女子倚栏而坐，男子则坐在榻上，与女子背向说话，绝妙地刻画出"貌合神离"的心态。这一切使人感受到讲究神韵的顾恺之具有惊人的写实能力。神韵并不虚无缥缈，但需要精密的构思和扎实的功底。《女史箴图》整个画卷的人物形象，都能在动态中保持均衡，突出和谐之美，故宋代大书画家米芾赞誉它"高古端丽，笔彩生动，气韵绝伦"。

但如今我们能看到的，只是这幅古代名画的残断照片。据载，原画共十二段，可能部分因损破被截去，现只剩下图画九段、箴言一百一十四字。它曾被很多人认定是原本真迹，后经考证，仍是唐人比较接近真迹的摹本。1900 年八国联军入侵时，被一个英国大尉劫携国外，现藏于伦敦不列颠博物馆。名画蒙尘，留下遗憾！

51

三

顾恺之留下的另一幅流芳千古的名画是《洛神赋图》。

《洛神赋图》是根据三国时著名诗人曹植的《洛神赋》所绘。曹植是曹操第三子，他少年英发，才华出众，是汉魏建安时期成就最高的文学家。他笔下的洛神，传说是古帝宓羲氏的女儿宓妃，其溺死洛水，后成洛水之神。曹植在《洛神赋》这篇哀怨缠绵的名作中，塑造了洛神的靓丽形象，倾诉了刻骨的思慕之情，但最后洛神踏波远逝，给他留下无穷怅惘。

曹植绚烂的笔触展示了洛神璀璨夺目的风采："其形也，翩若惊鸿，婉若游龙，荣曜秋菊，华茂春松，仿佛兮若轻月之蔽月，飘飖兮若流风之回雪。"洛神的美，人间绝无。远看如朝霞托日，近看似出水芙蓉。她肩斜如削，腰细如束；颈长而秀丽，肤白而细腻；乌发如云，盘髻高耸；秀眉纤长，弯曲妩媚；红唇鲜艳，玉齿明洁；眼似清波，顾盼流彩，笑靥盈盈，飘逸、清雅、闲静……

她的服饰更是世所未见。她身披鲜艳罗衣，耳戴瑶碧宝玉，满头金箔翡翠饰品，浑身点缀着光彩闪耀的明珠，脚踏云端远游的绣鞋，身拖云雾般的丝裙，隐隐散发出兰花的幽香，徘徊在山间崖边……

他们心有灵犀，相互倾慕，却引来了众神纷然会聚。霎时间，轻衫飘扬，宽袖挥舞，凌波涛，行微步，优美多姿，柔靡旖旎……分手的时刻到了，她坐上云车，宛颈转看，回眸凝望，朱唇微启，欲语又止，遗憾人神相隔，怨叹青春不再，欢会无期，从此天各一方……

《洛神赋》辞采华丽，意境灵虚，如怨如慕，似梦似幻，浓郁的抒情意韵中杂夹着迷蒙的神话色彩。他闪电般的思绪，华美的词藻，刻画女性形象的淋漓尽致，都超过了前人，令人叹为观止。据《文选》李善注：曹植爱慕甄逸之女，后来被其哥哥曹丕抢去，不久甄氏病逝，《洛神赋》是为纪念甄氏所作。但多数学者确认这是曹植的寓意之作，他借人神不能相通来抒发兄弟难以相容、自己深受压抑的痛苦。《洛神赋》通篇是对美的讴歌，对美的追求，透过美的失落一浇胸中块垒，我相信后者。

顾恺之的《洛神赋图》创造性地完成文学艺术向造型艺术的变换。画面从曹植在洛水边见到洛神开始，到洛神飘然离去为止。全卷构图连续，山水起伏，林木掩映，在原赋浓郁的意境氛围中，人物随情节铺陈重复出现，交织着欢乐与惆怅、向往和失落、憧憬与绝望，展现了一幅幅缠绵悱恻的画面。

画卷开头是曹植初见洛神宓妃的画面：神清气朗的王子端坐水边树下小憩，身后站着侍从，美丽的洛神凌波而来，她乌发高髻，眉若弯月，衣饰华丽，裙裾飞扬，面对王子想回头离去，但又回眸凝视，若即若离。顾恺之以生动洗练的线条，刻画出洛神"进止难期，若往若还，转眄流睛，光润玉颜，含辞未吐，气若幽兰"的情景，可谓"此时无声胜有声"。

曹植和洛神见面时的感情是复杂的。他心怀眷恋深情，但对神的敬畏，只能宁心静志，以礼自持；而洛神却流连徘徊，低吟思慕，身影闪烁。在画面上，曹植神情自若，但眉目含情；洛神游离闪忽，向天长吟，钟情而无奈。

众神会聚的画面是一幅幽美的山水人物画。远近群山绵延，奇峰异石，参差错落，树木蓊郁，涧水淙淙，宛如传说中的蓬莱、方丈仙境。貌美如花的女仙，或列队成行，或三两结伴，盘桓在明山丽水之间。正如原赋所写："尔乃众灵杂遝，命俦啸侣，或戏清流，或翔神绪……"这个人神交融的画面，展示了更高更美的境界，似乎是对主人公两情相悦的烘托。

离别的场面宏伟而悲怆。原赋中用夸张的语言说："于是屏翳收风，川后静波，冯夷鸣鼓，女娲清歌。腾文鱼以警乘，鸣玉鸾以偕逝。"画家笔下宓妃乘车离去的场面，是六龙齐首，鲸鲵夹毂，水禽翔卫，旌旗飘展，气氛雄浑壮观。云车飞越小洲，驶过南冈，宓妃频频回首，默然泪流，"抗罗袂以掩涕兮，泪流襟之浪浪"。

卷尾的一组画面是：曹植呆坐洛水之滨，茫然若失。"背下陵高，足往神留，遗情想象，顾望怀愁。"他登上高冈，行步迟疑，情思缱绻，回

53

头眺望，希望能再见到洛神的身影；他驾轻舟沿河而行，在漫漫长河中漂荡，全然忘记了回程；月明星稀，夜长不寐，晨曦初现，繁霜沾衣……他命车夫套马驾车，虽然手握缰绳举起马鞭，但仍怅惘徘徊不忍离去。画面上出现他孤独落寞的身影、如痴如醉的神情，表现出他怅惘痛苦的心情。

画家情溢笔端，描绘出美的向往、美的追求、美的失落。世上很多美好的事物，总是若明若暗，稍纵即逝，看似很近，实则遥远，它激发强者的锲而不舍，也触动了弱者的多愁善感。而《洛神赋图》之所以流传千古，我想也许是由于画家以细腻传神之笔，画出真挚，画出人性，画出爱情这个永恒的主题。

54　　曹植的《洛神赋》和顾恺之的《洛神赋图》，诗情画意，珠联璧合，相映生辉，开创了中国美术史上绘画和文学相结合的早期范例。后人总是以崇敬的心情赞誉这幅名画，唐人张彦远在《历代名画记》中，评价它"紧动联绵，循环超忽，调格逸易，风趋电疾，意存笔先。"这是就顾恺之高超的艺术表现而言，画卷线条匀细柔润，有一股"春蚕吐丝"的韧性，给人以娴穆的自然感。有人提到《洛神赋图》时说："其笔意如春云浮空，流水行地，皆出自然；傅染人物容貌，以淡色微加点缀，不求藻饰。"显然，这是识家之言，颇恰如其分地切中"顾画"特色。

《洛神赋图》现有三本，一藏故宫博物院，一藏辽宁博物馆，一藏美国华盛顿弗利尔美术馆，三本格体不一致，为宋人摹本。《女史箴图》和《洛神赋图》都是具有世界影响力的名画，比意大利名画波提切利的《维纳斯的诞生》、达·芬奇的《蒙娜丽莎》要早一千一百多年。

他将山水画从人物画背景的从属地位推向主体，成为一个独立画种，创作了《秋江晴嶂图》、《庐山图》、《云雾望五老峰》等多幅山水画。这是画坛又一创举。故元人邓文原在顾恺之的《秋江晴嶂图》上题诗道：

晋室风裁推"虎头"，山川灵气属君收。

指端幻出千重秀，化作江南一段秋。

顾恺之一生创作成果丰硕，据现存的各类古籍记载，其有画名可稽的作品共有六十七件七十六幅，当然，实际数目远不止这些。唐代裴孝源

《贞观公私画史》、张彦远《历代名画记》、北宋官方主持编撰的《宣和画谱》等古籍所记载的"顾画",就有《谢安像》、《虎貌杂鸷鸟图》、《列女仁智图》、《列仙像》、《斫琴图》、《鸟雁水鸟图》、《虎啸图》、《笋图》、《荡舟图》、《狮子图》等。可惜都只留下画目,后人已无缘"识荆"。

但是,仅从这些零星画目篇名就可以看出他创作题材范围的广泛,不仅有人物肖像,还包括山水、花卉、飞禽走兽、道释世俗故事等,所以,人们称他是我国山水画、花鸟画的远祖,是古代画家中的"全能画圣"。在著名的"淝水之战"中运筹帷幄的东晋名臣谢安,对他的画赞扬说:"自苍生以来,未之有也!"

诚然,历朝历代都有成就卓著的杰出画家。然而,像顾恺之那样在绘画的各个领域都有创新之举并对后世形成影响的画家,依然屈指可数。

四

顾恺之不仅是画坛一代宗师,还是我国第一个画学理论家。

他撰写的《魏晋胜流画赞》、《论画》和《云台山画记》,是我国最早的绘画理论专著。这三篇画论都收录在唐朝张彦远的《历代名画记》中,因而得以保存流传。但张彦远加个尾注:"已上并长康所著,因载于篇。自古相传脱错,未得妙本勘校。"可见在唐朝就已经"相传脱错",现在很难通读。

《魏晋胜流画赞》,是对魏晋名画的评论。他开宗明义地指出:"凡画,人最难,次山水,次狗马;台榭一定器耳,难成而易好,不待迁想妙得也。"公元前250年韩非曾提出"犬马最难"、"鬼魅最易"的著名论断,顾恺之没有"躺在前人的卧榻"上拾人牙慧,他凭着自己的艺术实践而提出画人最难,这是绘画史上一大突破。

人物有神,山水有情。画人,不只是"形似",还应"神似",需要"迁想妙得",就是依靠作者的悟性捕捉形象背后的深厚内涵,而不是"照葫芦画瓢"。在《画赞》中,他评论名画《汉本纪》"有无骨而少细美";

评论《孙武》"骨趣甚奇"。他对《嵇轻车诗》一画进行评论，就嵇康人物
形象做了十分精辟的分析：

> 作啸人似人啸，然容悴不似中散。处置意事既佳，又林木雍容调
> 畅，亦有无趣。

"啸"是魏晋隐逸的傲然欢叫，这在画面上很难表现，但这幅画能画
出长啸神态。画面内容处理都好，背景林木从容舒畅，很自然。但把嵇康
画得很憔悴，以为他饱受司马氏政权的迫害，面容必然"憔悴"，这就不
像中散大夫嵇康的仪态。事实上他"风姿特秀"、"天质自然"，即使走上
刑场，都是那么潇洒。"悴"不符合嵇康的气质特征。

56　　　再如，他对《醉容》的评论："作人形，骨成而制衣服幔之，亦以助
醉神耳……"首先要画好人的躯体，因为主题是醉人，然后用衣服幔之。
一个"幔"字，非常准确地表现出醉态溢于衣表，起到渲染酒醉后神态狂
放的作用。

在《画赞》中，顾恺之多次讲到"骨"、"趣"、"美"，归结到一点，
就是要把握住对象的风骨神韵，这在以后历代画坛都得到继承和发扬。

《论画》是论述摹画和绘画的方法。现在留下的全文只有396字，从
内容和语气看，仿佛是他的讲稿。

在《论画》中，他说明自己的画一般是二尺三寸；要注意绢丝的斜和
直，描摹和被描摹素娟的丝流对正，用镇纸压住，不能有丝毫移动。摹时
要"眼在笔前"，如隔一层纸描摹，摹本就会失真。譬如画山，下笔利索，
不容易沉着，往往失去山的凝重感；下笔婉转，又常在锋棱折角处过于
"曲取"，"折楞不隽"。画人的头部宜慢，"点睛"的上下、大小、浓淡，
只要毫厘之差，神气就全然变样……讲述细致而具体。显然，《论画》是
学画入门的基本要领。

《云台山画记》是一卷有关创作构想规划的文字稿，内容是道家人物
在深山隐栖修炼生活的侧写。它仿佛是一篇游记：山影、庆云、青天碧
水，从西麓登山，紫岩坚挺，冈峦夹峙中崎岖的山路，山势蜿蜒如龙，挺
峰直顿而上，峰陡壁削，露出丹崖绝涧。天师临涧而坐，面容清癯俊朗，

他手指岩石隙缝中桃树上的桃子，向弟子发问，两弟子汗流矢色，不知所答；只有弟子王良穆然回答，他俯眄桃树，冉冉超升……

远远的山崖石涧，隐隐地现出修炼的道家；绝壁、险岩、孤松、山涧，上涧为涓涓细流，下涧却是湍急石濑；长松落落，卉木蒙蒙，冈上有石坛，东西矗立两块高大的天然石碣，宛若帝王家巍峨的左右双阙，羽毛华美的孤凤婆娑起舞，白虎在涧边舔石饮水……。这是一幅复杂的山水人物画卷，包括山水、人物、花卉、鸟兽，堪称"巨制"。

值得注意的是，在这散文式的华美文字中，早在一千六百多年前的顾恺之，就提出一些表现方法上的自然科学原理。例如："山有面，则背向有影"，"下为涧，景物皆倒作。"讲述的是山峰的背影和涧水中的倒影，涉及物体在定向光照下的物理现象。再如，"清天中凡天及水色，尽用空青，竟素上下。"即除画面所表现的具体物象外，他承认光、色、水、天的空间存在。他还说："色彩殊鲜微，此正盖山高人远也。"这就关系到色彩因空间距离而对视觉产生远近不同的变化，是一种自然物理现象。

读顾恺之绘画论著，我们深为他的"以形写神"、"迁想妙得"、"意存笔先"等精辟画理所震撼；更值得自豪的，是这位号称"痴绝"的大画家，早在公元四世纪就对光影明暗、空间远近、色彩视觉等自然现象，用美术的语言叙述其科学的应用。因为仅在一百年前，所有这些还属"西学东渐"的"格致"之学，仿佛是西方人的"专利"。

顾恺之的绘画理论，对中国画传统的形成和发展关系极大。继顾恺之以后，我国又出了两位重要画家，一是南朝刘宋时的陆探微，一是南朝萧梁时的张僧繇，他们都是苏州人。尽管他们没有留下任何作品，但后人将他们和顾恺之并称为"六朝三杰"。唐代张怀瓘在《画断》中这样评价他们的绘画特色："象人之美，张得其肉，陆得其骨，顾得其神，神妙无方，以顾为贵。"据载，陆探微的"骨秀像清"源于顾恺之。而唐初名画家吴道子、阎立本的人物画是师承张僧繇。以此可见，顾恺之是中国绘画史上的一位中枢人物。

气势浩瀚的太湖，以博大的襟怀和独特的灵气滋养了吴越肥沃的土

57

壤，更孕育了一代代出类拔萃的精英。太湖一带，历代文人辈出，诗坛领袖，书画巨擘，不胜枚举。苏东坡在《宝绘堂证》中说："薄富贵而厚于书，轻死生而重于画。"多少恢弘帝陵落得尸骨狼藉，多少华丽相府成了断壁残垣；而顾恺之的画和他的画论，即使是后人摹本，即使几经转载而"相传脱错"，它们却依旧永远珍藏在世界文化宝库之中，可见精神文明遗产的存在，比物质文化遗产更加久远。

在中国绘画史上，顾恺之永远是一座巍峨的丰碑。

万笏朝天话范公

——北宋政治家、文学家范仲淹

一

老一代江苏人都知道范仲淹的名字。他生在苏州，先后担任过泰州盐官、兴化县令和苏州、润州（镇江）的地方官，每到一地都勤政惠民，造福一方。

在苏州任内，他疏浚五河，导太湖水入海，缓解了苏锡常一带的洪涝灾害。在兴化任内，他主持修筑捍海堤堰，建成总长一百五十里的大堤，变盐碱地为良田，两千多户逃荒农家陆续返乡，发展了当地的农业和煮盐业。为表达感念之情，当地百姓将海堤命名为"范公堤"，在没有公路之前，"范公堤"是盐集地区通往海边的陆上通道。九百多年过去了，沧桑变化，范公堤依旧赫然屹立，两侧林木葱茏，平畴沃野，昔日的捍海堤堰和范公的名字同存。古时官吏为了迎合时尚，沽名钓誉，曾经建造了多少煊赫一时的"摆谱工程"、"面子工程"、"政绩工程"，然而都已灰飞烟灭，只有给百姓带来实实在在益处的政绩，利在当代，功垂千秋，人们才会永志不忘。

在他的故乡苏州，范仲淹的事迹更是有口皆碑。明朝著名书画家唐伯虎在咏《天平山》中写道：

> 天平之山何其高，岩岩突兀凌青霄；
>
> 风回松壑烟清绿，飞泉漱石穿平桥。
>
> 千峰万峰如秉笏，崚崚嶒嶒相壁立；
>
> 范公祠前映夕辉，盘云翠黛寒云湿。

天平山，江南名山，在苏州城西二十里，山顶平正，因此得名。山麓有范仲淹祖坟，故又名祖坟山。天平山上奇石根根朝天竖起，如春笋勃发，若林木森然，有"百官朝笏"气势，所以也叫做笏林山，后人书"万笏朝天"四个大字刻石山顶。清代乾隆帝到过天平山，东麓现存接驾亭，亭北荷池名"十景塘"，塘北咒钵庵西侧是范仲淹的功德院，乾隆游天平时，仰慕范仲淹的高风亮节，取唐代诗人杜甫"辞第输高义，观图忆古人"诗意，赐名"高义园"，并亲书匾额，匾饰游龙五条，条条都是暴眼盘口，凶悍剽勇，活灵活现，故名"五龙绊匾"。

范仲淹（989～1052年），字希文，父亲范墉曾任武宁军（今徐州）节度掌书记，范仲淹两岁丧父，母亲带着他改嫁淄州长山（山东邹平）朱文翰，故改名朱说。当时家境贫苦，他发愤自强，去南京应天书院（今河南商丘）求学，昼夜苦读。据《宋史》载：寒冬读书到极度疲惫时，他用冷水洗脸，并且烧一盆粥，冻结实后，每餐用刀割一块充饥，从不叫苦。大中祥符八年（1015年），26岁的范仲淹中了进士，两年后出任亳州（今安徽亳县）集庆军节度推官，此时他上表恢复姓范。

范仲淹苦学成才，毅力惊人，他和历史上苏秦"悬梁刺股"、匡衡"凿壁偷光"等共同成为后人教育子女勤学苦读的典范。在今人眼里，也许觉得不可思议，但真正要学到知识还非刻苦不行。我不是"冬烘"，但我相信不可能轻轻松松就"悟"出"学问"来。历代具有真才实学又能为民谋福祉的，多数出自寒门，因为他们了解民间疾苦，懂得啖饭不易。

凭侥幸从孤儿寡母手里夺取江山的宋王朝，传了两三代就呈现颓势，吏治腐败，财政困难，兵变不断；外患频繁，契丹与党项结成掎角之势，接连不断地南扰东侵。当范仲淹步入仕途时，正值刘太后垂帘听政，宋朝第四任皇帝宋仁宗赵祯尚未亲政。范仲淹的仕途并不顺畅，一生多次起落，数次被贬谪。

天圣六年（1028 年），他从泰州盐官任上调京师，任秘阁校理，上疏太后还政于仁宗，故触怒了太后，被贬谪任河中府通判；直到太后病死仁宗亲政，他才被召回京升为右司谏。仁宗和皇后不和，决意废后，得到宰相吕夷简的支持，范仲淹和一些言官要和宰相"廷争"，结果被外放睦州（今浙江淳安）任知州。不久他调任苏州，因治水有功，再召回京师，先在国子监，后权知开封府（代理府尹）。因不满吕夷简擅权营私，遂将"开后门"升官的京官画入《百官图》进呈，并撰写了《选任贤能论》等四篇论文。吕夷简立即反击，在皇帝面前指责范仲淹"越职言事，荐引朋党，离间君臣"，于是他又一次被贬谪，远去饶州（今江西波阳）任知州。

从天圣六年（1028 年）到景祐三年（1036 年），短短八年间，范仲淹经历了三起三落。在封建王朝"文死谏，武死战"，似乎成了"忠"的标准。范仲淹刚正不阿，秉公直谏，赢得朝野赞誉，同朝的余靖、尹洙、欧阳修三位年轻官员愤起为范仲淹鸣不平，上疏为之辩解，结果也被贬做地方官，故时人称为"四贤"。

二

宝元元年（1038 年），党项族首领元昊在西北称帝，建立大夏国，史称西夏。他发动一连串的进攻，宋军每战必败。1040 年，西夏军队进攻延州（今陕西延安），宋军大败，主将被擒，延州知州范雍被贬。在这危急关头，朝廷任命韩琦、范仲淹为陕西经略安抚招讨副使。

对于打仗范仲淹是门外汉，但宋朝传统是文官统兵。原因在于宋朝开国皇帝赵匡胤任后周殿前都点检时发动陈桥兵变，一夜之间黄袍加身。为防止部下仿效他，于是就演出了不费一兵一卒而"杯酒释兵权"的一幕。从此每逢战争，就由皇帝临时委派文官任统帅，前线作战的将领也临时抽调，将帅对所统率的部队一无所知，战争结束后统帅就交出军权，将领则调往别处。"军无常帅，将不知兵"，"帅"和"将"都成了皇帝棋盘上的棋子。由此造成的致命弱点是将军带领的军队，始终是一群乌合之众，谈不上什么战斗力，特别是让文官统兵就是勉为其难。

范仲淹就像一枚棋子，被仁宗赵祯投向西北战场。这时，延州北面三十六堡寨全被西夏荡平，城内防守力量薄弱。范仲淹自请兼任延州知州，他整顿军队，淘汰老弱，强化训练，修复城寨，同时招还流民垦荒，鼓励商贾活跃物流，将延州建成战备充实的军事要塞。他上书朝廷道，宋军"武备废而不修，庙堂无谋臣，边鄙无勇将，将愚不识干戈，兵骄不知战阵，器械朽腐，城郭隳颓……"。他反对轻率冒进，主张进行持久的防御战，但他的建议未被朝廷采纳。

康定二年（1041 年），韩琦拟五路进军平定西夏，此举得到多数人的支持，但镇守延州的范仲淹坚持认为不可。经略判官尹洙叹道："您在这方面就不及韩公了！凡是用兵，应将胜败置于度外，像您这么谨小慎微，怎么行呢？"范答道："大军一动，万命所悬，你能将人的性命置之度外吗？"结果六盘山下好水川一役，宋军战死一万多人，韩琦狼狈逃回。阵亡将士家属数千人拦住马头，哭声震天，哀号招魂，齐声喊道："愿你们孤魂随韩公返家！"范仲淹叹道："在这个时候，就很难将胜败置之度外了！"

战后朝廷追究战败责任，撤去陕西经略安抚招讨使夏竦的职务；韩琦降为右司谏，知秦州；范仲淹降为户部员外郎，知耀州（今陕西耀县），以后又知庆州（今甘肃庆阳）。其实好水川之战是仁宗亲自批准的。当时韩琦持强硬立场，力主攻策；范仲淹主张持久防御，时而深入敌境展开进攻战；夏竦难以定夺，将攻守二策进呈朝廷，请皇帝决定。仁宗幻想一举成功，决定采用韩琦的政策，结果遭到惨败。

但仁宗并没有接受教训，次年闰九月，又发动定川寨（今宁夏固原县西北）之役，宋军全军覆没，大将葛怀敏战死。经过两次惨痛的失败，朝廷才采纳范仲淹"以防守为主，攻守结合"的战略方针，派遣韩、范两人屯驻泾州（今甘肃泾川），共守边境。此时韩琦对范仲淹心悦诚服，两人同心协力，戍守西陲，朝廷倚为"长城"，时人称为"韩范"。

范仲淹先后镇守延州、耀州、庆州、泾州，他在外围筑寨，加固边城，作为屏障；在军中选将练兵，招募善于骑射的当地百姓充实军队，继招回流民兴垦营田，做好持久作战的准备。他在职权范围内竭力改革宋军体制上的弊端，例如，西夏军来犯，按宋营旧规，总是等级最低的小军官冲在前头，范仲淹说："将不择人，以官为序，为取败之道。"他命令负责练兵的将领带兵作战，根据来敌众寡轮番迎敌。由于官和兵彼此熟悉，将领能珍惜士兵生命，兵卒关心将领安危，从而把将士死亡率降低到最低。

他推行稳扎稳打、步步为营的方略。庆州西北的马铺寨地处敌兵腹地，他要在这里安放"钉子"以牵制对手，遂派遣其子率部秘密行军占领马铺寨，自己引兵随行。诸将均不知去向何方，但后续部队一到，就立即取出器械、材料，日夜突击抢修，十天筑成寨堡，取名"大顺城"。等对方弄清事实后，聚集三万骑兵前来争夺，他命精兵出击，敌骑佯败，他下令勿追，事后证实果然设有伏兵。从此，庆环一路（甘肃庆阳、环县）敌兵势头大减。

他选将不拘一格。敌军攻塞门寨时，生俘宋将高怀德，后又放回，朝廷判处发配远方。但范仲淹上疏说："唐朝名相张说荐用犯罪之人充当将帅，曾曰'活人于死者，必舍生而报恩；荣人于辱者，必尽节以雪耻'。高怀德苦战力屈，出于不得已，如果朝廷放过他，那些陷蕃宋将必将会体识朝廷大度，心向宋室，幡然来归。"果然，此后高怀德成了他麾下的勇将。

小将狄青从边四年，大小二十五战，中流矢八次，负伤后仍身先士卒顽强杀敌。经略判官尹洙向范举荐，求才若渴的范仲淹一见便以为奇才，特地送他《春秋左氏传》和《汉书》，并殷切地勉励说："将不知古今，匹夫勇耳。"狄青由此折节读书，研究秦汉以来的将帅兵法。范仲淹更多方关怀，委以重任。宋军在好水川、定川寨两战惨败后，战局急转直下，西夏铁骑直抵渭州城下，宋廷急调狄青前去迎敌。狄青一到前线，乘对方不备，短兵相接，一举大败西夏兵，挽回了战争预势。后来狄青屡建战功，成为一代名将，官拜枢密使。

在宋夏交界的邠州（今陕西彬县）和庆州散居着骁勇强悍的羌族部落，是宋夏双方都竭力争取的力量。范仲淹多次巡视羌族各部落，在兵荒马乱中为羌民建成承平、永平等十二处寨堡，帮助恢复生产，并约法三章，共同对付西夏。羌人称范为"龙图阁老子"，很多羌寨建生祠供奉他的画像。从此羌部陆续归附宋朝，西夏日趋孤立。后来当听到他去世的消息时，"羌酋数百，哭之如父，斋三日乃去"。和少数民族关系如此水乳交融，这在北宋政治家中几乎凤毛麟角。

范仲淹守边三年，与士卒同甘苦，宋朝防御力量加强。而征战连年的西夏，死伤颇众，加上连续大旱，无力进行持续的战争。庆历四年（1044年），宋夏双方终于达成和议，元昊削去帝号，改为"西夏主"，对宋称臣；宋每年"赐"予银两、绢帛和茶。

对范仲淹西北守边的评价，历来学者说法不一。在一般人心目中，所谓"名将"就应该像卫青、霍去病那样，运筹帷幄，克敌制胜，横扫千军，直捣"王庭"。然而，此一时彼一时也，先天不足的宋王朝，开国伊始就宛若羸瘦病夫，面对外患强敌而无可奈何，金瓯一向残缺，国力始终虚弱，和异族交锋总是败北。这个抱残守缺的王朝，在穷弱的西夏国发动的凌厉攻势下，屡战屡败，连换统帅，仍一筹莫展。

受命于危难之际的范仲淹，采取"以守为主"方针，选拔将领，训练军队，修城拓寨，结合恢复生产和商贸，从被动挨打转变为双方对峙，既履行了武将守土安民的职责，又发挥了文臣稳定民生的功能，在当时条件下，都已属创新之举，以至西北民间流传的歌谣："军中有一韩，西夏闻之心骨寒；军中有一范，西夏闻之惊破胆。"所以，向以持独特见解著称的明代学者李贽，在他编写的《藏书》中，将范仲淹列入"武臣传·大将"，和李靖、郭元振、李光弼、岳飞等并驾齐驱，这也并非没有道理。

如今，在陕西延安仍留有范仲淹守延州时瞭望敌情以及与诸将策划御敌的摘星楼以及当年为解决军民饮水而开凿的"范公井"。当伫立宝塔山头极目远眺，对面山巅的摘星楼高耸入云，依稀可见。巍巍峰冈陡壁，莽莽黄土高原，使人想起当年的金戈铁马、疆场鏖战，使人想起范仲淹在这里写下的《渔家傲·塞下秋来风景异》：

> 塞下秋来风景异，衡阳雁去无留意。四面边声连角起。千嶂里，长烟落日孤城闭。

> 浊酒一杯家万里，燕然未勒归无计。羌管悠悠霜满地。人不寐，将军白发征夫泪！

这首词描绘出雄浑的边塞风光、苍凉的高原深秋，抒发了志士的壮烈情怀。词人咏叹却敌未遂的抑郁，表达坚持守边的勇气和决心，以深厚的生活体验，铸就了特有的视野和气魄，不失为古代优秀的军旅作品，开宋朝豪放词之先河。

65

三

庆历三年（1043年），士兵王伦在沂州（今山东临沂）率众起义，接着张海、郭邈山在陕西领导饥民起义，宋王朝内外交困，危机加深。仁宗赵祯将名扬边陲的范仲淹、韩琦调回京师任枢密副使，不久又任命范为参知政事。同时调回富弼、欧阳修、余靖、蔡襄、王素等一批能臣，一时朝中名士云集，人才济济，阵容可观。面对内忧外患，皇帝欲"改革弊政"。

仁宗敦促范仲淹等人迅速拿出变革方案，这年九月，范仲淹上呈《十事疏》，就十个方面提出改革建议，包括明黜陟、抑侥幸、精贡举、择官长、均公田、厚农桑、修武备、减徭役、覃恩信、重命令。改革内容涉及政治、经济、军事、文化教育等各个方面，十条中有四条关系到整顿吏治。仁宗"照单全收"，全部赞同，绝大多数以诏令形式颁布全国，时称"新政"，史称"庆历新政"。

"新政"很有些创新的内容。如政治上限制恩荫，惩办贪官；改革科举考试，教育内容除经义外，还应增加算术、医药、军事等基本技能；经济上减轻徭役，兴修水利，发展生产以挽救财政危机；军事上在京城招募五万民兵，且耕且战，以节省养兵费用，从士兵中选拔人才。朝廷雷厉风行，于同年十月派出各路转运按察使，分赴各地考察官吏，推行"新政"。

　　范仲淹及其同僚充满锐气，开始实施"新政"，其重点是整顿吏治，根据考察结果罢黜了一批贪浊不才的地方官。据说，范仲淹审核上报材料时，对"不才监司"一笔勾去，枢密副使富弼对他说："您大笔一勾，就会引起一家哭。"范仲淹答道："勾去只是一家哭，不勾却会一路哭！"因为他明白，如果再不整顿吏治，就无法挽救北宋的危机。

　　就以"恩荫"来说，宋朝的"荫子"制就是高级官员的子弟不必经过考试和考核就能当官的一种制度。有些官员府中尚在襁褓中的男婴，往往就有了县令头衔，领取七品官俸禄；有些官员尚未娶妻，但未来的儿子就已被委任官职。"新政"并没有取消这种荒唐的流弊，只是"限制恩荫"，规定除长子外，其余子孙须年满 15 岁、弟侄年满 20 岁才得恩荫，而恩荫出身必须经过一定的考试，才得补官。

　　即使这些妥协性的细微变革，也使整个官僚集团受到很大震动。"新政"限制了权豪的特权，侵犯了官僚阶层的利益，引起高级官员的"公愤"，群起发动猛烈的攻击。被派到各地考察官员的转运按察使纷纷遭到弹劾，他们诽谤范、富等人"结成朋党，欺罔专权"。原宰相夏竦等居然模仿富弼笔迹，伪造废除皇帝的诏书，欲置范仲淹等人于死地，堂堂宰辅，竟然用卑鄙龌龊的手段，干起下三滥勾当，行为之下流令人咋舌。由此可见"新政"涉及"权"和"利"的争斗异常激烈；"积重难返"四个字看似简单，实则道出当时北宋的实际情况。

　　"庆历新政"寸步难行，周边政治环境十分险恶，皇帝态度暧昧，恰好此时西北形势紧张，处于进退维谷的范仲淹以宣抚陕西、河东为名，离开朝廷是非之地。庆历五年（1045 年），朝廷罢去他参知政事（副宰相）职务，放任邠州知州；富弼、韩琦也从枢密副使高位上被赶下来，出任地方官。一批志在改革的主将黯然而退，"新政"只能偃旗息鼓，无疾而终。

　　"庆历新政"本来是由皇帝发动、大臣策划、众多"智囊"起草方案的改革，最后仍由皇帝"拍板"，诏令天下，付诸实施。谁知出台以后，第一个回合就宣告破产，如昙花一现，仿佛是开了一次玩笑，进行了一场

"政治游戏"。它警示后人：在封建专制的"家天下"从事改革，策划一个方案并不难，但实施过程却步步荆棘，倘若改革力度较大，其难度更犹如上青天。

然而，"庆历新政"却在贫瘠的"土壤"里播下改革的希望，激励志士仁人前赴后继。二十六年以后，比范仲淹年轻的王安石又开展了规模更大、力度更强的变法，和"庆历新政"相比，这是一次斗争更尖锐的变革。尽管其结果比前一次变革败得更惨，但变法失败，实际上也敲响了北宋王朝崩溃的丧钟，从反面证实了改革的紧迫性和复杂性。

改革受挫后，范仲淹的仕途更加坎坷。庆历六年（1046年），范仲淹被贬流任邓州知州（今河南邓县）。这年六月，他的好友、谪守巴陵（今湖南岳阳）的滕子京重修岳阳楼行将落成，函请林晟甫作记，并附上《洞庭晚秋图》，请范仲淹写一篇文章用来记述这件事。于是千古名篇《岳阳楼记》就在这年九月十五日问世了。

在这篇寄寓深远、脍炙人口的佳作中，他描龙绣凤般地描绘洞庭景色，阐述登楼者览物之情，深情地抒发其先忧后乐、忧国忧民的襟怀。其中的诗句"先天下之忧而忧，后天下之乐而乐"、"不以物喜，不以己悲"，书写人生志向，表明政治抱负，直抒作者胸臆，砥砺友人同道，成为被后人世代咏传的名句。

半个多世纪前，我在私塾读书时诵读《岳阳楼记》；后来我做教师时，又给学生们讲解《岳阳楼记》。当我于本世纪初来到岳阳楼时，这里是修葺一新、颇具规模的名胜园林，岳阳楼每一层的中堂，都布置着历代名家书写的《岳阳楼记》。当我登楼远眺"朝晖夕阳，气象万千"的八百里洞庭，我领略到"衔远山、吞长江"的雄伟气魄，文章中千古流传、精辟入微的警句，顿时涌上心头，脱口而出：

> 不以物喜，不以己悲。居庙堂之高，则忧其民，处江湖之远，则忧其君。

我蓦然觉得，把国家和人民放在感情的首位，不以一己的荣辱得失为转移，这种宽广的胸怀，比眼前"浩浩荡荡，横无际涯"的洞庭湖还要宽广千倍万倍，更为辽阔壮丽！由"进亦忧，退亦忧"自然凝聚而成的结语：

> 先天下之忧而忧，后天下之乐而乐。

字字雷霆万钧，滋养着一代代人的心田。这是他推行"庆历新政"的最好注脚，抵上雄文百卷；也是他一生屡遭贬谪、依然矢志不渝爱国爱民的真实写照，胜过千本万本自吹自擂的"回忆录"。

范仲淹将古代贤士一贯所崇尚的"风节"身体力行地推向一个新的高度，作为精神文明遗产，在我国民族文化宝库中放射出夺目的光彩，后人以此为荣。

今日岳阳楼公园早已今非昔比，高阁临渚，俯视洞庭，楼台亭阁，星罗棋布，湖中风帆，堤边垂柳，乃中原三大名楼之一（其他两处是武汉黄鹤楼、南昌滕王阁）。园内有小乔墓、纯阳亭，纵然小乔风流多姿，吕纯阳仙踪神奇，但在这里，游人们总是沉浸于范公《岳阳楼记》所表达的高洁情怀之中，"人气"胜过"仙气"。

范仲淹后来又调任知青州，皇祐四年（1052 年），他从青州调颖州（今安徽阜阳），在赴任途中，病逝于徐州，年 64 岁。他曾任多处地方官，辞世消息传出后，各地民众悲痛不已，很多地方建立范公祠。宋仁宗追赠他为兵部尚书，谥"文正"，并亲书墓碑"褒贤之碑"。北宋名臣、文学家欧阳修撰写的"范文正公神道碑"竖立于墓侧，"神道碑"记述了范仲淹一生的重要事迹。

四

范仲淹不仅是调和鼎鼐的能臣、镇守边陲的名将，而且是克己利人的慈善家、兴学育才的教育家，再有，他还是才华横溢的文学家。

他先后在许多地方任地方官，足迹所至，广为兴学，曾在兴化、睦州、苏州、饶州等地建立学宫。庆历年间，他把教育作为新政的一项重要内容推广全国，新政虽告失败，但办学之风却盛行各地，业绩斐然。苏州流传一则民间故事：范仲淹为了埋葬祖父和父亲，选中城南一块墓址，风水先生告诉他，这里风水极好，可以世世代代出状元，谁知范仲淹听后却说："就在这里建孔庙吧！可让苏州世代出状元。"这就是后来的苏州孔庙。风水先生说：天平山风水最坏，祖坟埋在那里要绝子绝孙。但范仲淹偏偏选中天平，他说："把我家坟地放到那里，免得别人再来遭此厄运。"这个传说在江南传为千秋佳话。

在天平还有范仲淹开创的"范民义庄"。范任职多年，从俸禄中节省下来的银两购置了一千亩田，名为"义田"，用以救济同族中穷苦之人，每日有口粮，每年有衣服，婚丧嫁娶、天灾人祸，均有补助。他规定：每人每天一升米、每人每年一匹绢；娶第一个媳妇得钱三十缗，第二个十五缗；嫁第一个女儿得钱五十缗，第二个三十缗；死者安葬得钱三十缗，安葬小孩十缗。范仲淹这一义举，也许是我国最早的家族慈善事业，条例简便，办法原始，但贫寒之家都得到实惠。范仲淹死后，他的子孙仍继承遗志，保存"义庄"，救苦济贫，一如范公生前。

雄奇而又秀丽的天平山，崖壁巍然突兀，群峰拱揖，山径迂回曲折，山石峭然朝天。当地传说：范仲淹自择"绝地"安葬父祖，当晚风雨交加，雷电大作，将块块山石冲击成朝天矗立，从此"绝地"变成了"活地"。这当然是小民善良的愿望，寄寓着"善有善报"的向往，却也折射出"公道自在人心"。

东麓的白云泉、钵盂泉、一线泉等山泉淙淙，终年不涸，《苏州府志》载，白云泉曾被誉为"吴中第一水"，水味甘洌，游人往往至此品茗小憩。西侧的龙门石峡，俗称"一线天"，在重岩叠崖中，出现一条高陡窄迫的山路，仅容一人通行，两壁如刀劈斧凿，仰望青天只见一条蓝线，明代诗人高启赞曰："山分两崖青，天豁一罅白。"

松柏满山，古木参天，大片枫林。据传，范仲淹的后裔、明代任福建布政使的范永霜从福建带回的枫树幼苗，迄今已四百余年，至今还留下一百九十二棵。如今，枫林已成了天平一"绝"。古老的枫槭，高大，挺拔，枝荫遮天蔽日，每当秋冬之交，枫叶似火，层林尽染，如红霞一片，绚丽夺目。

范仲淹的一生，后人的评价是"忠义满朝廷，事业满边隅，功名满天下"。旧时官僚得意后衣锦还乡，往往治府第、造园林、置田产、纳小妾，大摆威风，炫耀乡里，这是小民们司空见惯的"老套"。但范仲淹生活俭朴、治家严格到令人难以置信的程度。他家餐桌上不许超过两道荤菜，死后"身无以为殓，子无以为丧"，堂堂宰辅，连办丧事的钱都没有！可谓真正的"两袖清风"。然而他却倾其所有凝结成一片爱心，化作玉露甘霖，洒向人间，润泽苍生。

高山流水，翠柏丹枫，象征着范仲淹当官为民、心系百姓的道德风范。从他的"先天下之忧而忧，后天下之乐而乐"到清末康有为的《大同书》，都体现了我国以"公"为核心内容的传统理念。德是执政的圭臬、做人的基石。这一切都成了先辈志士仁人留给我们最宝贵的精神财富。在镇越州（绍兴）时，户曹孙居中病卒，全家十口，子幼家贫，范仲淹拿出自己的俸钱百缗（一缗为一千文），买大船一只相赠，派老衙役护送他们回乡，并写了一首诗交给衙役说："过关卡时，如有人查船，将我的诗给他们看。"诗云：

> 十口相携泛巨川，来时暖热去凄然。
>
> 关津若要知名姓，便是孤儿寡妇船。

作为高官、长者的范仲淹十分爱惜人才，他竭力培养、保护和提携后辈精英，又从另一角度显示出他的高风美德。政治家富弼，年轻时勤勉好学，见识过人，范仲淹赏识他有"王佐之才"，遂将他的文章推荐给宰辅王曾、晏殊，后来晏殊还将女儿嫁给他。富弼历任地方官，曾辅佐新政，后来成为贤相。

睢阳秀才孙复家境贫寒，无力赡养老母，范仲淹先帮他补学职，每月收入三千钱；然后指导他学习，授以《春秋》。十年后孙复在泰山下讲学，名闻遐迩，后应召入京，成为著名的学者和教育家。哲学家张载，年轻时好谈兵事，21岁时至延州谒见范仲淹，呈《边议》九条。范仲淹敏锐地意识到张载的强项是儒学，而不在武功，尽管当时军中人才匮乏，他仍然热情鼓励张载钻研儒学，力求创新。由于执著地追求和探索，张载终于创立了自己的哲学体系。因他居住在凤翔郿县横渠镇，人称"横渠先生"，他的学术体系名曰"横渠之学"，创"关学"学派。范仲淹向朝廷推荐许多出类拔萃之士，都各有建树。

范仲淹不是专业的作家诗人，但他以业余笔墨留下的散文、诗词却丰富了中国文化宝库。他的诗词题材广阔，或描绘山川，流溢壮志豪情；或论史鉴今，透析兴衰之慨；或叙事抒情，寄寓远大抱负；或思乡怀旧，展示人间真情。他的作品，既有壮烈苍凉的边塞词，也有柔情丽语的思乡诗。如他的《苏幕遮·碧云天》：

碧云天，黄叶地，秋色连波，波上寒烟翠。山映斜阳天接水，芳草无情，更在斜阳外。

黯乡魂，追旅思，夜夜除非，好梦留人睡。明月高楼休独倚。酒入愁肠，化作相思泪。

碧云，黄叶，翠烟；乡魂，旅思，愁肠，用来映托夜不能寐的游子离恨，反衬客愁的深长，柔情缠绵，荡气回肠。

范仲淹的风景诗不是景物描写的堆砌，而是将自己乐观的生活态度、积极进取精神融合在景物的吟咏中。如《野色》：

非烟亦非雾，幂幂映楼台。

白鸟忽点破，残阳还照开。

肯随芳草歇，疑逐远帆来。

谁会山公意，登高醉始回。

这是一首写实诗，云雾笼罩山峦，残阳时隐时现，在蒙蒙野色中，诗人和他的朋友们一醉方归。平实而淡泊，旷达而豪放。

他在泰州任盐官时，滨海多蚊，他有感而咏《蚊》：

饱去樱桃重，饥来柳絮轻。

但知求旦暮，更休问前程。

诗中丝毫找不出对蚊蚋的憎恶，只是用平淡的口气点出：看你横行到几时？语意双关，借此暗喻吸吮民脂民膏的贪官污吏糟糕的结局，颇有长者之风。

范仲淹不是为写诗而写诗，而是随口吟出，信手拈来。在他的诗中，有不少是写他生活中所熟知的小人物，如《赠钓者》，就是提醒人们吃鱼不要忘记钓鱼者：

江上往来人，尽爱鲈鱼美。

君看一叶舟，出没风涛里。

后人都熟知范仲淹的文章诗词，他出色的书法却鲜为人知。范仲淹的书法，外和内刚，蕴涵凛然之气；心正笔正，风神情怀宛如其人。北宋名家黄庭坚说："范文正公书《伯夷颂》极得前人笔意，盖正书易俗，而小楷难于清劲有精神。"他的传世名迹《与师鲁舍人书》和《道服赞》证实了他书法的清劲有神，超越凡俗。

《与师鲁舍人书》，是他写给好友、文坛名士师鲁的行书信件墨迹。他和师鲁有深厚的文字缘，据说范仲淹的文字经常要请师鲁过目推敲。据《幕府燕闲录》载："范文正尝为人作墓铭，已封将发，忽曰：'不可不使师鲁见之'……"既然两人关系非同一般，写信也就不受拘束，一任指腕之自运，用笔率意，禀性和才赋也就自然而然地流淌笔端。故后代书家对范仲淹《与师鲁舍人书》的书法评价是："此帖举止闲雅，风度淳和，颇有蔼然长者、敦厚君子之风。"这是因为整件作品的构成，古朴率意，无意工拙，绝无刻意书写的痕迹。而且下笔方正，字形清瘦，间架紧凑，不是强求龙飞蛇动，而是寓清劲于规矩之中，显示出博大的气度和精严的韵趣。

他的另一幅名帖小楷《道服赞》，同样受到后世书家的推崇。他擅长的"钩指回腕法"为他的书法表现力锦上添花，结构以方取胜，线条呈方形，孤峭挺拔，摇曳多姿，达到"文醇笔劲，既美且箴"的高度。

范仲淹德才兼备，文武双全，是历史上罕见的贤相良将。范仲淹多次遭贬谪，但他"不以物喜，不以己悲"，始终胸怀坦荡，心贴黎民，为官一任，造福一方，这种超凡的品格，给后世留下深远的影响。相比之下，那些贪赃枉法、以权谋私之徒，就更加显得卑劣可耻，要等到这些人有所醒悟，往往是在他们身败名裂蛰居铁窗之后。可悲！

"茶圣"流芳

——唐茶文化传播者陆羽

一

到无锡的旅行者，总要逛一逛惠山。

惠山，仿佛是江南历史文化的一面镜子。作为全国重点保护文物景区，这里不仅有集中体现江南祠堂文化的惠山祠堂群，清代康熙、乾隆两朝皇帝十二次南巡、十二次"驾幸"的江南名园寄畅园，还有惠山的"天下第二泉"庭院及其石刻。

在惠山二泉，一泓清泉，厅室小轩、四周曲廊或松柏树下设置茶座，引来四海茶客。他们或低声闲聊，或独坐冥思，鉴赏茶水，清除疲乏，也品味人生，都不失为一种乐趣。倘逢佳节，偕三两知己，来这里喝上一壶用松果烹煎的小灶盖碗橄榄茶。松风簌簌，流水潺潺，那碧绿澄清的茶水，清馨隽永的芳香，"天籁"、"地籁"引发出潮水般的"心籁"，使人忘却一己荣辱得失，忘却门外那个世界。

明吴门画家沈周曾在这里画了一幅《碧山吟社图卷》，描绘了在以北宋秦观后裔、无锡士绅秦旭为首的十老人结社吟诗之地，一群文人雅士悠游山林、品茶吟诗、结社作画的场景：有的携琴行走清谈，有的坐听流泉，有的低头沉思。屋内文人正在神情专注地泼墨挥毫，屋外两人相对而坐，其余的人站在山石前，准备写诗作画。雅兴十足的文人，环境清宁的山庄，山抱林围的景致，斯情斯景，往往会使人情不自禁地想起一千多年前的陆羽，一位真切而质朴的"茶圣"。

陆羽（733～804年），字鸿渐，复州竟陵（今湖北天门）人。他生活在唐代安史之乱前后，此时盛唐不再，李世民的"天下英雄尽入吾彀中"的黄金时代已成为过眼烟云。朝政腐败，战乱连年，越来越多的读书人看到政局多变、仕途难测，不少人隐逸山林，顶"高士"美名，咽无奈苦酒。当时颇有文名的陆羽，坚辞唐肃宗任命他为太子文学、太常寺祝的征召，悄然离家，游历名山大川，探索灵泉奇茶，锲而不舍地研究当时还不被人所熟悉的茶学问。他一路风餐露宿，深山采茶，荒川觅水，于上元初年（约760年）隐居于江南苕溪（今浙江湖州），茅居淡食，布衣麻履，野鹤闲云。晚年自称桑苎翁，留下《茶经》三卷。

"隐"是一种特定的历史现象。在漫长的封建家天下社会，"伴君如伴虎"，君主和臣子是不折不扣的主奴关系，得宠的臣子固然可以煊赫一时，但也整日提心吊胆，稍有不慎则往往遭杀头灭族之祸。所以"进则治国，退则归隐"就成了当时读书人生活道路的唯一选择。显然这种选择的范围是十分狭窄的，故而每个朝代都有庞大而分散的隐者群，能留下名字的凤毛麟角，绝大多数默默无闻老死山林，与草木同朽。谁也说不清楚，是历史糟蹋了人才，还是人才辜负了时代。

当然，社会从来就是万花筒，隐也是五花八门，千姿百态。有的是洁身自好，不甘同流合污，一心钻研学问，在洒脱中夹着几分傲气；有的是为了逃避灾祸，隐姓埋名，明哲保身，"苟全性命于乱世，不求闻达于诸侯"；也有的以隐为名，标榜"清高"，沽名钓誉，进可以作为"东山再起"的资本，退可以周旋于官绅之间，清高而体面地分享一点残饭余羹。"优哉游哉，聊以卒岁"，正如清代诗人蒋士铨所写："翩然一只云中鹤，飞去飞来宰相衙。"该诗对此类"隐者"的刻画，可谓入木三分。

但真正的隐者生活并不轻松，他们需要自食其力养活自己。诸葛亮的

"臣本布衣，躬耕南阳"，寥寥几个字说出了"日出而作，日没而息"的劳累和艰辛。作为学者型隐逸的陆羽，为"避世"而隐，他在苕溪东冈山中，盖几间茅屋，种几亩桑麻，足迹所至都是滋生野茶、源有清泉的深山荒川。后人可以从他的好友、诗僧皎然的《寻陆鸿渐不遇》一诗中看出他当时的生活境况：

> 移家虽带郭，野径入桑麻。
>
> 近种篱边菊，秋来未著花。
>
> 叩门无犬吠，欲去问西家。
>
> 报道山中去，归来每日斜。

深山采茶，家中无人，既不锁门，又无狗看家，显然家徒四壁，无物可偷，也可能是民风淳朴无须防备。淡淡数语，勾画出陆羽恬淡而萧条的隐者生活。

陆羽多年隐居苕溪，他的足迹遍及太湖流域的山山水水，使他与距苕溪仅一湖之隔的无锡和太湖之滨的惠山二泉结下了不解之缘。他在这一片湖光山色间留下了深深的脚印，使后代人永远记住他的名字。

二

唐肃宗上元初年，中原大地正陷于"安史之乱"的战火之中。陆羽定居苕溪后不久，就驾着一叶扁舟，穿过烟波迷蒙的太湖来到无锡，访问友人皇甫冉。

说起皇甫冉、皇甫曾兄弟，都是颇具文名的"芝麻官"。他们是润州丹阳人，先后为天宝进士，当时皇甫冉任无锡县尉，皇甫曾任御史，因坐事贬舒州（今安徽）司马。他们在繁花似锦的盛唐诗坛上占有一席之地。

皇甫冉也是一位奇人，他根本不在乎无锡县尉这个助理县令的"芝麻绿豆官"，早想挂冠而去，但就是舍不得丢开甘洌清醇的惠山泉水。在他的《杂言无锡惠山寺流泉歌》一诗中这般描写惠山泉水："寺有泉兮泉在山，锵金鸣玉兮长潺潺。作潭镜兮澄寺内，泛岩花兮到人间。"仿佛"此泉只应天上有"，于是他将惠山泉水看得比头上乌纱更重要。他最后写道："我来结绶未经秋，已厌微官忆归游。且复迟回犹未去，此心只为灵泉留。"有人"恋窝"是为丰厚酬金，有人"恋窝"是为如花美人，只有皇甫冉却为了惠山灵泉而留下。皇甫冉可谓惠泉的第一知音。

皇甫兄弟热情接待了神交已久的诗友陆羽，将他安置在惠山寺中。他们读经说禅，论文评诗，游山玩水，探幽索奇。"究孔释之名理，穷歌诗之丽则，远墅孤岛，通舟必行，鱼梁钓矶，随意而往。"在闲适的生活和潇洒的氛围中，陆羽一住就是经年。

在此期间，陆羽踏遍惠山的峰岭冈峦，山中寻茶，湖畔长啸，探求流泉水源头，博览古梁溪史料。他撰写的《惠山寺记》，对这座江南名山着实做了一番考据，给惠山和惠山寺留下较完整的历史史料，使千年以前的惠山轮廓历历在目。

无锡城西的惠山，秦朝名历山，隋朝称九龙山，又名古华山、西神山。惠山不高，但很秀丽，这里云水苍茫，古木葱茏，一脉山势拱伏跌宕蜿蜒西去，犹如腾空起舞的九曲青龙。相传西晋高僧慧照从西域来此结庐修行，故后人改名为慧山。古语"慧"与"惠"相通，渐称"惠山"。梁大同三年，佞佛的梁武帝建造惠山寺，从此其成为江南名刹。

在《惠山寺记》中，陆羽笔下的惠山景色是：山中"丛篁灌木，浓翠可掬"、"泉源滂注崖谷"，登上山巅，"下瞰五湖，大雷、小雷，洞庭诸山以睨掌可矣"。当时江南大刹是苏州虎丘、丹传鹤林、杭州天竺，但陆羽钟情惠山，他说："引修廊，开邃宇，飞檐雕梁，凌烟架日，则江淮之地，著名之寺，斯为最也。"

泉水是惠山的特色。惠山素称有"九龙十三泉"，其实远不止此。满山松篁，处处泉眼，山涧叠叠，流水淙淙，作为"茶圣"的陆羽，当然要访遍泉眼逐个鉴尝。最后这位嗜茶如命的大师，独独钟情于白石坞下的一眼清泉。此处泉水水质醇厚，色泽透明，泡茶没有半点杂质，于是他断言："余品评天下水二十余种，以庐山水帘水为第一，惠山石泉为第二。"并兴致勃勃地在惠山寺旁种下一棵茶树，以纪念他的这个发现。

名人效应，果然非同凡响，经过陆羽的品译，从此惠山泉水身价倍增，无锡人就将白石坞泉水取名为"陆子泉"，并在泉边山坡上建造了"陆子祠"。随着年代的久远，人们觉得"天下第二泉"的名字更加响亮，渐渐称为"二泉"。现在，"陆子泉"已很少有人提起，"陆子祠"也几度倒坍又几度重建，但"天下第二泉"的名头仍遐迩闻名，蜚声大江南北。

三

陆羽继续在无锡周围太湖一带山中采茶。他赞赏宜兴山中的茶叶，在后来的《茶经》中道，宜兴生君山悬脚岭北峰下的茶叶，与荆州义阳郡相同；而生圈岭、善权寺、石亭山的茶叶，抵得上"舒州茶"。"芬香冠绝他境，可供尚方。"以后这些茶叶品种，都成了上贡宫廷的"贡茶"，俗称"阳羡茶。"他外出采茶总爱独来独往，有时累月不归。皇甫曾在《送陆鸿渐南山采茶》一诗中写道：

> 千峰待逋客，香茗复丛生。
>
> 采摘知深处，烟霞羡独行。
>
> 幽期山寺远，野饭石泉清。
>
> 寂寂燃灯夜，相思磬一声。

陆羽身背简单行囊，进入邻县深山。饥时捧一掬泉水，扒几口冷饭，夜宿荒山残寺，一连多日不归，无怪他的友人听到寺院做晚课的钟磬声，就会勾起绵绵的思念之情。

陆羽回到苕溪后，就闭门著作《茶经》。《茶经》是世界上第一部论述茶的专著，《茶经》问世后，很快就引起轰动效应。在中国古代，民间研究能得到官家正式认可的为数寥寥，但《新唐书》却记载："羽嗜茶，著经三遍（卷），言茶之原，之法，之具尤备，天下益知饮茶矣。"所谓"尤备"，承认了陆羽对茶道研究的细致和周详。他将"养在深闺人未识"的茶道，作为大众饮品介绍给世人。为世人展示了一个崭新的茶的天地，揭开了茶文化研究的序幕。西方对咖啡的论述，远远不如陆羽论茶那样科学，那样熨帖入微，甚至还带点浪漫色彩，这就为一千多年来的茶道发展奠定了高文化品位的起点。

在野史和传说中，陆羽都被尊为"茶神"，他品茶的技艺确实神乎其神：湖州刺史李季卿在扬州巧遇陆羽，命随从士兵专程取来南零水，请陆羽鉴定。陆羽倒下一点验看，断然道："这不是南零水！"他将瓶中水倒掉一半，把剩余的再倒进木勺，摇一摇，看一看，尝一尝，然后说："这才是南零水。"取水的士兵当场惊呼："神人，真是神人！"

原来南零水出自长江中心的石窟泉眼，士兵找到泉眼处，用长绳和特制的瓶子系牢汲竿，吊入古窟泉眼，好不容易取到泉水。不料船在靠岸时剧烈摇晃了一下，瓶中泉水泼掉一半，为了回去交差，他掺进了一些江水。待士兵说出真相，李季卿恍然大悟。他十分佩服陆羽的鉴水功力，并要求陆羽将品尝过的泉水逐一评价。于是，陆羽将名泉分为二十等，其中无锡惠泉被他评为天下第二。

古代交通不便使得旅游行踪受限，陆羽当然不可能一一品尝天下名泉，然而，惠山石泉水经过他的权威鉴定，顿时成为海内名泉。遗憾的是，陆羽找泉鉴水的史实，并不被更多人所知晓和重视。倘若他那种踏遍青山寻找灵泉的刻苦精神、一丝不苟讲究水质的科学态度为后人所接纳，就不会造成如今水质污染的严酷现状。陆羽列举的二十种泉水，恐怕再也无法一一比较了。面对着一条条黑水河，一个个混浊的湖荡，作为后人的我们，深感愧对祖先。

《茶经》问世后，士大夫一时奉啜茶品茗为高品位的文化享受，唐肃宗赏赐陆羽"茶博士"虚衔。可笑的是，北宋以后人们称呼茶楼堂倌为"茶博士"，将一代"茶圣"与市井混为一谈，令人不禁为陆羽鸣冤，对"博士"身份的"跌价"、"降格"，也只能一笑置之。

继陆羽的《茶经》以后，关于茶的专著相继出现。其中影响较大的，有北宋宋子安的《东溪试茶录》、赵汝砺的《北苑别录》，明代许然明的《茶疏》等。这些著作都从采茶、拣茶、蒸茶、榨茶、造茶、煮煎、用水、择器等多方面进行精辟论述。由于历代文人嗜茶，传下一段段"以茶会文"的佳话，茶道逐渐从制茶工艺辐射到文学、书画、雕塑、医药、建筑、园林等各个领域。茶道，成为中华文化范畴内的一脉支流。在众多论茶的专著中，都提到二泉水，所以历代江南的显贵名流、文人墨客都要到此风雅一番。杯茶在手，细品慢啜，"舌底朝朝茶味，眼前处处诗题"。始则耳目清新，继而俗虑顿失，思路清晰，灵感忽生。但凡属美好的事物，旧时总得先满足宫廷和官府的"特需"。据说，唐朝宰相李德裕爱饮二泉水，檄令地方官通过驿站用快马送往京师。晚唐诗人皮日休写诗嘲讽说：

> 丞相常思煮茗时，郡侯催发只嫌迟。
>
> 吴关去国三千里，莫笑杨妃爱荔枝。

无独有偶。宋徽宗赵佶也是二泉水的爱好者，他的《大观茶论》将"惠山水"列为"首品"，评价很高，指定"月进百樽"，由苏州供奉局随同"花石纲"送往京都。然而，乐极生悲，两年以后他就成了金国俘虏，据野史载，他有时竟以马尿解渴！相比之下，同样是嗜爱二泉水，明代画家王绂、清朝皇帝爱新觉罗·弘历（乾隆）的品位和格调就要高明得多！他们在二泉留下了茶道佳话。

明初著名画家、无锡人王绂和惠山寺住持普真是茶友，普真爱种茶，王绂爱喝茶，他们特从湖州请来工匠编制烹茶的竹炉。这只竹炉高不盈尺，内装铜栅，上圆下方，形如道家的乾坤壶，用来煎二泉水泡茶。王绂即兴挥毫，画了一幅《竹炉煮茶图》，并题诗曰：

> 僧馆高闲事事幽，竹编茶具瀹清流。
>
> 气蒸阳羡三春雨，声带湘江六月秋。
>
> 玉臼夜敲苍雪冷，紫瓯晴引碧云稠。
>
> 禅翁托此重开社，若个知心是赵州！

好水，好茶，好茶具；好景，好友，好诗画，真是"一啜风生腋，俄惊骨已仙"。最后一句引用了《茶寮记》中茶文并佳的赵州和尚从谂的典故，积极响应普真禅翁重开"汤社"之举。

这幅画享誉文坛，历代诗画名流和者甚众，于是后人在竹炉烹茶原址建造了"竹炉山房"，王绂的《竹炉煮茶图》成了惠山寺收藏的珍品。不料，后来在战乱中原画散失，几经辗转，于康熙年间由著名词人纳兰性德赠送给无锡名士顾贞观，从而使名画重归惠山寺。乾隆几次南巡，都在此用竹炉煮茶、品茗、看画，怡然自得。他想到了最早发现二泉、并第一个以毕生心血研究茶道的陆羽，不禁信口吟道："鸿渐真识味，高风缅畴昔。"不久原画毁于火灾，乾隆闻讯后十分惋惜，这位风流君主也仿王绂笔意，补画了一幅《煮茶图》，并书写条幅"顿还归观"，连同内府珍藏的王绂《溪山渔隐图》，一并赏赐惠山寺，得以保存。

这是"茶品"，也是"文格"。两种"茶品"、两种"文格"，给人留下了更多的比较和思索。

四

二泉名水，晶莹明透。在饮茶没有成为大众化生活习惯的古代，它伴随着有些读书人度过寒窗生涯。在茶灶荧荧的火苗中，在茶盏碧绿的水影里，也映照出古代知识分子的不同际遇、心态和境界。

唐代的李绅，青年时在惠山结庐读书，他赞美二泉水："人间灵液，清鉴肌骨，含漱开神虑，茶得此水，皆尽芳味。"后来他中元和进士。这位以《悯农》诗二首蜚声文坛的无锡人士，仕途坎坷，一次为宗室李锜所囚，几被处死；一次卷入"牛李党争"，被贬为端州司马。最后他终于走出逆境，出任淮南节度使，成为朝廷倚重的重要官员，病死扬州。晚年他多思乡怀旧之作，孤独而消沉，全无封疆大吏的威势和"官腔"，他在《上家山（惠山）》一诗中写道：

> 青山不可上，昔事还惆怅。
>
> 况复白头人，追忆空眺望。

在淡淡的乡愁之下蕴涵着空虚、落寞和疲惫，反映出他洞察世情后对漫漫仕途的厌倦，在无休止的人际纠葛之后所留下的是心灵上斑斑伤痕。

卷入朋党之争的北宋苏轼，仕途更为坎坷，多次大起大落，但他却活得潇洒自如。他每到江南，就沉醉在多情的山水之间，撇开烦恼、忘却不幸。他多次来惠山品茗，并留下七律一首：

> 踏遍江南南岸山，逢山未免更留连。
>
> 独携天上小团月，来试人间第二泉。
>
> 石路萦回九龙脊，水光翻动五湖天。
>
> 孙登无语空归去，半岭松风万壑传。

这首诗浪漫洒脱，颇有超然物外的精神。但最后他引用了西晋孙登无语、阮籍怅归的典故，透露出像东坡居士那样明智之士，心灵深处也并非没有浇不灭的块垒。可见旧时从政文人确实活得很累！然而尽管如此，旧中国的读书人仍旧看重仕途，这是因为中国历来是官本位社会，官民悬殊不啻天渊，荣华富贵毕竟魅力无穷。这样，就愈加显示出陆羽这一类读书人的可贵。陆羽"学而优不仕"，漠视功利，逃避征召，一心论茶，于804年病逝于苕溪，活到71岁。他有诗名留下的不多，有的只有目录而诗句佚失，但他却留下了足以传世的《茶经》，开我国茶道研究之先河。他生前寂寞，但死后老百姓却公认他为"茶神"，是制茶卖茶行业的祖师爷，这种民间的"封谥"，十分富有喜剧色彩。

在陆羽以后的漫长岁月中，茶道得到广泛的传播和普及，我国的种茶饮茶，堪称世界之最。从宫廷的"琼林毓瑞"、"玉叶长春"，到路边凉亭的大麦茶、茶梗汤；从京城豪华茶楼，到三家村口的简陋茶棚；粤闽一带，把"功夫茶"看成高品位的待客之道；在川西平原多如牛毛的小茶店中，人们喝茶、"摆龙门阵"是生活中的"必修课"；而在江南，却几乎是"无山不种茶"，从而将旖旎水乡装点得更加清朗、秀丽。

这是陆羽生命的延续和展伸，一位远避尘世的隐者，到处播种茶道，用毕生心血浇灌的星星茶芽，结出了明妍的文化奇葩。茶道流向日本、流向朝鲜、流向东南亚、流向西欧和北美……这也许是当年远离庙堂"处江湖之远"的陆羽所始料不及的。

伴随着缕缕茶香，"茶圣"陆羽的名字传遍华夏城市，清冽甘醇的惠山泉水千年流倘。历来到惠山的茶客，不仅喝茶解渴、闲坐消遣，还可以从江南淡茶中调节心态、缓解郁结、试尝空灵、品味人生，去寻觅属于自己的情趣和寄托。南宋著名词人吴文英晚年在《水龙吟·惠山酌泉》中写道：

> 艳阳不到青山，古阴冷翠成秋苑。吴娃点黛，江妃拥髻，空濛遮断。树密藏溪，草深迷市，峭云一片。二十年旧梦，轻鸥素约，霜丝乱，朱颜变。

> 龙吻春霏玉溅。煮银瓶，羊肠车转。临泉照影，清寒沁骨，客尘都浣。鸿渐重来，夜深华表，露零鹤怨。把闲愁换与，楼前晚色，棹沧波远。

这首词描绘的是惠山秋色，二泉品茗。斜阳轻抹，烟树迷离，流泉从螭首石雕中汩汩流出，载满瓶罐的水车，沿着绿荫密盖的羊肠山路嘎嘎而过，仿佛看到陆羽翩然而至。泉水晶莹清冽，纯净芳醇。细啜慢饮，一洗游子心头烦躁，不禁产生化鹤归辽、沧波棹舟的悠悠思绪。

石湖畔的苦吟

——南宋诗人范成大

一

昼出耘田夜绩麻，村庄儿女各当家。

童孙未解供耕织，也傍桑阴学种瓜。

儿时在私塾里读过《千家诗》，上述绝句就是《千家诗》中的一首，作者范成大。中国古诗若满天繁星，绚丽璀璨，但很多印象都已淡漠，唯独这首童年启蒙的小诗，却仍然刀刻般地留在脑海深处。

南宋名臣、著名诗人范成大（1126～1193年），字致能，平江（今苏州）人。28年宦海颠簸，晚年卜居苏州石湖，自号石湖居士，人称范石湖。

上方山麓的石湖是太湖支流，周围二十余里，夏秋季节波涛涌动，冬春时分则水平如镜，一碧千顷。相传，吴亡后越大夫范蠡功成身退，从这里进入五湖，消失在浩淼烟波中。石湖东有越来溪，攻进姑苏的越军来自此处，故名"越来"。湖畔筑有"越城"，宋时仍留有颓台残堞，范成大在越城故址建造石湖别墅，背山面水，有亭有榭，遍植梅树，宋孝宗赐予"石湖"亲书。别墅包括北山堂、半圃堂、天镜阁、玉雪坡、锦绣坡、千

岩观、梦渔轩、说虎轩、盟鸥轩、绮川堂等。当年范成大的《初归石湖》，
描述出了石湖的绮丽风光：

> 晓雾朝暾绀碧烘，横塘西岸越城东。
>
> 行人半出稻花上，宿鹭孤明菱叶中。
>
> 信脚自能知归路，惊心时复认邻翁。
>
> 当时手种斜桥柳，无数鸣蜩翠扫空。

晨曦初上，晓雾未散，湖面色彩斑斓，十里稻香，鹭立菱塘，柳阴深
处响起蝉声一片。范成大笔下的石湖，山温水软，野趣盎然。

按照苏州习俗，农历八月十八游石湖。上方山下行春桥边船舶如云，
华灯初上，如水月华洒向行春桥的九个环洞，每个环洞都捧出清辉一片，
其影如串，名为"石湖串月"。清代诗人沈朝初的《忆江南》咏曰：

> 苏州好，串月看长桥。
>
> 桥畔重重湖面阔，月光片片桂轮高。
>
> 此夜爱吹箫。

时移世变，原来的石湖别墅早已荡然无存。我曾于 20 世纪 50 年代经
过石湖，这里依旧是萧瑟山林，荒凉芦丛。二十多年来，百废俱兴，石湖
成为苏州的著名景区，这里以吴越遗迹和江南田园风光见称。数年前，我
重访石湖，湖上烟波迷茫，渔帆点点；越来溪碧波荡漾，两岸桑株叠翠；
山麓间亭台楼阁星罗棋布；上方山上楞迦寺（俗称上方寺）香火鼎盛
（"楞迦"为古狮子国即今斯里兰卡山名，传说佛曾在此山讲经，寺内的七
层浮屠楞迦塔是隋朝大业年间所建）。

今日石湖，虽然已与苏州连成一片，但仍然是城市中的乡村，典型的
江南水乡。站在上方山高处极目远眺，群山逶迤，湖荡密布，峰峦如青翠
皇冠，河泊若玉带明珠，漫山茶林，遍地桃柳。"落日淡烟消，平湖碧玉
摇"，人们可以将都市喧嚣、世俗困扰暂时搁在一边。

于是，我想起了晚年居住在这方山水之间的石湖居士——范成大。

二

北宋钦宗靖康元年（1126 年），就在范成大出生的这一年，金兵占领东京（河南开封），掳走徽宗、钦宗两个皇帝，随带掠走黄金三十六万两、白银七百一十四万两，珍贵文物不计其数，更有皇室数千人，北中国遍地血腥。徽宗赵佶的第九子赵构逃到南京（今河南商丘）即位，组建南宋小朝廷，帝号高宗。他不听忠谏，惶惶如丧家之犬，一路南逃，金兵尾随穷追。范成大的家乡平江惨遭浩劫。史载，富庶繁华的平江城遭金兵纵火烧杀，只剩下一所寺院，全城死亡五十万人，大火五日不熄，百多里外都可见到浓烟。这年范成大 4 岁。

范成大出身士族，父亲范雩是宣和进士，官至秘书郎。他自幼聪颖，14 岁能文，但此时父母先后辞世。在以后黯淡的少年岁月中，他目睹偏安临安一隅的南宋王朝种种卖国投降勾当；他目睹杀害爱国将领岳飞的"风波冤狱"，以及"绍兴和议"卖国条约的出笼；他目睹爱国官民惨遭迫害，官家穷凶极恶地压榨民脂民膏；他目睹赵构向"大金皇帝"俯首称臣，年年进贡，岁岁朝拜……范成大于是避居深山，寄身寺庙，十年不出，并取意于唐人"只在此山中"诗句，自号"此山居士"。在他早年为数很少的作品中，有一首《窗前木芙蓉》云：

辛苦孤花破小寒，花心应似客心酸。

更凭青女留连得，未作愁红怨绿看。

木芙蓉，又称拒霜，秋日开出艳丽花朵。诗人以木芙蓉自喻，哪怕霜神（青女）流连不走，号为拒霜的木芙蓉也不会像春花那样"愁红怨绿"，露出一副可怜相。小诗表达出不怕霜雪欺凌的风骨和柔里寓刚的品格，显然是一首明志诗。

后来，他父亲的同年王葆，一再用"先君遗志"才使他勉强"出山"，攻读举业。绍兴二十四年（1154 年），范成大 29 岁时中了进士，次年被派为徽州司户参军。从他上任途中所作《天平先陇道中，时将赴新安掾》

85

看来，他对做官并不热衷：

> 霜桥冰涧净无尘，竹坞梅溪未放春。
>
> 百叠海山乡梦熟，三年江路旅愁生。
>
> 松楸永寄孤穷泪，泉石终收浪漫身。
>
> 好住邻翁各安健，归来相访说情真。

　　时值隆冬，天寒地冻，诗人告别天平山祖茔，赴新安（今安徽徽州）上任。多数新官上任都踌躇满志，而范成大想到的却是"三年旅愁"、"海山乡梦"，才入仕途就已盘算退隐后和邻翁相聚，互说衷肠。可见，开始时他就将做官看做"鸡肋"，也无怪他一生多次呈上"辞职报告"。

　　宋代官制，一般三年任满，但范成大在徽州任内近七年，州官已换三任，他却仍处原职。直至在南宋能臣洪适的推荐下，范成大才去临安（今杭州）当了京官。在京师数年，担任多个职务，都是史馆清秘、文学词臣之类角色。乾道二年，他被任命为吏部员外郎，转入政事部门，不料言官指责这是越级迁升，于是范成大上请辞官，请领"祠禄"，回到苏州。两年后，朝廷任命他知处州（今浙江丽水），在处州一年中，他兴修水利，推行"义役"，减轻百姓"丁钱"负担，政绩斐然。次年回京，不久任起居舍人。

　　乾道六年，朝中发生了一件与范成大关系重大的事情：南宋第二任皇帝宋孝宗赵昚即位后，屡次想收复被金国占领的河南"陵寝"之地，更改宋朝皇帝跪拜接受金朝国书的耻辱礼仪，这种礼仪人人以为奇耻大辱，唯独赵构乐意奉行。皇帝要派大臣赴金国交涉，朝中将臣无不惧怕得罪金国惹起战端，右相虞允文推荐李焘、范成大充当使臣。李焘在朝中素有清名，他洁身自好，秦桧当政期间他坐了三十年"冷板凳"，人们赞誉他"如霜松雪柏"。但听说要他担负和金人交涉的差使，顿时面容失色，说道："这不是要我去送死吗？"足见承担此次使命的凶险。然而范成大却慨然请行而义无反顾，朝廷任命他为起居郎、假资政殿大学士、祈请国信使（又称冠盖使）。临行前，孝宗赵昚跟他进行了一次沉重的对话。

　　赵昚说："卿此番出使，外议汹汹，是人皆畏怯的难事啊！"

86

范成大答道："无缘无故派专使使金，金方看来是无事寻衅，使臣不是被杀就是被扣。臣已立了后嗣，妥善安排好家事，做好回不来的准备，所以毫无牵挂和畏惧。"

赵眘听后十分感动，说："我既没有毁约，也未发兵，你此去未必有性命之忧。但像汉苏武那样被金人羁囚，啮雪餐毡，也许会有，我所以没有明言，是恐怕对不起你。"

滑稽的是，在朝廷交给范成大带往金国的正式国书中，只请求交还皇室陵寝，朝中无人敢将更改受书礼仪一事写进国书，他们要范成大自己设法交涉。在满朝文武贪生怕死、谈金色变的氛围中，范成大毅然北上，很有"风萧萧兮易水寒，壮士一去兮不复返"的壮烈和豪迈。

金廷法规严厉，从不允许使臣递私人书奏。范成大在金廷递呈国书时，慷慨陈词，据理力争，要求归还陵寝，正当金国君臣静心倾听时，他又拿出关于更改受书礼仪的"私书"，要求对方接受。金主又惊又怒，厉声呵责负责外事的金方副使说："宋使臣从来无人敢如此大胆放肆！"说罢就要起身离去，站在一旁的金国太子竟然要斩杀范成大，气氛十分紧张。但范成大屹然不动，神态自若，仍坚持要金方接受"私书"，否则决不离开。看惯了宋使奴颜婢膝、低声下气的金国群僚，对大义凛然的范成大深表敬佩，最后金主不得不接受"私书"。

俗话说"弱国无外交"，本来南宋提出的两项要求，乃是赵眘的一相情愿，绝无成功可能，范成大的外交使命当然不会有结果。但他在金廷所表现出的舍身为国的民族气节，震撼南北，为朝野一致称道，这为南宋朝廷卖国投降、苟且偷安的混浊逆流中注入一股振奋人心的清泉。

范成大此次出使金邦，经过淮河以北的北宋故土，他以日记方式逐次地记载了沦陷区所见所闻，写下七十二首七言绝句和一本《揽辔录》。这是一幅国破家亡的凄惨画图：荒墟树穴狐貛栖息的东御园，土窑泥炕披裘夜眠的范阳驿；诸市荒索仅有人居的汴梁市街黄沙如雨，溏泺干涸野草丛生的安肃老城满目萧然；颓垣破屋的栾城驿站灶中无火，雕甋成堆的邯郸古都藜藿稀贵；繁荣的大相国寺只能卖羊裘狼帽，卢沟游帐内服贱役的都是掳来的宋朝百姓；汗流浃背跟着车子奔跑的黥面女奴，桑柘寒径叫卖缣帛的染坊老板……以下是广为后人吟诵的《州桥》：

州桥南北是天街，父老年年等驾回。

忍泪失声询使者："几时真有六军来？"

汴梁天汉州桥是京师闹市区，也就是《水浒》中杨志卖刀的地方。但据记载，宋使到了金都，"避嫌疑，紧闭车内，一语不敢接"，更不会有吃了豹子胆的"遗老"敢在大街上拦住宋使问："宋军何时打回来？"然而，诗句确实传达了他们内心的真正愿望。正如著名学者钱钟书所说："这首可歌可泣的好诗，足以说明文艺作品里的写实不等于埋没在琐碎的表面现象里。"《州桥》滤掉渣滓，剪除枝叶，干净直白地表达沦陷区百姓的心声，读来觉得完全入情入理。

范成大全节而归，升任中书舍人，蜚声朝野，但他自谦说："许国无功浪著鞭，天教饱识汉河山。"大诗人陆游在《筹边楼记》中说："范成大使金归来，能详尽地说出金国的礼仪，刑法、职官、制度如数家珍；他从幽蓟出居庸关，自定襄、五原抵灵武、朔方，对这些地方古今战守离合、得失是非，一皆究其本末，口讲手画，委曲周悉，如言其（南宋）国内事。"可见，范成大不只是文人诗家，也是干吏能臣。

次年，赵眘任用奸佞、外戚张说担任军务要职签书枢密院事，满朝哗然，但谁也不敢反对。当赵眘让范成大起草任命时，他竟然不服圣命，拒绝起草，赵眘脸色大变，而范成大从容镇定如实喻谏，终于使任命暂搁。他自知得罪皇帝和权臣，已无法立足朝廷，于是又上书辞职归里。

三

乾道八年（1172年），范成大受朝廷"起复"，被外放任地方大吏，直到淳熙九年（1182年）。十年之间，他流转于静江（今桂林）、成都、明州（今宁波）、建康（今南京），担负一方军政重任。但是，此时南宋小朝廷君昏臣佞，朝政腐败，已病入膏肓，诚如当时的大儒朱熹所说，"陛下（赵昚）之德日隳，纪纲日坏，邪佞充塞，货赂公行，兵愁民怨……饥馑荐臻，君小相挺，人人皆得满其所欲"。

在极其艰难的处境中，范成大仍竭力为民做好事，使百姓在重压下略得喘息。在桂林，他抑制监司官权限，使盐税苛敛得以稍减；在四川镇帅，他治兵选将，施利惠农，减酒税四十八万缗，停"科"籴五十二万斛；在明州，他革除原来的害民虐政，移军米二十万石赈救饥民，减租米十万多斛……虽然这些对生活在深重苦难中的百姓来说只是杯水车薪，但举世嚣嚣，能够如此顾及黎民死活的官员，在当时实在少而又少。正如他在明州写的一首诗中所言："老身穷苦不须忧，未有毫分慰此州，但得田间无叹息，何须地上见钱流！"

范成大在外地四任边帅，足迹遍及南宋疆域的"四极"，留下大量山川行旅诗。峻峭的"钻天三里"，纡曲的"四十八盘"；倾崖贴胸尖石割脚的《猢狲愁》，前壁如削后崖断裂的《蛇倒退》；"峡行五程"不见村落的《大丫隘》；"废庙藤遮合，危桥竹织成"的清湘道。在巫峡，木船在急流的隧道里行驶，"束江崖欲合，漱石水多漩；卓午三竿日，中间一罅天"。而在川江的漩涡中，"惊呼招竿折，奔救竹笮断；九死船头争，万苦石上牵"，更让人惊出一身冷汗。后人评价这些诗歌说："深感政局国势之险恶，所谓即景生情，触事而发。"行路难，仕途更为凶险。

在范成大的山川行旅诗中，看不见春花秋月的明丽清妍，找不到游山玩水的闲情逸致，他描绘险山奇水凸显世途崎岖，记述乡土民俗展现百姓苦难深重。在《黄黑岭》中，一群避居深山巢居农夫的非人处境，使其发出"安得拔汝出"的呼声；在《潺陵》中，白发老人说道：金兵撤退四十多年，这里依旧是"百里无钮犁，闲田生春草"，战争留给人民的创伤触目惊心。

他从湖南入川，因洞庭连日大风，绕道赤沙湖，作《连日风作，洞庭不可渡，出赤沙湖》诗。云梦故道，气候恶劣，四顾茫茫，在杳无人迹的风雨黄昏，诗人引吭悲歌屈子的《楚辞》，从苍凉落寞的吟咏中透露出内心的孤独和迷惘：

汨罗水饱动荆渚，岳麓雨来昏洞庭。

大荒无依飞鸟绝，天地唯有孤舟行。

慷慨悲歌续楚些，仿佛幽瑟迎湘灵。

黄昏惨淡舣极浦，虽有渔舍无人声。

他的山川行旅诗蕴涵苦涩和辛辣，使人从震撼中咀嚼无穷余味。在《澧浦》一诗中，诗人描述了江上逆风，水中罟网，美好的香草蔫头耷脑，丑陋的杂草却春风得意，影射了当时忠臣受压、权奸当道的世情：

苇岸齐齐似碧城，江船苦岸逆风行；绿蘋白芷俱憔悴，惟有葽蒿满意生。

90　　　他细看峡中"畲田"，仍是"刀耕火种"的原始耕作，联想到家乡的丰腴沃土和优质大米，在《劳畲耕》中写道：

我知吴农事，请为峡农言。吴田黑壤腴，吴米玉粒鲜。长腰匏犀瘦，齐头珠颗圆。红莲胜雕胡，香子馥秋兰；或收虞舜余，或自占城传，早籼与晚罢，监吹甑甗间。

他一口气数出多种吴稻：像瓜子片儿似的"长腰米"，圆净如珠的"齐头白"；胜过菰米的"红莲稻"，芳香扑鼻的"九里香"（香子）；焦头无须的"舜王稻"，来自南海的"占城种"；还有价格最低的"稏稻"、"籼禾"。但肥沃的土壤、精细的耕作并没有给吴农带来温饱。他继续写道：

不辞春养禾，但畏秋输官。奸吏大雀鼠，盗胥众螟蝗。掠剩增釜区，取盈折缗钱。两钟致一斛，未免催租瘝。重以私债逼，逃屋无炊烟。晶晶云子饭，生世不下咽。食者定游手，种者长充涎。

真是骇人听闻的盘剥！用大斗装官租，由"官家说了称"的"折价"，敛取"实物税"，还有"加耗"、"呈祥"、"修仓"、"头脚钱"、"支俵"等名目繁多的征收，名为一石租，实交三石粮。催租时严逼拷打，农民周身留下斑斑伤疤，不得已借"私债"交官租，高利贷利息两到三倍，罄其所有不够还债，只得弃家外逃。吃着香喷喷白米饭的，定是游手闲散之辈，而种粮的只能在一旁流口水。在范成大的大手笔下，这种畸形的社会现象被刻画得入木三分。

对雄伟山河的款款多情，对蜩螗国事的忡忡忧心，对五谷耕耘的孜孜探索，对百姓苦难的殷殷关切，形成范成大山川行旅诗独具一格的特色。正如后代学者所评："石湖此等诗，当时后世，可与比肩者实未多见。"

四

范成大从桂林、四川两任回朝后，淳熙五年（1178 年）被任命为参知政事，走上"宰辅大臣"的仕宦高峰，故世人尊称他为"范参政"，实际上他只做了两个月的参政。暮气和佞幸捆成一团的赵眘，对范成大的逆耳忠言早感厌倦，几个佞党御史乘机攻击他，使他立即得罪降职，再领"祠禄"归里。赵眘之所以任用范成大，是因为他有才能，据陆游《渭南文集》记载："公（范成大）在中朝，以洽闻强记擅名一时，天子有所顾问，近臣皆推公对，莫敢先者。"他是朝廷的"智库"。然而，赵眘和范成大君臣政见完全不同。范成大在《双庙》一诗中道：

> 平地孤城寇若林，两公犹解障妖祲。
>
> 大梁襟带洪河险，谁遣神州陆地沉？

双庙又名双王庙，用以祭祀唐代"安史之乱"中死守睢阳壮烈殉国的许远、张巡。这里暗喻北宋靖康元年的"太原之围"。金兵久围太原，守将王禀等坚守二百五十多天，宋廷坐视不救，守军粮尽无援，依靠吃草木、皮甲存活，最后竟至人吃人。王禀带领饿兵死战，城破投水殉国，金兵长驱南下攻进东京。诗人愤怒地问：国土沦丧是谁的罪责？显然，"神州陆沉"是徽宗赵佶荒淫无道的结果。

在另一首《题夫差庙》中，他表述得更直白：

> 纵敌稽山祸已胎，垂涎上国更荒哉。
>
> 不知养虎自遗患，只道求鱼无后灾。
>
> 梦见梧桐生后圃，眼看麋鹿上高台。
>
> 千龄只有忠臣恨，化作涛江雪浪堆。

这里讲述的是夫差亡吴的故事。南宋绍兴十一年，高宗赵构、宰相秦桧和金方签订卖国"和约",太学生张伯麟在太学墙上写道:"夫差!尔忘越王之杀尔父乎?"无疑这是向卖国集团头目赵构提出的质问,但结果张伯麟被杖脊刺配吉阳军。范成大就此事有感而作。

作为赵佶和赵构的孝子贤孙,赵眘登基后,重用秦桧党羽,朝中仍是主和派执政,爱国志士只是在谗毁打击下讨生活,官场贪赃狼藉,卖官鬻爵之风盛行,对金人屈膝称臣,向百姓敲骨吸髓。如此皇帝,如此朝廷,对范成大这种微词多讽、偏锋锐词的针砭,能不感到刺痛和难堪?宋长白的《柳亭诗话》中记载了一个小故事:范石湖干练多才,宋孝宗赵眘原想任其为宰相,但后来却说他"不知稼穑之艰",就此作罢。事实恰恰相反,在南宋群臣中,就农业知识和对贫苦农民的感情而言,没有能超过范成大的。赵眘如此说,其借故推托的可能性比较大。

自淳熙六年,范成大又被起复,先后知明州、建康,此后三年中曾五次上书,请解职还乡,直到淳熙九年(1182 年)才得以如愿。绍熙四年(1193 年)其病逝于石湖,年 68 岁,谥"文穆"。他在退休乡居的十一年中,留下为数颇丰的诗歌,奠定了他在中国文坛"田园诗人"的地位。

由于多年息武止戈,南宋经济有所发展,被称为"金扑满"(扑满意为积钱罐)的苏州城中富人家,"崇栋宇,丰庖厨,嫁娶丧葬,奢厚逾度";而城中贫民的生活却苦不堪言。他的《雪中闻墙外鬻鱼菜者求售之声甚苦,有感三绝》描写了"忍寒犹可忍饥难"的卖鱼卖菜小贩;《咏河市歌者》描述了"可怜日晏忍饥面"的歌者;《墙外卖药者九年无一日不过,吟唱之声甚适。雪中呼问之,家有十口,一日不出则饥寒矣》,题目已涵括了卖药郎中的凄苦。他在《夜坐有感》一诗中写道:

> 静夜家家闭户眠,满城风雨骤寒天。
>
> 号呼卖卜谁家子?想欠明朝籴米钱。

寒风凛冽,深夜小巷,衣衫单薄的算命卖卦者在黑暗中孤独地踽踽而行,他正发愁明天没米下锅。城市底层的三教九流,历来是诗人们笔下的"死角",范成大却生动地刻画了他们的窘困和酸楚。

范成大更是描绘农家生活的高手。他早年作品《催租行》、《后催租行》等农家诗曾蜚声士林。《催租行》讲述的是农户纳完田赋，地保仍来催租，查看了户主交出的户钞，厚着脸皮说："我是来弄碗酒喝喝。"户主无奈，只好打破积钱罐，捧上仅有的三百文说："不好意思，不够买酒喝的，就算您老人家的草鞋钱吧！"笔墨轻快，口角生动，惟妙惟肖地勾画出勒索"小费"的地保的猥鄙嘴脸。

同样值得重视的《后催租行》揭露了官府盘剥农民的残酷，百姓生不如死。江水漫过堤岸，农田颗粒无收，老翁靠当雇工图个半饥半饱。朝廷颁布了赦免租赋的黄纸诏令，但地方官又贴出催缴田赋的白纸文告。为缴官租，老翁卖光了衣服再卖家口，去年卖掉长女缴租，今年又卖掉已经定亲的次女换回一点粮食，明年还可以卖三女儿去抵缴苦苦催逼的官租，但后年呢？……官府苛虐强夺、胥吏贪婪奸刁、农民投诉无门的悲惨遭受跃然纸上。

范成大晚年的田园诗全面而深刻地反映了农家的景物、岁时、节序、风俗、劳作，忧虑、灾难、煎迫遍及农家生活的每个细节。明人对他的评价是"虽老于犁锄者或不能及"。在清代《红楼梦》第十七回中，贾政带领众清客到刚落成的"大观园"为各厅轩定名，其中一处是：黄泥矮墙，几百株杏花，数楹茅屋。外面是桑、榆、槿、柘，各种树条编就两溜青篱。篱外山坡下有土井、辘轳，下面分畦列亩，漫然无际。这就是后来的"稻香村"。当时一位清客说："非范石湖'田家'之咏，不足以尽其妙。"可见范成大的田园诗对后世的影响。

他的晚年作品《四时田园杂兴》，在元末明初就已公认为经典作品。田园杂兴诗，共六十首绝句，分"春日"、"晚春"、"夏日"、"秋日"、"冬日"五组。它描写了荻芽抽笋、菜畦蝶舞、湖莲新藕、梅黄杏肥、杞菊垂珠等田园风光；记述了清明椎鼓踏歌、中秋棹舟看月与厄酒豚蹄祭灶等农家习俗，他不是蜻蜓点水般地抒写，而是感同身受地描绘出农家的真实生活。

> 采菱辛苦废犁锄，血指流丹鬼质枯。
> 无力买田聊种水，近来湖面亦收租。

93

古人的采菱曲，诗情画意，湖水荡漾，花一般的姑娘划着小船唱着歌儿采菱，轻快、艳丽。但范成大笔下的采菱，是写劳动的艰苦，农家姑娘十指刺破流血，一天下来累得不成人形，这是因为失去土地，只得到湖面上找活路，但官府却无孔不入，湖里种菱居然也要收税！

农家种田不容易，怕春寒、怕晚霜、怕风雨、怕骄阳，他们提心吊胆地祷告："老天爷啊！留口饭给农民吧！"然而，新谷登场，一半还私债，一半缴官租。故范成大写诗道：

> 垂城稼事苦艰难，忌雨嫌风更怯寒。

> 笺诉天公休掠剩，半偿私债半输官。

最令人惊诧的是他如此描写农民缴纳官租：

> 租船满载侯开仓，粒粒如珠白似霜。

> 不惜两钟输一斛，尚赢糠麸疑饱儿郎。

农民用上好的粮食缴纳官租，粮船守候在官仓前河边。开仓后胥吏的珠盘珠子一拨，各种税捐，本来应缴一斛粮，结果竟然要缴两钟，宋代一斛为五斗，六斛四斗为一钟，一斛租实缴十二斛八斗，多么苛重的盘剥！农民缴了官租，只能依靠糠麸来生活了。

古代田园诗人，描写鸡犬牛羊、豆麦桑麻、安宁闲适的隐逸生活以及乐天知命的人生哲理，就像西方的"田园牧歌"一样。草青羊肥，笛声悠扬，越是没有人烟，就越显得超凡脱俗、空灵绝尘。偶尔提到几句劳作艰辛、贫富不均之类的话语，不过是"点到为止"。而范成大的田园诗则不然。他描绘江南田园风光，记述农家节序时俗，但他也抒写出农家的期盼、忧患和灾难，他笔下的农村美如天堂，但"天堂"里的农民却过着地狱般的生活；农村天地是那么广阔，但农民的生存空间却那么狭窄，走投无路。他的诗歌不仅充溢泥土气息，也夹杂着农民血泪和汗水的苦辣辛酸。他鲜明地展现了南宋农家生活的全貌，丰富了田园诗的内涵，扩大了境界，提高了品位。

据说，唐朝相国郑綮能写诗，有人问他："相国近来可有新作？"他说："诗意在灞桥风雪中驴子背上，这里怎么会有诗？"范成大为此写了一首《南塘冬夜倡和》：

> 燃萁烘暖夜窗幽，时有新诗趣倡酬。
>
> 为问灞桥风雪里，何如田舍火炉头？
>
> 寒缸欲暗吟方苦，冻笔难驱字更遒。
>
> 绝笑儿痴生活淡，略无岁晚稻粱谋。

从表面上看，这首诗是描写冬夜之趣。风雪严寒怎么及得上农舍炉边暖和？但此处语意双关：向灞桥风雪中去寻诗觅句，何如从田舍闲话里求索文思？创作源泉在哪里？石湖见解，不仅高出前人，似乎也不逊今人。

范成大对农家生活的体验，细致而深刻。不论是做官，还是退隐，他一贯反映的农家喜怒哀乐，总是熨帖入微、形象生动，不愧是抒写农家生活的大手笔。遗憾的是，这些年来我们有些"作家"不再重视体验生活，只讲"灵性"和"才气"，为制造"噱头"而"闭门造车"。结果总是洋相百出，光怪陆离，这恐怕正如范诗所说，是为"稻粱谋"而对生活冷淡的结果吧？

范成大还写过三部游记，除使金的《揽辔录》外，还有记载乾道八年（1172 年）任静江（今桂林）知府途中见闻的《骖鸾录》和淳熙四年（1177 年）从四川制置使任内取水道回朝中描述沿途山川形胜、经济物产的《吴船录》。

显然，范成大的诗名大于他的"官声"，后代公认范诗"清新妩丽，奔逸俊伟"，他和陆游、杨万里、尤袤合称为"南宋四大家"。特别他和陆游，既是灵犀相通的文友，又是肝胆相照的深交。当范成大知成都府兼四川制置使时，陆游在他麾下任制置使参议官，他们同声相应、同气相求，结下矢志不渝的友情，并留下多首唱和佳作。陆游的《夜读范至能揽辔录》、《送范舍人回朝》，范成大的《送陆务观编修监镇江部归会稽待阙》、《次韵陆务观慈姥岩酌别》，都成了后人百读不厌的好诗。当陆游在绍兴老家得悉范成大辞世噩耗后，极度悲痛地写下了《梦范参政》：

> 梦中不知何岁月，长亭惨淡天飞雪。酒肉如山鼓吹喧，车马结束
> 有行色。我起持公不得语，但道不料今遽别。平生故人端有几？长号

95

顿足泪迸血。生存相别尚如此，何况一旦泉壤隔。欲怀鸡黍病为重，千里关河阻临穴。速死从公尚何憾，眼中宁复见此杰。青灯耿耿山雨寒，援笔诗成心欲裂。

痛失知音，长歌当哭，一诗一泪，情真意切。陆游不只是对挚友永别的哀悼，更有感于范成大的忠君爱民、过人才干，但抱负难展，"志士凄凉闲处老，名花零落雨中看"；同时也感于朝政糜烂、奸佞当道、国事无望。"眼中宁复见此杰"，不仅是因为失去一位才华横溢的诗人，更是就朝廷痛折能臣而奏响的末世悲歌。

胸中丘壑

——元代画家倪云林

一

　　满城风雨近重阳，湿秋风，暗横塘。萧瑟汀浦，岸柳送凄凉。亲归登高前日梦，松菊径，也应荒。堪将何物比愁长？绦泱泱，绕秋江，流到天涯，盘屈九回肠。烟外青萍飞白鸟，归路阻，思微茫。

　　这是元代大画家倪云林的重阳词。紧秋风雨，萧瑟归径，迷茫荒渡，归来无期，充满着凄凉和惆怅。他的画也和他的诗词一样：几株枯树，半抹斜坡，空荡荡的湖面上，点缀几峰远岫，散发出孤寂冷落，淡淡哀愁和天老地荒、无可奈何似的溟漠（《渔庄秋霁图》）。这幅画的画面是"一水两岸"，所谓湖面，只是在宣纸上留下一片空白；而远岫、斜坡，仅仅折带皴淡淡几笔。"绚烂无极，归于平淡"，他的画面往往减得不能再减，后代识家评"倪画"特色是"笔简意缛，象简境繁"。云林画稿，不是悦人眼目，而是渗透心灵，以"简淡萧疏"拓创一代画风。这就是倪云林的画。

　　对绘画，我是门外汉，但我总觉得要读懂倪云林的画，先得读一读他的画论。他自述"仆之所谓画者，不过逸笔草草，不求形似，聊以自娱耳"。他擅长画竹，但他画竹不是"节节而为之，叶叶而累之"的重复，而是"予之竹，聊写胸中逸气耳"。不计较竹叶的繁或疏以及枝干的斜与直，别人以为是麻是芦全无所谓，"画以适吾意"，只要能写出"胸中逸气"，抒发画家的主观意绪，自娱以畅神。

这确实是怪人怪论，只有倪云林能做到。因为他作画不是为了卖钱，更不是以此为敲门砖去追求一官半职或画坛声誉，即使他晚年穷极潦倒，也至多是作画换酒喝，而没有权门献画、肆中卖画。所以，他只是一门心思地用自己的"逸笔"来抒发"逸气"。"逸"构成了倪云林的画风、人品；"逸"也构成倪云林这个人物独特的整体形象。

很多专家学者都撰文专论倪云林的"逸笔"、"逸气"。"逸"似乎是倪画的灵魂。什么是"逸"？其实就是超越凡俗，就是不俗。他的画，总是几棵小树、几株凤竹、一片云水、一堆怪石。远抹平淡，笔墨洗练，没有人物、没有动态、没有色彩，表现出一种极其清幽、洁净、静谧的恬淡之美。在这恬淡的后面，透露出他无奈的寂寞和固执的沉默。他自认为"自知不入时人眼，画与蛟溪古逸民"（《古木幽篁图轴》题诗），清初大画家恽南田评价说："云林画天真淡简，一木一石，自有千岩万壑之趣。"

他的《江岸望山图》是为送别好友陈惟允去会稽（今浙江绍兴）而作，是一幅送别画。画面没有一人一舟，而是远山、江树、空亭。远景是隔江的远山古木；近景是三株大树、一个茅亭。人去亭空，帆远声杳，故人去矣，使人产生"孤帆远影碧空尽，惟见长江天际流"的联想。画面上的峣峣远峰、渺渺江波、沙渚高松、坡角水口，增添了一重凄凉、悲壮的色彩，使人从山水中寻觅到作者送别的语言。

《梧竹秀石图》的构图则更为简逸。数茎修竹，枝叶纷披；梧桐树淡墨阔笔点叶，莽苍超忽；而太湖石则浓墨折皴，奇峭和雄浑。梧桐、竹叶、湖石都透露勃勃生机，给人以苍润淋漓又清逸超迈之感。再如他的《春雨新篁图》，只有竹竿一枝，枝叶疏简，但挺然直上，秀丽清劲，孤独而倔强，显示了旺盛的生命力，是作者个性的流露。

他在45岁时的作品《六君子图》描绘的是坡地之丘，六株松、柏、樟、楠、槐、榆，挺干直立，萧疏自然地面对湖水浩渺的空间。六种不同的树，发叶生枝各不相同，但劲健的风姿并无二致，十分人格化。画家黄公望诗题道："居然相对六君子，正直特立无偏颇。"

研究"倪画"的古今人士，对他"渴笔"、"折带皴"、"一水两岸"的构图，用大片空白表示云水的悬念，都认为是前无古人的上乘绘画技巧。明代著名书画家董其昌将倪画列为"逸品"。所谓"逸品"，是指技艺或艺术品位达到超凡脱俗的品第。明人何良俊在《四友斋丛说》中说："世之评画者，立三品之目，一曰神品，二曰妙品，三曰能品。又有立逸品于神品之上者。"这恐怕来源于南北朝宫廷的评画，据《梁武帝纪》载："六艺备闲，綦登逸品"，从而将"逸品"提到了最高的等第。清人将倪画归纳成六个字：冰、寒、瘦、洁、清、情。就是逸气、逸笔、逸品。

二

倪瓒（1301～1374 年），字元镇，别号云林子、迂翁、荆蛮民等，但民间俗称"倪云林"。

他于元朝大德五年（1301 年）出生于无锡城东一个豪富优裕的家庭，幼年丧父，比他年长二十三岁、同父异母的长兄倪昭奎将他抚养成人。倪氏数代隐逸，拒绝跟元朝统治者合作，养成他自幼"白眼看俗物"的倔气。他终年隐居乡村，读书作画以自娱，蔑视权贵，看重名节，这恐怕是旧时读书人惯有的禀性。然而，很多人在生活中碰壁后改变初衷，在名利场中混溷一生；但倪云林却一生澹泊自守，甘于寂寞，始终表里如一。

倪云林的"洁癖"，恐怕是世所少有的。据载，他"性狷介，有洁癖，盥沐一次，常易水数十次"，以至后代有人研究他的"洗濯狂"。他斋前阁后的树木和太湖石，都常常用水洗拭；园中落花落叶，他都用带钩的长竹竿一片片勾出来，惟恐脚踏花圃；倘若付钱给外人，他都将钱置放远处，让索钱者自己去取，从不亲手交付。这种"洁癖"在防病医学不发达的古代，只能有一种解释，即在某种程度上反映了他厌恶尘世凡俗的心态。

倪云林讲究饮食文化，是一位美食家。《云林遗事》中记载了他的部分食谱，有些颇为蹊跷古怪。如"蜜酿蝤蛑（梭子蟹）"、"黄雀馒头"、"煮鹅灌藕"、"莲花茶"等，都是云林独创。我不知蜂蜜浸的梭子蟹如何能下咽，不过我相信其烹制程序一定相当繁琐，就像大观园贾太君请刘姥姥吃的"茄鲞"一样，弄到后来连茄子原味儿也没有了。

倪云林嗜酒，在他的很多诗词中，留下了江上微醺、花前举杯、邀月共饮、雨霁酪酊、田舍小酌，甚至以饮酒为弹琴、弈棋助兴……在醉意朦胧时，个性最容易得到自由发挥，这是作画的最佳精神状态。他写道：

> 故人邀我留三宿，豆畦萝径居幽独。
>
> 松醪陆续酌山瓢，灯影纵横写风竹。

中国嗜酒如命的书画家很多。张旭是个酒鬼，他喝醉酒后，"露顶据胡床，长叫三五声，兴来洒素壁，挥笔如流星"。而怀素"醉来把笔猛如虎，粉壁素壁不问主"。大画家吴道子更是没有酒不画画，喝得飘飘然、懵懵然，超越了现实世界的束缚，就能开创出一片精彩的艺术天地。酒同样也激发出倪云林的艺术创造力，他的很多逸气纵横的画，都是在醉态中挥毫完成的。他的诗友，号称苕溪渔者的郯九成（郯韶）请他喝酒，他作画题诗为答：

> 郯君有高趣，樽酒慰闲情。
>
> 醉吐真丘壑，毫端一笑成。

这似乎道出了其中奥妙。在醉眼惺忪中，将"自我"与山水融为一体，于是在顷刻之间就挥洒完成。因为此时此刻的倪云林，最能够摆脱拘谨，最能够丢掉世俗羁绊，最能够将"胸中丘壑"淋漓尽致地化为"画上丘壑"。这样的画最真。

清高，纯洁高尚之意，褒义词。东汉学者、大名鼎鼎的唯物主义学者王充在《论衡》中说道："清高之行，显于衰乱之世"、"夫清高之节，不以私自累，不以利烦虑，择天下之至道，行天下之正路。"清高本来是与混浊相对而言的，如果没有元朝末年污七八糟的现实，也就衬托不出倪云林的清高。

倪云林始终和官场不沾边，也可能是由于他眼界太高，对官场要求过于"理想化"。他在一阕《折桂令》中写道：

> 草茫茫。秦汉陵阙，世代兴亡，却更似月影圆缺。山人有，堆案图书，当窗松桂，满地薇蕨。侯门深，何须刺谒。白云闲，自可怡悦。到如今，世事难说。天地间，不见一个英雄，不见一个豪杰。

他自己不想当官，还先后规劝过陈惟允、王蒙等不要出仕。他的老友周南老的儿子周逊学要外出做官，倪云林画《幽涧寒松图》为他送行。背景是远岫流泉，近景是涧底寒松，枯枝傍依。它令人想起左思《咏史》中的"郁郁涧底松，离离山上苗"。表示难以施展的压抑以及老父在堂的牵挂，含蓄地表达了箴劝、招隐之意。

倪云林的"家庭成分"和他的"清高"，使他受了几十年的冷遇。画面简逸萧疏，是"清高"，画中没有人物，也是"清高"。假使倪云林是元朝顺民；假使倪云林成为张士诚的谋臣，并一同投降元朝；假使倪画毫无特色，都是和前人千篇一律的"大路货"，那么批判大师就可以称心了。但那样一来，也就没有了倪云林，没有了倪云林的山水画。扼杀文明，并不一定都依靠枪炮和铁蹄。

倪云林28岁那年，长兄病逝。他不善治家理财，四方名士来投，"门车常自满，樽酒无时空"。他潜心收藏名画法帖，不少是稀世珍品，如吴道子的《释迦降生像》、王维的《雪蕉图》、荆浩的《秋山图》、董源的《河伯娶妇图》、钟繇的《荐季直表》、王献之的《洛神赋十三行》以及智永的《月仪帖》等，这些对他绘画的继往开来大有裨益。

天灾、战乱和视钱财为身外之物的品性，使倪云林家道急骤中落，他要处理债务，要低三下四地拜求胥吏，还要披星戴月地去官府等候纳粮。因拖欠公粮而遭官府拘禁，终于彻底摧毁他做人的尊严，他写道："督输官租，羁絷忧愤，思弃田庐敛裳宵遁焉。"他嘱咐两个弟弟"善守先业"，自己和妻子雇一叶扁舟，从此浪迹江湖。但在弃家前，他还做了两件"雅事"：一是鬻田产散资财，他将变卖田产的银两全部送给年长而家贫的好友张伯雨，自己不留一缗钱；二是和他的忘年交黄公望，在清闷阁合作画了最后一幅画。从此，他上无片瓦、下无立锥之地，成了"赤条条来去无牵挂"的穷人。浅塘鸭戏，柳荫蝉鸣，"今宵酒醒何处？杨柳岸，晓风残月"。年过半百、身无分文的倪云林，不得不漂泊江湖。在他的《六日题》中写道：

> 寄居邱氏小偷闲，尽室逃亡夜向阑。
>
> 县吏捉人空里巷，挈家如出鬼门关。

倪云林，这位不食人间烟火的高人雅士，虽然个性有点怪僻，但这个世界却仍然容不了他。面对贪婪勒索的官府，如狼似虎的胥吏，朝夕变幻的政局，人情冷暖的世俗，他只有"宵遁"。在他晚年的画作上，又增添了一个令人心痛的名字：无住庵主。个中蕴涵着多少愤慨，几许辛酸！

大约半个世纪前，我去过倪瓒的老家。那时没有公路，从无锡城步行到东亭小镇，一路问讯，花了一个小时；从镇上到长大厦村，绕着田间小路转来拐去，又要个把小时。我想，在那元末动荡的年月里，也许只有这个偏僻角落才能容得下这位轻贱世俗的怪僻人物。

倪姓是当地大族，祖先于南宋建炎年间随高宗南渡定居于此，至倪云林父亲倪炳一代，已成为"雄赀一方"的富户。在倪云林生活的早期，倪家宅院是恢弘而华丽的，由倪云林设计和营筑的清闷阁，是无锡第一座文人山水写意园林。主体建筑是一座方塔式的三层楼阁，阁名"清闷"，大概是取清静、幽邃之意。这里是倪云林收藏图书文玩和吟诗作画的场所。

全园以果树环绕的广沼水池为中心，西南有园内主厅云林堂；北面的海岳翁书画轩专为收藏北宋大书画家米芾（号"海岳外史"）的书画而建；园东是倪云林与友人夜听秋声、酬咏唱和的听秋轩；沼池四周有绿树掩映的朱阳馆、雄敞幽静的萧闲馆、修篁连缀的水竹居、清雅高古的雪鹤洞；此外，还有溪水清清的席龙泾、古柏森森的洗马池。……环园遍植梧桐数千株，园内繁花似锦。显然，这是一座规模恢弘、建筑精致的江南名园。

然而，这一切都被滚滚的历史车轮碾成尘埃与粉末。昔日的清闷阁后来成为佛教寺院祇陀寺，再后来又成为学校。只有每年农历四月初八节场，人们才会想到这里原先有座大庙，名祗陀寺，但再也忆不起这儿曾经是倪云林故居清闷阁，曾经是"聚集四方名士，评点百代画卷"之处。

凭吊古人，人们总习惯有些被凭吊的标志物，如一座古墓、几间故居，甚至半截断碑、数丈废墟，殊不知其中很多是"赝品"，而凭吊者居然也煞有介事地去"浪费感情"。秦砖汉瓦，毕竟为数寥寥，一定要面对后世依样葫芦拼凑的"仿制品"，惺惺作态地发一通思古之幽情，似乎也不免滑稽。但来到前人生活过的处所，即使捧一抔黄土、啜几掬清泉，任凭思绪纵横驰骋，却另有一番自慰自娱的满足感，它和"倪画"一样，不是在感官上而是在心灵上获得满足。

如今，在倪云林故乡已建成倪瓒纪念馆；芙蓉山南麓的倪瓒墓也经过修葺；他的清闷阁虽已杳无影迹，但"碧梧岗"、"席龙泾"、"洗马池"等部分遗迹仍依稀可辨。

三

生活在兵戈连年的元末明初，倪云林对各种政治势力都采取不合作态度。元朝末代皇帝元顺帝妥懽帖睦尔在大都皇宫开凿"偪壁池"，建造"飞楼"，派遣钦差诏令倪进宫作画，他佯病坚辞；此后他几次拒绝吴王张士诚的"征召"；朱明建国后，年事已高的倪云林"黄冠野服，混迹编氓"。在这改朝换代的战乱中，他对为争权夺利而不惜摧毁人类文明的战争深表厌恶，他在《题郭天锡图》上写道：

> 锡山乡河上玄元道馆，锡麓玄丘精舍，其画壁最多。今或为军旅之居，或为狐兔之窟，颓垣遗址，风景亦异。虽余之故乡，乃若并乡矣。

山川依旧，景物全非，世道的悲哀，民族的劫难，在他的笔墨中时有透露。南宋遗民郑所南是画兰高手，但他画的兰花都根下无泥，人问其故，他回答道："国地都叫元人拿走了，哪还来的泥土？"倪云林以为惺惺相惜，作《题郑所南兰》：

秋风兰蕙化为茅，南国凄凉气已消。

只有所南心不改，泪泉和墨写《离骚》。

倪云林飘泊江湖二十余年，他的小船来往于华亭、同里、分湖、笠泽、宜兴、浙西，以躲避"征召"。在无锡民间流传着一个小故事：

张士诚之弟、统兵进占无锡的张士信，派人持重金缎帛向倪云林求画，倪云林冷冷答道："我生平从不作王门画师。"张士信大怒，派兵搜缉，最后在湖上芦丛中拦截到倪的小船。倪云林被五花大绑，张士信鞭打一次问一遍："你画不画？"倪云林遍体鳞伤，但仍倔强答道："不画，不画！"以此可见张士信和历史上很多蠢人一样，总以为"有钱能使鬼推磨"，但世间很多美好的事物并不是金钱和权势所能买到的。隋炀帝杨广花重金买不到褚遂良一个字，但褚遂良却心甘情愿为唐太宗李世民誊抄文章。同样，鞭子抽打不出倪云林的画。

1363 年，与倪云林共同生活了三十多年的夫人蒋氏病逝于漂泊途中，倪云林失去了生活中始终和他患难与共的伴侣。他在一首悼念亡妻的诗中寄托了伉俪深情：

梅花夜月耿冰魂，江竹秋风洒泪痕。

天外飞鸾惟见影，忍教埋玉在荒村。

从此，他的生活更加孤苦，也更加倾心于学禅。在多年的漂泊途中，他行踪在哪里，就在哪里作画，留下了不少画迹。他享誉后世的很多重要作品，如《南渚春晚图》、《石林春霁图》、《墨竹图》、《树石远岫图》、《水竹居图》、《耕渔轩图卷》等，都是漂泊旅次所作。他的画风趋向成熟，生活也更潦倒困苦。但他安贫乐道，哀而不怨，仍旧那么旷达，保持着那股"逸气"。他高唱着：

天地一蘧庐，生死犹旦暮。奈何世中人，逐逐不返顾。此身非吾有，易晞等朝露。世短谋则长，嗟哉劳调度。彼云财斯聚，我以道为富。

这些蕴涵着浓烈黄老气息的诗句，表面上颇有看透世情的超脱，但骨子里却深藏着对人生失望的无可奈何。

倪云林的诗文书法均为后人称道。他的书法质朴、萧疏、静穆、古拙，传世书作多为小楷、书札和题跋之类，留有《三印帖》和《月初发舟帖》等。

1374年，他74岁，病逝于姻亲江阴邹家，初旅葬江阴匀里，后改迁至无锡芙蓉山倪氏祖茔。就在倪云林患病至病逝期间，他仍作画不辍，留下了《竹树小山图》、《虞山林壑图》、《春雨新篁图》、《容膝斋图》、《幽涧寒松图》等精品。

在这些名画的背后，一位年逾七旬、贫病交困的老人在环境所逼、走投无路的处境中，仍将自己剩余的生命融入笔墨丹青之中。后人都赞赏倪画的简逸、空灵，殊不知这简逸承负着多少坎坷和崎岖；这空灵付出了多少常人难以想象的沉重代价。"泪泉和墨写《离骚》"，这是后人对倪画最贴切的注释，使其后来者只能仰瞻而不敢平视。

四

元代山水画与前代相比，无论思想境界或笔墨情趣，都发生了深刻的变化。特别在元朝中后期，绘画中心自北向南转移，其代表人物有黄公望、吴镇、倪瓒、王蒙，史称"元四大家"。

他们画格逸淡冲濡，充溢着闲静超逸的文人特色，从对真实的追求转化到画家情意的抒发，使自然美和心灵美得到高度的融合。正如《中国绘画史》所评价："'元四家'在中国绘画艺术发展的成就，从变革角度看，颇相像于欧洲绘画中后期印象派的地位。"

比倪云林长三十二岁的黄公望，做过小官，也坐过牢，50岁左右才致力于山水画创作。他醉心真山真水，常独坐荒山乱石间恍惚终日，自号"大痴"。他的山水画落笔简净，笔意逸迈，被后人奉为"山水正宗"，是倪云林的良师兼好友。

住在梅花庵而自号梅花道人的吴镇，孤傲高洁，垂帘卖卜，从不与人交往，他长倪云林十六岁，两人常诗画相酬。吴镇家贫，他常画蔬菜，他的《墨菜图》表达了对"肉食者"的鄙视。

比倪云林年幼的王蒙是著名书画家赵孟頫的外孙，与倪云林过从甚密。王蒙山水画最为人称道的是他深厚而多变的笔墨功底，识家评价"神化万变，纵横离奇"，倪云林十分赞赏王蒙的书画。王蒙隐居于吴兴黄鹤山中，由于先祖显赫，常往来于显贵，涉足于名流。倪云林作诗规劝道：

野饭鱼羹何处无？不将身作系官奴。

陶朱范蠡逃名姓，那似烟波一钓徒！

但名利心太重的王蒙未听规劝，仍于洪武初出任泰安知州，不久受胡惟庸案牵连，死于狱中。

"元代四大家"都出身太湖周围，生活年代相距不远。他们都推崇董、巨的江南山水画，并形成自己特色，自成一家。特别是倪画的简逸和空灵，对明清产生深远的影响。

明代"吴门画派"的两位"台柱"沈周和文徵明，都曾潜心于研究倪画，但董其昌在《画旨》中记述：沈石田（沈周）学迂翁（倪云林）画。沈周的老师赵同鲁在一边见了，连连呼道，又过头了，又过头了！沈周对倪云林的评价是"人品高逸，笔简思清，至今传者，一纸百金"。聪明绝顶的文徵明，师事沈周，刻苦仿倪山水，其萧疏苍凉接近倪画，但逸趣却远远不够，可见"神似"之艰难。以后的"清六家"、"四王吴恽"都有仿倪之作，虽都未达到倪云林的境界，但却造就了各自的画风。

画坛怪杰"四大画僧"——八大山人、渐江、髡残、石涛也深受倪画影响。八大山人朱耷的山水画，形象简略、重于情趣的画路来源于倪云林。20世纪90年代在美国纳尔逊博物馆展出的一幅八大山人仿倪山水小品，就是通过董其昌的仿倪临摹而取法倪画的。髡残的《松风溪响图》映射出倪画浓浓的影子。而"搜尽奇峰打草稿"、自号为"苦瓜和尚"的石涛是很少仿古的，但他很推崇倪云林，他说："倪高士画如浪沙溪石，随转随注，出乎自然，而一段空灵流润之气，冷冷逼人……"他著名的"拖泥带水皴"，就是从倪云林的"折带皴"变化而来。汲取前人养分，创造自己的硕果，"师古"而不"泥古"，石涛不愧是一代大师！

真正在绘画上继承倪云林传统的，是徽州"新安画派"的主要成员渐江和尚。他的山水画境界宽阔，笔墨凝重，看似清简淡远，实则伟峻沉厚。渐江对倪云林十分崇拜，他写诗道：

> 疏树寒山淡远姿，明知自不合时宜。
>
> 迂翁笔墨予家宝，岁岁焚香供作师。

倪云林的太湖山水，渐江的黄山松石，都堪称画中一绝。从明末清初新安画派的程邃、郑旼，直到近代徽州籍大画家汪采白、黄宾虹，都从倪画中汲取营养，发展了多姿多彩的中国山水画。

明清两代画坛，仿效倪画曾很"时髦"。明代学者王世贞认为"元镇（倪瓒）极简雅，似嫩而苍，宋人易摹，元人可学，独元镇不可学也"。原因是倪云林就是倪云林。而书画大师总是融汇百家之长，创造出属于自己的独特风格。依样葫芦，亦步亦趋，即使形态酷似，但气质大逊，东施效颦，出息总是不大。一味招出"师承"，而没有自己的创新和发展，那是可悲的。

近二十年来，海内外对倪云林山水画的研究成了"热门"，介绍倪画的专著琳琅满目。著名画家吴冠中先生在自己的画作中题道："倪云林，印象派，邂逅我家，绘事一席谈。"有人在引用此句时惊呼："让倪云林与西方印象派碰头，真是一个新鲜的观点。这只有留待以后研究了。"倪云林能不能和印象派碰头，姑且不论。其实，世界上的各类文化艺术总是相通的，历史上东西方文化总在不断地撞击、交流、融合、渗透，形成共性和各自的个性。早年就有人提出五代画家董源的山水画"近于西方的印象派。细节虽然不是交代得头头是道，但整体效果很强"。

读"云林画稿"，曾经有人以为是"满纸萧瑟"；但透过纸背，或许能感受到一点飘逸之气。那些在名利场中冲锋陷阵的"斗士"、钻在钱眼里"纵横捭阖"的"钱奴"、为蝇头微利彻夜难眠的"触人"、成天从钩心斗角中寻觅"人生价值"的"高手"，也许能从"云林画稿"中拓宽心胸，摆脱一些本应丢弃的自我束缚，在平衡心态、遏制私欲的同时净化心灵。

为唐伯虎辟谣

——明代画家、文学家唐伯虎

一

明代成化、正德年间（1465~1521 年），有一群"隐居"在苏州一带的文人，他们大多并非是元朝倪瓒、王冕那种真正的隐士，而是居却不隐，悠闲地从事风雅潇洒的创作，轻松地参与赏心悦目的游乐。在这群文人中，有四位代表性的人物活跃在姑苏文坛，他们才华横溢且性情洒脱，人称"吴中四才子"，这四个人就是唐寅（唐伯虎）、祝允明（祝枝山）、文徵明、徐祯卿。

四才子中的诗人唐伯虎和文徵明，又都是优秀的画家和书法家。他们所生活的苏州是当时全国的绘画中心，集中了很多优秀的画家，画史上称为"吴门画派"。这是因为明代中叶丝绸、棉纺织造业的进步，商业的繁荣，商品经济的发展，促进了江南民众思想观念、风俗习惯的改变和进步，在苏州一带出现了书画艺术市场，为吴派画家的涌现开启了方便之门。

"吴门画派"继承和发展了中国画坛不同流派的画风，将中国绘画推向一个新的高度。由唐伯虎、文徵明与沈周（石田）、仇英（十洲）一同组成的"吴门四家"是这个画派的代表。这四位书画家均为江南苏州一带人氏，以新颖的绘画风格和杰出的艺术成就闻名画坛，他们的作品成为文人画发展进程中拔地而起的又一座高峰，在中国绘画史上占有重要的地位。沈周是吴派的领袖，后生唐伯虎是其中的佼佼者。

唐伯虎（1470~1523 年）名唐寅，据传于明宪宗成化六年庚寅年寅月寅日寅时生，故以寅名。伯虎是唐寅的字，又字子畏，号六如居士、桃花庵主、鲁国唐生、逃禅仙吏等，吴县（今江苏苏州）人。江南传说中的唐伯虎，才华横溢，出口成章，又是个翩翩美男子，讨得众多名媛淑女的欢心，以至他"妻妾成群"的风流韵事使很多人艳羡万分。直到我读中学时才知道传闻中的一切均属子虚乌有，史籍中的唐伯虎和传说中的唐伯虎根本是两码事。唐伯虎只是明代一个失意文人、著名的画家兼诗人，后来又成为虔诚的佛教徒。

从那个时候起，我就一直怀着好奇心，想亲自去探究真实的唐伯虎。终于在 20 世纪 70 年代末期的一个春雨绵绵的早晨，我寻访到这位"吴门才子"唐伯虎的遗迹。

唐伯虎故居在桃花坞，桃花坞原是苏州阊门内的一条小街深巷，像这样枕河而居的寻常巷陌，在苏州共有一千五百多条。桃花坞的年画木刻很有名，据说是"北有杨柳青（天津），南有桃花坞（苏州）。"

此时正是杏花春雨的江南时节，穿过光溜整齐的青石板小街，踅进修长岑静的深巷，耳畔响起"栀子花、茉莉花哩"的清脆吴语。"小楼一夜听春雨，深巷明朝卖杏花"，在那霏霏雨幕、蒙蒙晨雾中，仿佛就会走出一个潇洒飘逸、风流倜傥的唐解元来。然而，我失望了。阊门内的桃花坞，现在已成了车水马龙的大街，在附近一条静僻的廖家巷内，我找到一座准提庵（原名桃花庵），据说就是唐伯虎故居，本是座小巧玲珑的园林，可当时这里却遍布"人间烟火"。

不过，回到住所仔细想想，就觉得唐伯虎的影子在人们脑海里实在"飘逸"得太久太久了。唐伯虎本来就生于平常人家，他家原本开了一家小酒店，他从小在读书之余，也到店堂里帮衬，在文徵明的父亲——画家文林的熏陶下，他日渐醉心画艺，先拜画家周臣为师，后来又和文徵明一起，师从国画大师沈周。

　　和当时很多读书人一样，唐伯虎读书是为了求取功名。凭借着绝顶聪明，在弘治十一年应天府乡试中，唐伯虎考中第一名解元。他春风得意，参加了次年的京城会试，不料发生考场泄露试题案，受到无辜牵连，被抓到锦衣卫，吃了一场冤枉官司，最后事情虽已弄清，但仍贬他到浙江当小吏。唐伯虎不堪忍受这一耻辱，坚辞不就。回到苏州后，他的那位出身豪门、贪图荣华的徐氏夫人，不仅不同情丈夫的蒙冤受屈，反而时有怨言，日积月累感情恶化，终于分道扬镳。

　　考场蒙冤，仕途受挫，夫妻离异，使年近而立的才子人生道路发生了根本的变化。从此他绝意仕途，摒隔世俗，寄情于山水。大自然激发了他的灵性，漫游拓宽了他的境界，他的诗书画更臻成熟。他在《泛太湖》一诗中写道：

> 具区浩荡波无极，万顷湖光尽凝碧。
>
> 青山点点望中微，寒空倒浸连天白。
>
> 鸱夷一去经千年，至今高韵人犹传。
>
> 吴越兴亡付流水，空留月照洞庭船。

　　具区是太湖别称。唐伯虎以简笔淡墨，点染了湖光山色，用范蠡隐遁的典故，寄寓了自己淡泊而豁达的生活态度。他摆脱了功名利禄的重负，全心致力于绘画，终于取得了很高的成就。

　　这时的朱明王朝表面歌舞升平，实际却危机四伏，朝政的腐败荒唐加速了这个王朝走向滑坡。朱明宗室、宁王朱宸濠乘机勾结朝中佞臣、宦官，于1519年发动了第二次"靖难之役"。在谋反前，朱宸濠就着手广罗天下名士，因久慕唐伯虎盛名，故厚礼相聘。唐伯虎在和朱宸濠接触中，发觉他居心叵测，有作乱意图，就纵酒佯狂、装疯卖傻、丑态百出，最终致使朱宸濠无法忍受，只得放他回去。他逃离宁王府虎口后，写了一首鬻画诗：

> 不炼金丹不坐禅，不为商贾不耕田。

闲来画取丹青卖，不使人间造孽钱。

此后朝廷重新起用王守仁，平定了宁王内乱。唐伯虎为此受牵连，一度被认为有参与宁王幕僚之嫌，后经多方面查证，确认唐伯虎并未"入幕"，他这才逃过又一场政治风波。从此，唐伯虎采取了放诞不羁、玩世不恭的生活态度，狂饮赋诗，纵情作画，还经常长街卖画，小店酗酒。据说有一次他曾与名士祝枝山、张梦灵在大雪中学乞丐唱莲花落，得钱买酒，畅饮于野市。若有他不想见的客人来访，他就跳楼躲避。现在的唐寅故居中还保留下"跳唐楼"遗址。

也许正是这种生活中的放浪形骸、不拘小节，引起了后人杜撰"三笑姻缘"之类的故事。

二

明代唐寅的名画《落霞孤鹜图》中，峻岭、柳阴、水阁临江，一个人凭栏独坐，身后站着默默的侍童。左半幅是一江秋水，微微露出沙堤痕迹，空旷无边，寥廓而萧瑟。题诗是：

画栋珠帘烟水中，落霞孤鹜渺无踪。

千年想见王南海，重借龙王一阵风。

山也寂寞，水也寂寞，人也寂寞。也许，画家遥想王勃少年时就写下《滕王阁序》，一鸣惊人；而自己也经历过同样美好的时光，但这一切都付诸流水，于是"惺惺相惜"之情油然而生。遗憾的是，画中的滕王阁远远没有今日那么阔气，它只是偎依山崖伸入江中的一座水阁，抵不上今日滕王阁的雄伟巍峨、富丽堂皇。也许在后人想象中，只有在美轮美奂的华厦里，王勃才写得出《滕王阁序》那样的好文章。

和历代著名画家不同的是，唐伯虎是一位全能的画家，人物、山水、花鸟的绘画均达到了很高的境界。他留下的人物画，以仕女图居多，大致有两种类型，一种简率蕴藉，含蓄深沉，如《秋风纨扇图》；另一种工整秾丽，细腻精致，如《孟蜀宫伎图》。

　　现藏上海博物馆的《秋风纨扇图》，是一幅寓意深刻的水墨画，有浓郁的文人画气息，无疑是"唐画"中的精品。在《秋风纨扇图》中站着一位手持纨扇的仕女，身材苗条，风姿绰约，面部流露出一丝怅然若失的淡愁。画面的下方是荒芜的湖石坡地，几丛修竹单薄无依，烘托出萧索的氛围。引人注目的是画面左上方的两行诗题：

　　　　秋来纨扇合收藏，佳人何事重感伤？

　　　　请把世情详细看，大都谁不逐炎凉。

　　这幅画的诗书画，都堪称"绝品"。然而，在画面的背后却蕴涵着更加深厚的文化底蕴。据说，汉成帝的妃子班婕妤才貌兼备，但在赵飞燕姐妹得宠横霸后宫的年月，她遭到了长年的冷落。这位颇有文名的才女，由纨扇在秋风起后被弃捐而联想到自己色衰恩弛的下场，写下了一首著名的《怨歌行》（又名《团扇》），其中有"常恐秋节至，凉风夺炎热；弃捐箧笥中，恩情中道绝"。词意凄婉，文绮怨深，说出了旧时妇女作为"玩偶"的悲惨命运。唐伯虎的这幅画，又从单纯的女性被玩弄、遭遗弃的命运生发开去，道出了人情冷暖、世态炎凉，抨击整个社会的黑暗和不公，隐约表达了画家本人遭受的不幸，其思想境界无疑更高出一筹。

　　《孟蜀宫伎图》画的是四位仕女，衣着华丽，云髻花冠，紧相依偎，周围留着大块空间，显示出画面总体的鲜丽娟秀。但题诗"花柳不知人已去，年年斗绿与争绯"，点出了靓美背后的黯淡，这些孟蜀宫廷中亭亭玉立的仕女好景不再，以此折射出作者面对当下世态的哀伤。

　　他的《临歧钱别图》作于明弘治十五年，是赠予同乡好友韩世贞的送别之作。画面没有"钱别"场景，而是两人拱手告别互道珍重，另有一仆夹着琴书衣物回首凝视，似乎也在惋惜这依依难舍的情谊。联想三年前唐伯虎乡试夺魁，在秦淮曾与韩世贞钱别的欢乐，此后他因受考场舞弊案牵连，如今两人境况已大相悬殊，画面背后蕴涵着更多的凄楚和辛酸。

　　唐伯虎是中国画坛山水画的"慧才"。在他留下的山水画中，有突兀清新的《春山伴侣图》、挺秀峻拔的《雪山会琴图》、气势雄浑的《函关雪霁图》、淡宕超脱的《桐庵图》等，笔墨不同，格局各异。他的《骑驴归思图》，山势嵌崟嵯峨，泉瀑折叠而下，古木葱郁，山林深处显露出房舍一角，画面色感明亮，圆润中见苍劲。他题诗道：

乞求无得束书归，依旧骑驴向翠微。

满面风霜尘土气，山妻相对有牛衣。

"吴门画派"的花鸟画，比较接近自然，没有画院派的拘谨和刻板。唐伯虎画花鸟，喜用水墨写意，有空灵脱俗之气。如《古幕鸽图》，劲干细枝，淡叶小花，一只野鸽站立梢头，瞪眼朝天、清则秀逸、生机勃勃。再如《枯槎八哥图》，枯荣对比，清丽、活泼、洒脱，生意盎然。他才雄气逸，博雅多识，画风突破窠臼，画品笔姿秀雅，融各家之长，从而成为中国画史上显赫的画家，他的画也成为世所少见的稀世珍品。

诗画俱工的唐伯虎，诗歌通俗晓畅，直言心志。千百年来，从来都是官场昏暗，宦海波险，于是诗仙李白的不求仕进、蔑视权贵成了后代愤世嫉俗的诗人追求的目标。唐寅也对这位太白先师充满钦慕之情，他仿效李白诗风，写下了一首《把酒对月歌》：

李白前时原有月，惟有李白诗能说。李白如今已仙去，月在青天几圆缺？今人犹歌李白诗，明月还如李白时。我学李白对明月，白与明月安能知！李白能诗复能酒，我今百杯复千首。我愧虽无李白才，料应月不嫌我丑。我也不登天子船，我也不上长安眠。姑苏城外一茅屋，万树梅花月满天。

杜甫曾在《饮中八仙歌》中赞李白道："李白斗酒诗百篇，长安市上酒家眠，天子呼来不上船，自称臣是酒中仙。"唐寅也仿效李白的诗酒狂放，坚持一介书生的人格尊严。因此，他宁愿在青灯古佛旁寂寞人生，也决不会与当道的狼虎之辈同流合污，这是他在一首题画诗中的"公开声明"：

百尺松杉贴地青，布衣衲衲发星星。

空山寂寂人声绝，狼虎中间读道经。

当然，在唐伯虎的诗文中也有一些绚丽生活的剪影，他和"吴门画派"沈周的落花诗三十首，其中的《妒花歌》写得十分精彩：

昨夜海棠初着雨，数朵轻盈娇欲语。佳人晓起出兰房，折来对镜比红妆。问郎花好奴颜好？郎道不如花窈窕。佳人闻语发娇嗔，不信死花胜活人！将花揉碎掷郎前，请郎今夜伴花眠。

文字直白，不假雕琢，但情景如画，活脱脱地写出一对小儿女闺房私语的旖旎情态，自饶风趣，宛然一幅"佳人妒花图"。然而，在他逝世前留下的一首绝句却是另外一番情味，他写道：

生在阳间有散场，死归地府也何妨。

阳间地府俱相似，只当漂流在异乡。

这首绝句当然没有陆放翁《示儿》诗中"王师北定中原日，家祭毋忘告乃翁"那样的气度和境界，但写得十分通脱、旷达，也浓缩了深沉的抑郁和伤感，似乎更为接近普通百姓的心态。

从唐伯虎的《秋风纨扇图》题诗及其《把酒对月歌》，到他的《妒花歌》以及临终绝句，可以看出这位画家兼诗人的思维触角和生活领域的多姿多彩。如果用一种固定不变的思维定式去衡文论人，恐怕很难得出恰如其分和令人心服的论断。多元化的社会生活、立体性的人物个性，使我们不得不摒弃简单化的思维程式，去适应万花筒般的历史和生活。

三

然而，在众多的传说和评话中，唐伯虎却是轻薄浮狂的纨绔子弟。其实，唐伯虎的私生活是严肃的，在苏州沧浪亭的五百名贤祠中，就有唐伯虎的画像。既然被列为"苏州桑梓名贤"，理当要经过"严格审查"，有九房妻妾的"风流浪子"是进不了那座祠堂的。

事实是，他与原配徐氏离异后，在忧患憔悴中，娶沈九娘为继室，琴瑟和谐，患难与共，并生养一个女儿。他很早就染上在当时被认为是不治之症的肺病，所以在他留存的书画里，很难看到较长的字卷或较大的画幅。沈九娘去世后，唐伯虎也没有再娶。他在住所筑桃花坞，遍植桃树，自号为"桃花庵主"、"六如居士"，在寄情丹青的同时醉心禅学。

　　在明代天启年间发现的、现仍镶嵌在故居墙壁上的唐寅手笔石刻《桃花庵歌》中有："桃花坞里桃花庵，桃花庵里桃花仙。桃花仙人种桃树，又摘桃花换酒钱。酒醒只在花前坐，酒醉还来花下眠。半醒半醉日复日，花落花开年复年⋯⋯"这是他的晚年作品，这时他索性将住宅改名为桃花庵。据载，他皈依佛法后，还作偈自赞：

　　"我问你是谁？你原来是我，我本不认你，你却要认我。噫！我却少不得你，你却少不得我，你我百年后，有你没了我。"这一首自赞很有禅宗名句"祖师东来意"的禅味，蕴涵着朦胧的机锋和哲理。显然，这是他在历经人生风波以后，面对尔虞我诈的凡俗尘寰的自我解脱。但在我们读来，又觉得辛酸和悲哀。

　　令人沮丧的是，唐伯虎成为家喻户晓的人物，并不是由于他的书画诗文，而是出于评书弹词和章回小说的渲染。《九美图》、《点秋香》和《唐祝文周四才子传》等，这些评话和小说，在城乡书铺和书摊上畅销了百余年，被编入弹词脚本，搬上了地方戏舞台，此后又跻身于荧屏、银幕。一部以"唐伯虎点秋香"为主题的评弹《三笑姻缘》，居然可以接连说上三两个月，小茶馆里天天客满。不用说，这些"作品"不仅内容荒诞无稽，而且文字陋俗，印刷粗劣，但竟拥有广大读者群，足以令人洞察文明古国的悲哀。评话、小说、戏曲中的唐伯虎不择手段地"偷香窃玉"，或乔扮女装，或闯入民宅调戏妇女，或卖身为佣，以满足淫欲的目的。在他的九房妻妾中，有大家闺秀，有小家碧玉，还有尼姑、丫环，她们"和平共处"，各得其所。这些肆意编造唐伯虎"风流潇洒"和"玩世不恭"的"文人"，不管怀有何种居心，其结果都将这位在文坛负有盛名的解元公糟蹋成为"流氓"。

　　明朝末年著名的民间文学家冯梦龙，收集了宋元明三代的话本和拟话本小说，编纂为"三言"。在《警世通言》中，他编进了《唐解元一笑姻缘》。尽管讲述也是唐寅卖身无锡华学士府巧娶秋香的故事，却迥异于后来书肆中关于唐伯虎"风流佳话"的粗陋和庸俗。冯梦龙是唐伯虎死后五十一年出生的苏州人，时代距离很近，既用"唐寅"真名，想来不会完全捕风捉影。所以，这篇小说影响之大超过所有评话曲文。

但据《苏州府志》道："小说有唐解元诡取华学士家婢女秋香事，乃江阴吉道人，非唐伯虎也。"这恐怕是较早为唐伯虎辟谣的文字。后据《亭杂录》载，吉道人点的秋香，是上海某大家眷属的婢女，吉投身其家充当小使，与秋香一同出走，结果张冠李戴，搬到了唐伯虎头上。实际上，小说中华学士是无锡东亭人华察，比唐伯虎小二十七岁。他中进士时，唐伯虎已去世三年。这个玩笑真是开得不小。

"九美团圆"、"三笑姻缘"之类的故事，纯属小说家、戏曲家的编造，现在看来已毫无疑义。但为什么此类无中生有的"艳闻"竟能风靡数代，连小说名家冯梦龙也无法例外呢？大概是早期小说被看成"游戏文字"，对虚构和真实的界限更不讲究，即使向别人头上泼一盆"污水"，也不会有人提出申诉。但对唐伯虎来说，生前蒙受冤屈，死后名誉上还要遭到践踏，真是冤哉枉也了！

近二十多年来，"唐伯虎点秋香"的故事又被炒得火爆，荧屏上频频出现唐伯虎与秋香戏蝶游蜂的镜头，先是唱着小调谈恋爱；接着发展到多角恋爱；最后唐伯虎竟成了"武林高手"。用先进的传媒手段，来深化古代扬弃的糟粕。如此大胆的曲解和无端的亵渎，只能使人感到无奈和悲愤！

吴中才子唐伯虎确有"风流韵事"，他真正的"风流韵事"就是他的书画诗文。特别是"唐画"，不管是人物画还是花鸟画、山水画，不管是工笔画还是水墨画，每一幅画都充溢独特的"神韵"，堪称"千古风流"。

唐伯虎逝世后的墓葬，据其嗣子唐绍宗在《遗命记》中记载：唐寅于明嘉靖二年十二月葬于城北桃花庵内，至嘉靖二十二年移葬到胥门外横塘王家村的唐氏祖茔。如今，经过修茸的唐伯虎墓处于王家村外一个高高的土阜之上，四周青松环抱，小溪交错，平畴沃野，每到暮春季节，油菜花开，那燃烧般的金黄一直延伸到天边，很是富有诗情画意。

明末清初以来，很多来苏州的文人学士都要到唐伯虎墓前凭吊，留下了篇篇诗文。如康熙年间的著名戏剧家尤侗写诗道：

才人无禄又无年，生死悲歌甚可怜。

梦断东都空岁月，香锁南国画风烟。

显然，尤侗为唐伯虎未入仕途，只活了 54 岁，毕生才华只付于丹青绘事而感到同情惋惜。而另一位诗人方引谐在《吊唐六如墓》一诗中写道：

先生胸次海天宽，只爱桃花不爱官。

荒土一抔魂魄在，满溪红雨落春寒。

方引谐似乎比尤侗更了解唐伯虎。他赞美了唐伯虎的襟怀、情操和思想境界，也夹杂着淡淡的失落和伤感。

但是，纵观唐伯虎短暂的一生，他在仕途受挫后，将自己的全部才华激情和生命活力投入于书画诗文。其结果是历史上少了一位碌碌无为、混涵官场的庸官俗吏，却多了一位堪称诗书画"三绝"、在文坛永远放射耀眼光芒的丹青大师。如果不是从官本位的立场来衡量个人得失，唐伯虎失去的只是一顶"乌纱"，而他所得到的却是足以流芳千古的风流神韵。

经历了四百多年的风风雨雨，唐伯虎故居依旧安然无恙，"唐画"则更成了稀世珍品。永远留在人们脑海中的人是幸运的，而唐伯虎就是其中一位。

117

头颅抛处血斑斑

——明代东林党人

一

无锡东林书院始创于北宋政和年间。而明代后期从万历到天启初期是它的黄金时代，虽然只有短短几十年，但它的影响却十分深远。因为这所肃穆宁静的学府，始终同时代脉搏、国家命运息息贯通、血肉相连，这在我国历史上十分少见。

由于家住附近，儿时我常到东林书院玩耍，那时的东林书院在东林小学内，出门是一条狭窄的小巷苏家弄。书院只剩下几所颓屋，长廊两壁镶嵌着东林先贤绘像石刻。书院面对盈盈清流，旁依高高城墙，周围古木森森，荒草枯藤，落日残月，常使人想起"长亭外，古道边，芳草碧连天"的歌词，给人以苍凉浩茫之感。此后，城墙被拆，古树被砍，连剩下来的一点点残缺美也没有了，东林书院成了居民区包围中的几间危屋，我每次路过那里只能"望屋兴叹"。

在百废俱兴的年月里，东林书院又恢复重建了。当我旧地重游，已无法拾起儿时破碎的记忆，这里已"旧貌换新颜"。丽泽堂是昔日东林书院的会议厅，按当时说法，是"研讨学问、砥砺节操之所"。三楹厅堂，明窗净几，堂上有一副很有气魄的楹联："乐道人善，愿闻己过。"后面的依庸堂是设坛讲学之处，是书院的主体。"依庸"，遵循儒家中庸之道的意思。庸，常也，中庸之道是中和常行之道，表示一种平衡，是儒家的政治、哲学思想。江西名儒、东林党人邹元标撰写的《依庸堂记》，由吴中名士文徵明的曾孙东林人士文震孟手书，镌刻石上，至今尚存。堂内抱柱上有副著名的楹联：

> 风声雨声读书声，声声入耳；
>
> 家事国事天下事，事事关心。

这副通俗易懂而又内涵深远的名联为明东林书院主持者顾宪成所撰，现存版本由廖沫沙先生书写。

从依庸堂过燕居，至中和堂，这里是书院师生祭祀孔子的地方。东西各有小楼一座，存放祭器、古乐器、典籍等。书楼两侧的长廊通院门，廊外是庭院、书室；东边的道南祠用以主祀最早的创始人、北宋理学家杨时。如今，庭前有小园荷池、亭榭假山。

杨时，号龟山，福建将乐人，是儒家理学奠基人程颢、程颐的学生，和游酢、吕大临、谢良佐并称为"程门四大弟子"。据说，四十多岁的杨时，和同学游酢去看望老师程颐。程颐正在打瞌睡，外面下着大雪，两人不敢惊动老师，便站在门外静候，直到程颐醒来，门前积雪已一尺多深。于是"程门立雪"的故事成了尊师重道的最佳解读。

真正的学者总是办实事，而不是以说大话来沽名钓誉。就是这位杨时，以龙图阁直学士致仕后，长期游学江、浙、闽等地，程颢送他南归时，曾深有感触地说："吾道南矣!"意思是，儒家理学传播的中心从中原转移到南方去了。杨时在无锡、常州一带讲学达十八年之久，并于北宋政和元年（1111年）在无锡东门内创建东林书院，又名龟山书院，是私家创办的高等学府，桃李遍及东南。现在东林书院甬道中央石坊上的"洛闽中枢"四个大字，就体现出昔人从当时理学传播的路线，突出学术渊源，表示这里是"程门正宗"。

但时过境迁，经过南宋战乱和元朝破坏，杨时创办的东林书院曾一度沦为僧舍。直到明万历三十二年（1604年），遭革职回籍的原吏部文选司郎中顾宪成，偕同其弟顾允成、同乡高攀龙等寻觅龟山遗址，倡议捐资，重建东林书院，活跃学术研究。于是，后来就有了"东林学派"、"东林党人"的从寒窗弦歌到庙堂之争，从议论朝政到腥风血雨，最后酿成"东林党祸"，为我国《明史》增添了触目惊心的一页，也为后代知识分子参政提供了值得记取的借鉴。

毫无疑问，在我国古代教育史上，东林书院是一个成功的范例，而顾宪成、高攀龙也成了后来的"东林领袖"。

顾宪成（1550～1612年），人称泾阳先生，他来自民间最底层。无锡农村中至今还流传着他小时候的故事：顾宪成生于无锡北乡上舍（今锡山市长安镇上舍村），儿时家贫，全家迁至泾里（今锡山市张泾镇）开豆腐坊。搬家时他父亲挑着一副箩筐，筐里放着两个襁褓中的婴儿，一边是顾宪成，另一边是顾允成。半路上两个婴儿撒尿，过路人开玩笑说，"一担两场尿"，吴语的"两场尿"和"两尚书"谐音，顾父误听为"一担两尚书"，连忙高兴地接口说，"谢谢你的金口"。后来顾宪成任吏部郎中，顾允成任礼部主事，在乡下人眼里，在京城六部任职的官员都是"尚书"，故认为"谶语"说中了！

其实与其说顾宪成是朝廷命官，倒不如说他是教育家、著名学者，他的办学成就远远超过他的政界业绩。他于明万历四年公试第一，四年后中进士，任职十四年，仕途上几起几落，先后任户部主事、吏部考功主事、桂阳州判官、处州推官、泉州推官、吏部郎中等不太显赫的职务。但他重建东林书院、执教讲学却长达十八年。

顾宪成和东林书院所处的时代，是历史上罕见的畸形岁月。在位四十八年的明神宗朱翊钧（万历皇帝），据说是个吸毒者，染有最初从海外传入中国的鸦片烟瘾。从万历十七年（1589年）起，他一连二十五年不和群臣见面，只靠在深宫下谕而治理国家，直到万历四十三年（1615年）才勉强到金銮殿亮一次相。如此皇帝，要指望他能"英明圣裁"，简直是天方夜谭。朝廷六部之中有五个部没有尚书；都察院的都御史缺额十年之久；锦衣卫没有一名法官，被关在监牢中的囚犯有的长达二十多年没有被提审过……整个国家机器长期处于运转失灵的半瘫痪状态。

然而，皇帝身边宦官的手却伸到每一个角落。有代表朝廷搜刮民财的税监、矿监，有供宫廷靡奢生活所需的采办太监、织造太监，此外还有监军太监、镇守太监等。这些太监贪婪无度、凶暴残忍、胡作非为，因而民怨沸腾。凤阳巡抚李三才实在不能再忍受，他在一封奏章上揭露了宦官的罪恶，他说：这些太监"杀人父母，使人成为孤儿；杀人丈夫，使人成为寡妇；破人家庭，掘人坟墓。纵然对方是仇人敌人，我们都于心不忍，陛下怎么忍心一向被称为'赤子'的臣民如此呢?"于是他请求中止矿税宦官系统机构的职能。尽管奏章写得情真意切、慷慨激昂，但一进深宫，就像泥牛入海，杳无音信。

皇帝在深宫烟榻上吞云吐雾，太监们在民间无法无天。朝廷上，大臣争权夺势，拉帮结派，排斥异己。为了些琐事就不厌其烦地相互攻击，无休无止地彼此责难，将全部"聪明才智"用于猜忌、推诿、嫁祸和争吵。顾宪成就是在这一片混乱中离开仕途的。

当时明廷发生"三王并封"事件。皇后无子，朱翊钧迟迟没有"立储"，到万历二十一年（1593年），突然下诏将长子、三子、五子并封为王。很多朝臣上疏谏阻，顾宪成也是其中一位。经过一番周折，"三王并封"作罢，但由此得罪了皇帝和宰相。次年，顾宪成以"忤帝意"被削职归里。

但是，"失之东隅，收之桑榆"。顾宪成未及第前，本来在泾里设帐授徒，他教学之处名为"同人堂"，故址至今犹存，就在无锡东北三十五里外的锡山市张泾镇。经过仕途磨炼，他眼界更开阔，学识也更渊博，所以，万历二十二年（1594年）九月他被罢官回到故乡后，矢志授课著述，以后又和高攀龙等复创东林书院。万历三十六年（1608年），朝廷重新起用他为南京光禄寺少卿，他力辞不就，而坚持在办学实践中施展自己的抱负和才华。

二

如今，在东林书院内，依然古柏森森，庭院宁静，讲堂宽敞明亮，书室简朴有序。这使人遥想当年一批又一批的莘莘学子穷章究典、裁量时政、书声琅琅、弦歌阵阵的书斋生活和肃穆氛围。

东林书院在形式上承袭了南宋以来的教育模式：崇祀孔孟，讲求身心修养，研讨"治国平天下"的道理。书院也仿效了旧有的一套繁文缛节，如每年春秋两季举行两次典礼，逢正月第一个甲日举行"释菜礼"，供品是几色枣栗；而八月第一个丁日的"释奠礼"就用全猪全羊供祭。书院按时举行"讲会"，在参照朱熹的《白鹿洞书院教条》而制定的《东林会约》中规定：每次"讲会"，推一人为"主讲"，讲"四书"一章，讲完后由听讲者提问和讨论，气氛活跃，很有点"教学相长"的意味。中间休息时则唱诗数首，舒缓精神，放松心绪。

值得一提的是东林书院"讲会"的主讲，除了大部分是卸任官员的"东林学者"外，有很多是现职官员和著名的政治活动家。右佥都御史、应天巡抚周孔教，钦差督学御史杨廷筠，按察使蔡献臣，扬州知府刘铎，常州知府欧阳东风，以及时任常熟知县杨涟等，都曾来此主讲。就是东林书院的"院内主讲"，被后人称为"东林八君子"的顾宪成、高攀龙、顾允成、安希范、钱一本、刘元珍、叶茂才和薛敷教，也都是进士及第京官出身，并都和朝廷官员有着千丝万缕的联系。

如此师资队伍、如此讲课阵容，就决定了东林书院的教学内容除兼收并蓄地吸收理学中不同学派的道统学识外，更大量地涉及国运、朝政、时弊、民疴，这就大大地开阔了"讲会"的视野范围，摆脱了"两耳不闻窗外事，一心只读圣贤书"的局限性。这也许就是东林书院区别于宋、明两代很多书院的一大特色。

顾宪成的教育思想崇尚务实。他说："在朝廷做官，不为君父着想；官居封疆之重，不尽心于百姓；退居林下，结伴讲学，不关心世道，这都不是君子的所作所为。"在顾宪成之后主持院事的高攀龙，则说得更加透彻："学者应以天下为己任。"这就改变了当时呆滞刻板而颓靡不振的士风，成为后来"经世致用之学"的先导，不能不说是教育史上的一次变革。

东林书院还建立"门籍"制度，参加"讲会"必先登记"门籍"，这使东林书院增加了一重结社的性质，所以参加东林讲会的人习惯上都以"东林社友"自称。东林，代表着当时进步的文化方向，名噪一时，社友遍及长江中下游，甚至延伸到偏远的云贵，每次"讲会"都人满为患，讲堂、走廊到处是或坐或站的人。他们传播理学，议论朝政，抨击时弊，评价人物，在沉寂若死水一潭的朝野涌起一股锐意图新、踔厉风发的新思潮。

顾宪成将后半生心血全部付与东林书院，他是一位成功的教育家。他多次率众去外地讲学，也邀请外地学者来东林讲学。从嘉靖初年起，王阳明的心学风靡天下，士林学风为之一新。但阳明以后"王学"发生分化，有人以"空言"、"游谈"为务，将"王学"引向歧路。顾宪成认为，"政治之弊源于学术之偏"。把学风不正说成是时弊的根源，这在当时是一种大胆的见解。他们和王门后学在无锡惠山二泉进行了三天论战，苏浙皖赣闽的学者纷至参加，是一次颇具规模的学术辩论，从此东林声名大振。但是，顾宪成仍十分推重"王学"，邀请王门传人方学渐、耿庭怀等到东林讲学。

明末清初的大学者黄宗羲，始终称东林人士为"东林学派"，他对东林学派的评价是："一堂师友，冷风热血，洗涤乾坤。"然而，在明代，在门户之见极深的朝堂，却将东林书院以及与该书院有联系的朝野人士一律称作"东林党人"，"东林党"的名称由此而来。这也促使东林人士在干预国家事务、坚持政见等方面同声相应、同气相求。实际上，他们只是一个政治色彩鲜明的学术团体，是道义和学术的联盟，是一个身在江湖而心存庙堂、为匡救世弊进行不屈努力的知识分子群体。

顾宪成于万历四十年（1612 年）在家中病逝。他泾里的故居被保存

123

下来，原来是在一条名叫"无吉弄"小巷中的五开间两厢房明式建筑，名"端居堂"（崇祯二年朝廷加赠顾宪成为吏部右侍郎，谥"端文"）。因其后辈顾皋中过状元，所以整修过的顾宪成、顾允成故居，曲廊环绕，亭台水榭，假山花木，十分雅致。顾宪成留下了《小心斋札记》、《泾皋藏稿》、《东林商语》等著述。

三

和顾宪成齐名的，是比他小十二岁的高攀龙（1562～1626年），时人称为"东林顾高"。

高攀龙是万历十七年（1589年）进士，授行人司行人。他第一次被罢官是在万历二十一年（1593年）的"癸巳京察"事件中。农历癸巳年朝廷对五品以下京官进行考察，主持这次考察的吏部尚书孙考功、吏部考功司郎中赵南星，不徇私情，严稽细核秉公办事，得罪了朝中重臣，事后被首辅王锡爵罢斥。当时在京任职、后来成为东林学者的顾允成、薛敷教等上疏申救，也都被逐出朝廷，弃官回籍。高攀龙按捺不住内心激愤而仗义执言，呈上《君相同心惜才远佞以臻至治疏》，结果被贬谪到广东揭阳县任典史。次年，他就因亲丧退居林下回到无锡故里，与顾宪成一起复创东林书院。

高攀龙在东林书院讲学二十七年，从风华正茂的年轻人变成年近花甲的老者。顾宪成病故后，由他主持院务。直到天启元年（1621年）明熹宗朱由校登位后，东林人士纷纷被重新起用，高攀龙被召回任光禄寺丞，他将东林院务交给叶茂才。过了三年，他又被擢升为都察院左都御史，从此他就卷入了更加凶险的政治旋涡。

这时的朱明王朝已处于大厦将倾的前夜，宫廷中先后发生了明史上著名的"三大案"："梃击案"、"红丸案"、"移宫案"。"三大案"都是皇室内部的纠葛，但据说都有着复杂的政治背景，于是掀起轩然大波，在朝臣中也分为两大派，一丝不苟、以天下为己任的东林人士，当然主张追究到底。两派势力各不相让，剑拔弩张，结果是持棍闯宫的张差被匆匆处死；进献红丸的李可灼被处以极刑；李选侍搬出乾清宫。名噪朝野的"明宫三大案"草率了结，东林人士似乎占了上风，其中很多人都位居朝廷要津，成为在朝的一大政治集团。不过，这也将一批并非"东林学派"的官员推向了以后的敌对营垒。

"三大案"的争论旷日持久，但在朝廷之外，哀鸿遍野，民不聊生，愤怒的农民纷纷揭竿而起，地处东北建州卫的努尔哈赤早已秣马厉兵不断扩大地盘。而一群以天下为己任的东林有志之士，却将精力用于宫内无休无止的争议上，而且必欲置论敌于死地而后快，这种狭隘的排他性暴露出"书生从政"的弱点。"鹬蚌相争，渔翁得利"，就在东林党人和非东林人士争论得不可开交之际，以太监魏忠贤为首的另一股政治势力从幕后走向前台。

明熹宗朱由校即位时只有 16 岁，儿时带他玩耍的宦官魏忠贤当上了司礼秉笔太监兼掌东厂，并很快组成蛛网般的特务系统，垄断了司法审判大权。原来的反东林人士和魏忠贤结成同盟，东林人士称这个新结合的政治集团为"阉党"。"阉党"一得势，就把东林党作为自己的对立面。魏忠贤进宫前本是市井无赖，东林人士碰到这样的对手，根本毫无道理可讲。天启四年（1624 年），高攀龙上疏揭发"阉党"成员崔呈秀贪赃枉法的劣迹，这本是御史职责。但惊恐万分的崔呈秀，连夜拜倒在魏忠贤脚下做其干儿子，结果高攀龙被罢黜返乡。罢撤一个位列九卿的大臣，只凭太监一句话，如此腐烂透顶的王朝若不垮台，真是天理难容！高攀龙从天启四年四月升任都察院左都御史，十一月被撤职回无锡，前后不到七个月。这是他第二次被罢官，也是他仕途生涯的终结。

高攀龙罢官返里后，隐居在城郊五里湖畔，居室四面环水，名曰"水居"。清人王永积在《锡山景物略》中对高攀龙的水居有着翔实的记载：

> ……室筑水中，堤环水外，湖又环堤外，小桥通焉。屋只数楹，四面临水，自春徂冬，溪光山色，树影花香，渔歌鸟语，目应接不暇。有一小楼，名可楼。堤前筑一石台，像圆，名月坡。堤外小港，

渔舟夜集，以数百计，若外护然。

高攀龙的水居屋舍不多，却是湖光山色赏心悦目。他很爱这座水居，曾在《高子遗书》中留下《水居》一诗：

> 有客风尘归去来，兀然孤坐水中台。
>
> 九龙山似翠屏立，五里湖如明镜开。
>
> 春雨鳜肥菰米饭，秋风鲈美菊花杯。
>
> 蒹葭白露伊人在，咨问江天一快哉。

如今，在"高子水居"旧址，已建成"高攀龙纪念馆"，小园建构模样依旧，是无锡环湖景点之一。

126 　高攀龙还经常到几里外太湖边鼋头渚石壁下的湖滩上散步、洗脚，取意屈原《渔父》中的"沧浪之水清兮，可以濯吾缨；沧浪之水浊兮，可以濯吾足"。如今"阉党"专权，举世皆浊，他只能在水边洗脚，借以抒发胸中悲愤孤寂之情。后人在湖畔石壁上镌刻大字"明高忠宪公濯足处"，表示对这位先贤的缅怀和纪念。

然而，高攀龙并没有忘却君国社稷。天启五年，魏忠贤下令逮捕杨涟、左光斗、魏大中、袁化中、周朝瑞、顾大章六人。当"阉党"缇骑前往浙江嘉善魏大中家里捉人时，高攀龙闻讯后立即赶往吴江平望镇，在官道旁迎候，为解押中的魏大中洗尘饯行。魏大中谈笑自若，毫无惧色，高攀龙雇了小船尾随其后，行了几十里水路，一直送到无锡北郊十里外的皋桥，在缇骑的催逼声中，师生依依惜别。

四

"阉党"对东林党人的迫害愈演愈烈，东林人士所面对的是一伙政治流氓兼"屠夫"。

魏忠贤的"阉党"系统，包括了宰相和大多数政府官员，其核心组织是"五虎"、"五彪"、"十狗"、"十孩儿"、"四十孙"。顾名思义，无论如何不会使人想到这是庞大政治集团的核心层，而俨然是江湖黑道帮会。从天启四年到六年（1624～1626年）两年中，惨遭魏忠贤杀害的东林党人可以开出一张很长的名单，其中包括：毙于"廷杖"的工部屯田司郎中万燝、江西道御史吴裕中；冤死刀下的兵部尚书熊廷弼、扬州知府刘铎；拷掠而死的四川道御史夏之令、内阁中书汪文言、吴怀贤，刑部尚书王之寀；戍边客死他乡的尚书赵南星、顺天巡抚邓汉等。

"阉党"采用传统的冤狱手段，合法地屠杀东林党人。最先开刀的是掌握兵权、籍隶"东林社友"的当代名将熊廷弼，并以此为由头，对东林人士进行血腥屠杀。魏忠贤宣称，那些为熊呼冤的官员全部是接受了熊的"重贿"。于是包括左都御史杨涟、都给事中魏大中等一批东林人士都被逮入"诏狱"，最后惨死在酷刑之下。当杨涟的尸体被家属领出时，全身已溃烂，胸前还有一个压死他的土囊，耳朵里有一根横穿脑际的大铁钉。魏大中尸体直到生蛆后才被拖出来。真是惨绝人寰，手段之野蛮令人发指，几百年后重读这些史料，仍让人感到毛骨悚然。

然而，在血腥屠杀面前，绝大多数东林人士没有向"阉党"低头。他们崇尚节操，在位时清廉自守，遇难时浩气凛然，涌现了很多可歌可泣的事迹，中国知识分子可贵的一面在他们身上得到充分的展现，反映了东林书院办学育人思想的成功。为此，东林学派、东林人士受到当代人的钦仰和后来者的赞颂。

当年，年轻的史可法从外地潜入京师，微服去狱中探望他的老师左光斗，此时左已被折磨得不成人形，"双目被刺，四肢皆折"，听到史可法的声音，他勃然大怒嚷道："现在是什么时候？你不以国事为重，轻生前来看我，我还有什么希望？不如现在就扑死你！"说罢，从地上滚过去，举起戴在手上的镣铐扑向史可法，史只好流着眼泪悄悄离去。东林党人在邪恶势力面前的不屈不挠，为坚持正义而壮烈慷慨赴义的事迹，为后人树立可敬的榜样，为窝窝囊囊的后期明史增添了亮色。

但是，在"学而优则仕"的群体中，也出现不少"有奶便是娘"的无耻之徒，天启六年浙江巡抚潘汝桢在杭州为魏忠贤首建"生祠"，各地纷纷仿效。这位煊赫的"九千岁"，人还未死，但"生祠"却已遍及全国，活着享用万家香火，这大概也属"史无前例"，中国历史进入最黑暗、最荒谬的时代。

和历史上所有的虐待狂一样，魏忠贤一伙把培养人才的书院看成是产生反对派的渊薮。天启五年，"阉党"御史张讷上疏，请毁天下书院。无锡的东林书院，因赖罢官回乡的高攀龙的维护，只拆除了依庸堂，但讲会全部废止。在荒凉冷落的东林废院中，高攀龙和了叶茂才《过东林废院》一诗，他写道：

　　　　蓁尔东林万古心，道南祠畔白云深。

　　　　纵令伐尽林间木，一片平芜也号林。

在悲愤伤感的同时，蕴涵着百折不挠的斗志和傲骨嶙峋的浩气。

魏忠贤并没有放过退居林下的高攀龙，不久厄运便降临他的头上。天启六年二月，借由"阉党"苏杭织造太监李实的诬陷，魏忠贤派出缇骑逮捕周起元、高攀龙、周顺昌、缪昌期、周宗建、李应昇、黄尊素七人。三月十六日，当缪昌期、周宗建被捕消息传来，高攀龙自知在劫难逃，他说："我早把生死置之度外，如果贪恋残生，岂不辜负了平生的学问！"早晨他去东林书院道南祠拜谒了杨时的牌位；中午和弟弟高士鹤及两个门生在后园池畔赏花谈心；其间，一连数次报警，他都神情泰然，谈笑风生；晚上全家款叙，他有说有笑，不异往常。深夜，风声更紧，高攀龙悄悄起床到书斋，写完《遗表》和《别友柬》，就换上朝服自沉于后园池中，时年65岁。高攀龙在《遗表》中写道：

　　　　臣虽削夺，旧系大臣。大臣辱则国辱，故北向叩头，从屈平之遗
　　则。君恩未报，愿结来生。

表文涵意深沉，语气虔诚。在高攀龙和东林党人的政治生涯中，也许有着书生气十足的偏执，有过文人从政的失误，但他们的耿介、执著和廉洁，他们的节操和信念，代表了人间的浩然正气。遗憾的是，他到临终前都没有丢掉对朱明王朝的幻想。但这是时代的局限，我们不能苛求前人。

高攀龙跳水自尽的池塘位于无锡南门水曲巷的高氏老宅，后人称为"高子止水"，经过多次变迁，这个池塘仍被一代又一代地保存下来。高攀

龙死后不到一个月，东林书院被全部拆毁。崇祯初年，朝廷为高攀龙平反，追赠太子少保、兵部尚书，谥"忠宪"。东林书院经明崇祯，清顺治、康熙三朝修复，逐步恢复旧观。

东林书院经历了明朝朱翊钧（万历）、朱常洛（泰昌）、朱由校（天启）三朝，培育了大批人才。东林党祸，堪称浩劫，正直人士死亡枕藉，治国良才戕害殆尽。可悲的是，历来很多专制暴君和昏君，往往为财富的损失而心疼，而对人才的损失却不在乎。其实，财富是人创造的，而人才受到戕害是国家元气大伤的主要表现。在高攀龙死后十九年，李自成自西安攻入北京，一路上几乎没有遇到抵抗而攻破京师，明廷降臣之多，也算得上是历史之"最"。不久，清兵入关，朱明王朝寿终正寝。

129

如今的东林书院，大部是清代历朝修复和重建的仿明建筑。书院肃穆宁静，森然有序，依然弥漫着浓郁的书卷气息，这所培育了大批正义之士、在《明史》中占有一席之地的著名学府，现在是全国重点保护文物。东林书院所经历的充满血腥的沧桑变化告诉后人：拘泥于古道，不善于权变，是书生从政的弱点。然而它也向未来展示：即使在最黑暗的年月里，总还会有人在坚持正义，天地间，正气总是在回荡、在流溢、在撞击。

三十多年前，报人邓拓写下了充满激情的诗句，给予东林书院和东林党人以很高的评价：

> 东林讲学继龟山，事事关心天地间。
>
> 莫谓书生空议论，头颅抛处血斑斑。

今日东林书院，已一扫过去的残颓和荒芜，来到这里的朋友，可领略当年东林学子"冷风热血，洗涤乾坤"的壮志豪情。

东林书院作为无锡人的骄傲，它不仅是一所精致恢弘的仿明建筑，而且是一份黑白分明的历史教材、一面燃犀烛幽的镜子。

让我们记住这句名言：忘记历史，就意味着背叛。

狂傲的评论家

——明末清初文学批评家金圣叹

一

明末清初，苏州出了个金圣叹，弄得文坛正人君子六神不安。

金圣叹何许人？一介穷教书匠也。他学识渊博，思维敏锐，但生性狂傲，违拗世俗，我行我素，有人说他是"怪才"，也有人称他为"狂士"，是个颇具争议的人物。

据载，吴郡金喟（1606～1661 年），字圣叹，"少有才名，性放诞，出词罔忌，初补博士弟子员，以岁试文怪诞被黜，明年岁试，易名人瑞，就童子试，文宗某拔置第一，仍复儒冠。"金圣叹因在"岁试"中写了篇怪里怪气的文章，被取消考试资格，改名"金人瑞"再次参加考试，才保住一袭青衿，至死都是一名庠生。

金圣叹一生教书，他讲课的地方名"贯华堂"，讲课内容是《圣自觉三昧》，自编自镌，秘不示人。他讲课声音洪亮，顾盼伟然，并不像一般塾师那样循规蹈矩。他讲课内容很"杂"，涉及经史子集、笺疏诂训、释道教义甚至稗官野史。但学生对此很认可，讲课时大厅里鸦雀无声，连走廊里也坐满了人。

他可圈可点的贡献，是丰富了"评点"这一文学评论方式的内涵。他将"评点"用于小说、戏曲、诗词、历史、哲学等方面，从内容到形式进行分析和评骘，洞幽烛微，独出机杼。他将《左传》、《史记》、《庄子》、《离骚》、《杜诗》、《水浒》和《西厢》并称为"七才子书"。这七部书，或为孤愤之作、或是离乱之篇、或追求人性自由、或向礼教道学挑战，他那离经叛道的学术思想，在特别漫长的东方夜空露出一丝启蒙光芒。然而，历来坚持道统的儒家讲求规矩，超出规矩方圆一步，就是"万死贡赎"的"叛逆"。而金圣叹最讨厌"规矩"，所以他生前不断受到"倒金"围攻，当他惨遭清王朝斩首后，这种围攻仍未终止，咒骂声仍不绝于耳。

他死于"抗粮哭庙"案，是哭出来的大祸。清顺治年间，吴县知事山西人任某，预征课税，滥用非刑追逼乡民，民怨沸腾。生员薛尔张等鸣钟击鼓，聚集一百多个读书人到文庙去"哭庙"，金圣叹也在其中。他们只是向儒家的老祖宗孔夫子哭诉，不料这时正巧顺治帝"驾崩"的"哀诏"到达苏州，巡抚率领官员缙绅前往苏州府衙灵堂哭祭。于是"哭庙"的人群推出代表到府衙进呈"揭帖"，围观者千余人，群声雷动。抚院大骇，当场下令抓人。

据载，"抚院朱性索刻忌，必欲杀金等而后快"。于是在给朝廷上奏的"密疏"中，事情就被"定性"为"抗纳"、"叛逆"。他写道：这些苏州人"恃符抗纳，任令比追，遽遭怨谤，致当哀诏初临日，集众千百，上惊先帝之灵……该生等擅于哭临之际，声言扛打，似此目无法纪，深恐摇动人心……"朝廷立即派钦差大臣赴江宁（今南京）公审，最后不分首从，一律斩决，妻子财产入官。死难者包括金圣叹在内共十八名生员，还有一百多名秀才，是一场大屠杀，时间是 1661 年 7 月 13 日，刑场在南京三山街。民国初年出版的《哭庙纪略》，将这件屠杀案列为民族"痛史"，书中描述了当时"炮声一响，则众人之首皆殒，披甲乱驰"的惨状。

但在近年来有些似"戏说"而又非"戏说"的电视剧中：处理苏州"抗粮哭庙案"时，康熙还年幼，全系权臣鳌拜所为，他成年后对金圣叹之死还表示过惋惜。不知此说有无依据，不敢妄断。不过有些野史分析

131

道："呜呼！专制国官吏之淫威，文网之严密，文人苟非韬晦自全，鲜有不遭杀身之惨祸者。况放诞不羁如圣叹者？"我是同意这种说法的，只要存在皇帝，不管在哪个朝代，金圣叹都很难善终。

然而，在众多的野史和民间传说中，广泛流传着金圣叹的死前趣闻，说法不一，但内容大同小异。据说他在临刑前大呼："杀头至痛也，灭族至惨也，圣叹无意得此，呜呼哀哉，然而快哉。"他留下一封家书托狱卒转交妻子，狱卒将信转呈官员，官员怀疑信中必有诽谤朝廷之语，拆启一看，信中写道："字付大儿看，盐菜与黄豆同吃，大有胡桃滋味，此法一传，我无遗憾矣。"（金清美《豁意轩录闻》）这种传闻漏洞颇多，未必可信。但它反映了金圣叹的典型风格：愤时傲世，玩世不恭。

我在儿时就听说过有关金圣叹的轶闻趣事，譬如，金圣叹出生那夜，他父亲夜宿文庙，睡梦中听到孔夫子叹气，故取名金喟，号圣叹。本以为是孔夫子"自愧不如"的长叹，不料是哀其不得善终的警示。还有在"评点"中，金圣叹口出尖厉刻薄的语言，"三国"许褚阵前受伤，他在眉批上写道："活该！谁叫你赤膊？"我还抄到一首金圣叹的《临终诗》：

天公丧母地丁忧，万里江山尽白头。

明日太阳来作吊，家家檐下泪珠流。

还听说，当年金圣叹的妻子生儿子时，按旧时迷信习俗，请乩仙赐名为"断牛"，不解何义，待金圣叹死后其子流放宁古塔时，残破的住所里有块断碑，碑上只剩下一个"牛"字，才晓得这是"定数"。再如，金圣叹等被杀后不久，苏州百姓要为他们建庙，在郊外的阳山立"十八人祠"。阳山，现为吴县万安山，"十八人祠"早已湮没，但我却抄到了当年祠内供奉的十八个灵牌的名字，他们就是清初因"抗粮哭庙"惨遭杀害的十八名生员，其中有"金人瑞"，当然，也有那位带头鸣钟击鼓的薛尔张。

诸如此类的传说，不胜枚举。显然，有些还颇带点迷信和荒诞的色彩，有些情节也经不起推敲。这不是学者教授所为，而是三家村学究或陋巷小民、作坊工匠，甚至粗识几个字的老妪所杜撰的。我想，金圣叹是属于他们这个世界的一个无权无势的蒙馆教书先生，死后又不能为各方面所接受。但是和绍兴徐文长类似，他却在民间口头流传了三百多年，不需要当局认可、文坛肯定和媒介渲染，他十分自然地在一代又一代的升斗小民中留下了自己的名字。这，不能不说是一种发人深思的社会现象。

二

在北方人心目中，江南人总是温顺懦弱、圆滑善变。其实不然。由于坚决抵御外侮，历来外族统治者的种族歧视政策总是把"南人放在最末一等"。

明末清初是江南思想活跃、士风激扬的年代。在山温水软之地，良顺柔雅的吴中出现了"头颅抛处血斑斑"的东林党人，出现了苏州市民反"阉党"斗争和张溥的《五人墓碑记》，出现了"扬州十日"、"嘉定三屠"，也出现了顾炎武、黄宗羲等中国民本与民主思想萌芽的代表人物。当然，还有一位狂狷不羁、语言尖刻的金圣叹。

这是经济发展的必然。伴随着商品交流的频繁和手工业作坊的遍地崛起，明代中叶的姑苏，就出现了"小巷十家三酒店，豪门五日一尝新。市河到处堪摇橹，街巷通宵不绝人"的繁荣景象（唐寅《姑苏杂咏》）。将搜书、刻书、贩书连成一体的书商经营，成了古城一大新兴行业。据载，明末汲古阁主人、藏书家毛晋"力搜秘册，经史而外，百家九流，下至传奇小说，广为镂版，由是毛氏锓本走天下"。书商将眼光投向雅俗共赏的传奇、小说，特别是名家评点的小说，如明代余氏双峰堂刊行、余象斗评点的《水浒传评林》、《批评三国志传》等，就是当时畅销的"热门书"。于是，金圣叹也就成了轰动一时的评点名家。

评点，用生花妙笔对书中情节进行手眼独到的指点，起点石成金之妙，使人读后茅塞顿开、境界豁然，是中国传统文学评论中的一种独特形式。但金圣叹眼界很高，傲视一切，对于一些公开公认的文学名著，他说批就批，要砍就砍，没有半点顾忌，而且语言刻薄，嬉笑怒骂，很有点"惊世骇俗"。这就使那些靠"传统"啖饭或成名的人物无法忍受，认为金圣叹批书就是批自己，从而产生"切肤"之痛。就是那些不知传统为何物而惯于随波逐流的人们，也会觉得不舒服。

一个"傲"字，使金圣叹处于"群起而攻之"的境地；"傲"也使他说出了多数人不敢说的话。譬如，他对《三国演义》的评价，"人物事体说话太多了，笔下拖不动，趱不转，分明如官府转话奴才，其实何曾自敢添减一字"。他评《西游记》，"只是捏捏撮撮，譬如大年夜放烟火，一阵一阵过，中间全没贯串"，"每到弄不来时，便是南海观音救了"。

将《三国演义》的语言说成是"如官府转话奴才"，将《西游记》的情节比喻为"大年夜放烟火"，金圣叹恐怕是第一人。

金圣叹将原来的《忠义水浒传》中宋江受招安、征田虎、打方腊等后四十九回全部砍去，并去掉书名中的"忠义"两字，使《水浒》成为一部"已为盗者读之而自豪，未为盗者读之而为盗"的小说。经他批改的《西厢》，全剧终止于"草桥惊梦"一场，将原来夫荣妻贵大团圆的结局，变成一出"醒来难耐霜林醉，只是离人泪"的古典爱情悲剧，表达了他对"门第婚姻"的否定，对"洞房花烛夜，金榜题名时"才子佳人俗套的厌恶。更让"卫道者"不能容忍的，是他在学生中公然提倡"先读《国风》，后看《西厢》"。"海盗"加之"海淫"，这个罪名是很大的。

他将《水浒》、《西厢》和《左传》、《史记》、《庄子》、《离骚》以及《杜诗》相提并论，则更为"咄咄逼人"。他还将《水浒》和《史记》做了比较，倘若太史公还活着，也许是会允许这种比较的，因为在金圣叹的笔墨中，就有着太史公评骘百代的不拘一格，虽然他远远没有太史公那种严谨和成熟。偏偏《史记》已经过"钦定"，奉为经典，这种比较就变成了"冒天下之大不韪"，必将引起官方愠怒，士林嚣哗。可金圣叹全然不顾，他比较两者说："《史记》是以文运事，《水浒》是因文生事。以文运事，是先有事生成如此如此，却要计算出一篇文字来，虽是史公高才，也毕竟是吃苦事；因文生事却不然，只是顺着笔性去，削高补低皆由我。"（《读第五才子书法》）这一段文字很为后世重视，认为金圣叹很早就提出了小说与历史的分野。但是，还有人仍将《水浒》当作历史来读，为金圣叹删掉后四十九回而"义愤填膺"。

金圣叹不仅将《水浒》与《史记》相提并论，而且还认为"《水浒》胜过《史记》"，这是因为"他把一百零八人的性格都写出来"、"每个人分明就是一篇《列传》"。由金圣叹编印的《第五才子书施耐庵水浒传》（简称金本《水浒》），全书洋洋万言，包括"序一"、"序二"、"序三"、"《宋史纲》批语"、"《宋史目》批语"、《读第五才子书法》和分散在各章回中的评点诸内容。

在《宋史纲》批语中，金圣叹提出《水浒》主题是"官逼民反"。他说，强盗并非天生，是由于"失教"和"饥寒"，而凭他们的"才"和"力"，又不甘屈居人下，"于是无端入草，一啸群聚，始而夺货，继而称兵"。但谁使他们"失教"和"饥寒"，谁使他们有才力得不到发挥？他引用商初成汤的话："万方有罪，罪在朕躬"，将矛头直指皇帝老儿，并将此思想贯穿于各章回的评点中。如在第一回，他指出开头不写一百零八人，而先写高俅，正说明"乱自上作"；随着小王太尉、小苏学士、小舅端王（徽宗）先后出场，他又在"夹批"中嘲讽道："群'小'相聚，高俅即欲不得志，岂亦可得哉！"一针见血，入木三分。

金圣叹对《水浒传》情有独钟，认为"章有章法，句有句法，字有字法"。其余的书看一遍即可，独有《水浒》百读不厌。如动法场、偷汉、打虎都是难题目，很难下笔，但《水浒》偏偏不怕，先后描写两次，而且前后不同，各有千秋。金圣叹特别欣赏《水浒》对人物个性的刻画。他说："写一百八人性格，真是一百八样；若别一部书，任他写一千个人，也只是一样。"他将梁山群雄分为上上、上中、中上、中下四类，李逵的"天真烂漫"、鲁达的"粗中有细"、阮小七的"口快心快"，均属"上上人物"。同样是粗鲁，在金圣叹评点中，鲁达粗鲁是性急，史进粗鲁是任性，李逵粗鲁是蛮干，武松粗鲁是豪杰不受羁约，阮小七粗鲁是悲愤无说处，焦挺粗鲁是气质不好……

在这些人物中，金圣叹评价最高的是黑旋风李逵。他认为写李逵，"段段都是绝妙文字"，李逵的"朴诚"反衬出宋江的"奸诈"。他认为林冲这个人物写得"太狠"，"算得到，熬得住，把得牢，做得彻，都使人

135

怕"。"这般人在世上，定做得出事业来，然琢削元气也不少。"吴用的人品比宋江端正，宋江纯用"术数"笼络人，吴用则能"驱策群力，有军师之体"；吴用肯自认"智多星"，而宋江却自评说"自家志诚质朴"；这两人相互笼络，心里各各自知，外表又各各装做不知，"写得真是好看煞人"。阮小七是梁山"第一快人"，杨志属旧家子弟，关胜为"变相云长"，柴进只会"好客"，戴宗唯有"神行"；英雄员外卢俊义带点"呆气"，就像"画骆驼，虽是庞然大物，但看起来到底不俊……"

中国的章回小说是从说书的基础上发展起来的，故前人评价小说总把故事情节放在首位。金圣叹率先提出小说创作在于塑造典型生动的人物形象，从美学高度研究小说创作的艺术性。所以，他对梁山人物独到而细腻的剖析和评点，也成了金本《水浒》中最精彩的部分，在中国文学史册上熠熠发光。

金圣叹评点《西厢》也有其独特见解。在那个允许男子有三妻四妾，而小说言情就是"诲淫"的时代，他大声疾呼，《西厢》不是淫书，在《读第六才子书〈西厢记〉法》中，他列举八十一条断定《西厢》是"奇书"、"妙文"。他写道："《西厢》断断不是淫书，断断是妙文。""有人说《西厢》是淫书，此人日后定堕拔舌地狱。"并以子之矛攻子之盾，说道："文者见之谓之文，淫者见之谓之淫耳。"

他举例说，诸葛公白帝受托，五丈出师，孤忠老臣的眼泪；王昭君慷慨请行，琵琶出塞，高才受屈的眼泪；他是读了《西厢》后才有深刻理解的。乍看这三者似乎联系不大，语意夸张，但金圣叹说的是，他从《西厢》中发现了净化升华了的"人间至情"。而在一般反映爱情的文艺作品中，缺少的就是这种真实的感情。

在明清两代的戏曲中，"落难公子中状元，后花园私订终身"，又俗又滥，金圣叹在《〈赖婚〉批》中写道："吾恨近时忤奴，于最初惊艳时，便做无数目挑心招丑态，愿天下才子同声詈之。"对《西厢》中婉曲而细腻的爱情描绘和张生、莺莺的心灵刻画，他更是表示十分欣赏。

三

除了评点《水浒》、《西厢》外，金圣叹还先后对《庄子》、《离骚》、《史记》、《杜诗》作了评点。他写下的诗词、散文和哲学著作也不少。如他讲《周易》中乾坤两卦，就写稿十余万字，还有评点《庄子》、《法华经》的专著，当时因家贫无力自刻，如今有的只是收集残章断节，大都亡佚不传。他还留下了《沉吟楼诗集》。

金圣叹的诗作也反映出他细腻而真切的感情。如他新婚期间所作的《鸳鸯诵》：

> 此鸟何名氏？雄鸳雌曰鸯。
>
> 双双来玉溆，两双转金塘。
>
> 叶密成欢被，花深亦洞房。
>
> 千秋与万岁，那得暂相忘！

这首诗卿卿我我、海誓山盟，和他那冷嘲热讽的点评文字相比，俨然出自两人之手。再如，他在监狱里写的《狱中见茉莉花》：

> 名花尔无玷，亦入此中来。
>
> 误被童蒙拾，真辜雨露开。
>
> 托根虽小草，造物自全材。
>
> 幼读南容传，苍茫老更哀。

南容，字小蛮，据说白居易有两妾，"樊素善歌，小蛮善舞"，时人写诗说，"樱桃樊素口，杨柳小蛮腰"，后来用来泛指古之美妇。茉莉入狱，联想到小蛮蒙尘，透露出哀而不怨的情绪。

然而，在现实生活中，金圣叹并不像他诗歌那样柔和、婉约。他一生放浪形骸，恃才傲物，而且敢于直言，尖刻万分。他从不把君相放在眼里，如春秋时齐相晏婴不死君难，后世对此颇有非议。但金圣叹认为，为独夫民贼殉葬毫无价值。他在选批《左传》"晏子不死君难"一节中赞赏道："（晏子）斩斩截截，磊磊落落，虽与日月争光可也。"

孔夫子说："天下有道则庶人不议。"而金圣叹却表明，庶人不敢议政，何其知天下有道无道。在论述著作权时，他在评点《水浒》中指出，"下笔者，文人之事也"，是"文人之权"，"君相虽至尊，其又焉敢置一末喙乎哉?!"这些饱酣笔墨反映了早期不加雕琢的民权思想。他处处与"圣人"唱反调，对于秦始皇焚书，也进行一大通议论。他认为，首先该烧的就是"圣人之书"；倘使"圣人之书"如布帛菽粟一样，民众须臾离不开它，哪里需要烧其他书去保存它呢？他与多数文人立场迥异，文人们往往提及始皇焚书就"如丧考妣"，提起"圣人"语录就"顶礼膜拜"，而在他身上却少了"奴性"，始终保持着那份傲气。他认为《史记》中写得最精彩的，是伍子胥鞭尸、陈涉造反、朱解郭家杀人越货……他自鸣与太史公灵犀相通，每次讲课至此，他总是眉飞色舞、赞赏不绝。

金圣叹目中无君相，故被官府视为"叛逆"；他对圣人满不在乎，又被儒家弟子看作"异端"。四围皆敌，哪还会有他在文坛的立足之地？尽管如此，赞誉金圣叹文章的仍大有人在。清代小说评点家冯镇峦在《读〈聊斋〉杂说》中写道："金人瑞批《水浒》、《西厢》，灵心妙舌，开后人无限眼界，无限文心。"《亦亭杂记》的作者毛庆臻评价金的批评文字是"透发心花，穷搜诡谲"。当然更多的人对金圣叹却是"深恶痛绝"，如袁枚在《随园诗话》里说："圣叹好批小说，人多薄之。"乾隆十九年明令禁止《水浒传》的出版发行，在官方文书中记叙它是由"恶薄轻狂、业经正法之金圣叹妄加赞美"的"教诱犯法之书"。以后的张之洞又评价金圣叹是个"不学粗人"，金圣叹的小说评点"不可以为考据，不可以为词章，不可以为义理"。

在"倒金"围攻中，表现最突出的要数文人归庄。在金圣叹被杀后，他仍写了一篇题为《诛邪鬼》的"讨金檄文"。他说金圣叹评点的《水浒传》是"倡乱之书"，评点的《西厢记》是"诲淫之书"；金圣叹"以小说、传奇跻之于经、史、子、集，固已失伦；乃其惑人心，坏风俗，乱学术，其罪不可胜诛矣！"随后归庄又超出了学术争论的范围，揭露金圣叹的"隐私"。他写道："余以其人虽死而罪不彰，其书尚存，流毒于天下将未有已，未可以其为鬼而贷之也。作《诛邪鬼》!"意思是说金圣叹罪恶滔天,他虽已成鬼,但仍不能放过他。这是另一种"开棺戮尸",读后使人毛骨悚然!

昆山归庄,明末遗民,也算是"狂士",是大学者顾炎武的挚友,在当时文坛颇有影响。然而他对金圣叹的死后辱骂,确实有失学者风度。金圣叹在世时并没有妨碍任何人,他只是学术研究狂傲偏激,语言尖酸刻薄招惹是非,对传统和大师满不在乎或出言不逊,一时竟引来那么多文人学士的"义愤",恨不得在他死后对其毁棺鞭尸、播骨扬灰。他们容得了洪承畴、吴三桂,可就是容不下一个金圣叹!这就是当时可怕而又可悲的中国文坛。

四

坦率地说,金圣叹的学术思想十分芜杂,笔墨也不无偏颇。有的失之牵强附会,有的近于文字游戏,使人确实难于接受。后代很多有识之士都指出金圣叹评点的弊病。例如,清人周昂评金圣叹的《读〈西厢〉法》说:"圣叹的多数读法,实有重复累赘之嫌,有的落于文字游戏的小道。"所以他将金圣叹原有的八十一条删削为十余条。而清代著名戏剧家李渔则认为,圣叹所作的《西厢》,是文人之《西厢》,非非优之《西厢》。因为金圣叹对曲文的改变,有的虽然很美,但不符音律,无法演出。还有不少小乘轮回、因果报应之说,也被后人称为"陋儒之见"。

显然,金圣叹并不是很完善的学者专家,他的个人性格中充满着重重矛盾。他早期生活于明末风雨飘摇之际,对明王朝统治的弊病了如指掌,但对农民起义也没有拍手称道。在《水浒传》的评点中,他不厌其烦地指出是"官逼民反",对官场丑态竭尽冷嘲热讽的笔墨,读后使人感到淋漓酣畅。然而他也以同样的笔墨来评点梁山聚义,特别是起义农民的首领,他看不到农民起义的前途,因为他看到闯王进京后的一幕。

对于朱明王朝的覆灭,他毫无惋惜追念之情。在他编印的金本《水浒》中,他修改了大刀关胜的一段话:"'君知我报君,友知我报友',既然君不以我们为念，殉他作甚，哭他个鸟！"他对明亡以后那些"痛不欲生"的遗老文士们也多有嘲笑讥讽的语言。所以在当时明末清初占正统地位的怀念故主的文坛，他是"逆子贰臣"。然而对刚入关清兵的烧杀抢掠，他却又愤愤难平，仍采取冷言相讥。他的《咏柳》诗表述了对清兵屠杀平民的愤慨，批评了时人对国破家亡的麻木：

> 陶令门前白酒瓢，亚夫营里血腥刀。
>
> 春风不管人间事，一例千条与万条。

而另一首《题渊明抚孤松图》则表明了他以孤松自居、甘当逸民的愿望：

> 后土栽培存此树，上天谪堕有斯人。
>
> 不曾误受秦封号，且喜终为晋逸民。
>
> 三迳岁寒唯有雪，六年眼泪未逢春。
>
> 爱君我欲同君住，一样疏狂两个身。

因此，清政府明令禁止将他的著作收入《四库全书》，苏州本地修撰的《文苑传》、《儒林传》、《乡贤传》等书中也不准提及他的名字。同样，清人卓尔堪编纂《明遗民诗集》，收集范围很广，但也将金圣叹排斥在外。

在金圣叹晚年时，从京都回来的邵兰雪口述顺治帝看了他的评点后向周围词臣表述的观点，"此是古文高手，莫以时文眼看他"。听到这消息后，他激动万分，在《春感八首》的"小序"中详载此事，并写道："某感而泣下，因北向叩首敬赋。"感激涕零之情跃然纸上，显示出偶逢知遇的兴奋，使人悲悯交集。也正因为如此，金圣叹更为后人所不齿，认为他朝三暮四，"晚节"不终。

我国文人一向讲究道德文章的"终身一贯制"，提倡"从一而终"。如政治倾向的变化，学术思想的转向，就会像"失节"的寡妇，被宗族诟骂、遭社会唾弃。有些文士的作品，明知"今是而昨非"，还要苦熬着，在习惯的轨道上"坚守操持"。这就导致学术思想的呆滞和陈腐，也造就了一批口是心非的伪道学家。

世上万物均有矛盾，人、物亦然。如巴尔扎克、左拉、托尔斯泰等世界文坛泰斗，无论在人生经历中还是前、后期作品中，都可以找到深刻的矛盾烙印。就是我国的许多著名学者、作家，也无法逃避性格和作品思想的矛盾。散文名家林语堂先生在他的《八十自序》中自称是"一捆矛盾"。应该承认矛盾，承认矛盾能给作品带来变化和飞跃。处于社会大动荡时期的金圣叹，其各方面所表现出来的重重矛盾，如人格上的矛盾、作品中的矛盾，甚至一部评点作品前后观点的矛盾，也就不足为怪。如果公正地衡文量事，就应该取其精华，剔其糟粕，而不是攻其一点不及其余。

从清乾隆年代起，金圣叹作品就严遭禁锢。以后他又成了"封建余孽"、"反动文人"，其作品都是"毒草"。然而，"墙内开花墙外香"，在世界文坛上，日本的汉学家则认为："金本《水浒》为《水浒》之极品"。赛珍珠也曾翻译金本《水浒》，驰名世界文坛。我国的文学大师在不同的历史时期也说过不少不失公允的话，如郑振铎先生评价金圣叹说："他言论亦极大胆，能言人所不能言、不敢言，颇有许多可以永传者。"尤为奇怪的是，这个被历代文坛所否定的"怪物"，在民间口口相传了三百多年。

金圣叹生于明万历三十六年（1608 年），死于清顺治十八年（1661年）。他讲学的贯华堂早已被夷为平地；后人为纪念他们而建造的"十八人祠"，如今也只剩下萧萧竹篁，空谷鸟鸣。只有在吴县藏书镇五峰山的西山坞留下了金圣叹的墓。墓地是 20 世纪初由吴中保墓会重建的，石碑上书"文学家金人瑞墓"。五峰山倚太湖、偎天池，灵岩诸峰，湖光山色，典雅深幽，山下农舍星罗棋布，小镇街市繁荣。金圣叹长眠于锦绣帐里的芸芸众生之中。

今人往往将金圣叹与李贽（卓吾）比较，这两人的身世、遭遇、结局都十分相似。七十老翁李贽自割喉管屈死狱中，留下《焚书》、《藏书》等多种著作，两人死时的传闻也颇相似。他们生前都狂放不羁，反伪道学，故后人将其归入狂禅派一路人物。也有人将金圣叹与同时期的顾炎武、黄宗羲相比，认为他们不约而同地抨击君主专制制度，倡言"隐约朦胧的民主思想"。

所有这些比较正反映了金圣叹学术思想的驳杂与多面。其实，金圣叹只是一个文人，一个狂傲的文人。

马背上的大学者

——明末清初思想家、诗人顾炎武

一

对已逝去的人物，中国人熟知高官比了解学者容易。因为高官显赫的头衔足以使升斗小民产生兴趣而去了解他们的业绩；而学者所研究的学问，如果不是像爱迪生那样与生活息息相关，恐怕很少有人关心他们曾经存在并做出的卓绝贡献。

昆山市千灯镇南端的"顾炎武故居"，是一座宽敞而精致的明式建筑，照壁、大厅、厢房、曲廊、天井，后边是鸟语花香、小桥流水的花园，园旁围墙内是顾炎武的陵墓。这位明末清初漂泊半生的大学者，长眠在如诗如画的江南故乡沃土之中。

千灯，原名"千墩"。据汉代《吴越春秋》记载，吴淞江畔有土墩九百九十九个，第一千个土墩位于昆山南三十里，因此这里就被叫做"千墩"。小镇水秀桥雅，千灯浦从镇中心潺湲流过，北承波光粼粼的吴松江，南连烟波浩淼的淀山湖，七座明清式的拱形环龙石桥飞架古镇浦上。清人陈至阶写诗赞曰：

　　淞水遥通万里船，轻帆凑集影联翩。

乘风飞度云归岫，带雨中寒鹤昌烟。

势急应教光乱月，潮平遥想浪掀天。

长江送尽征篷去，几外氤氲翠嶂连。

沿着小镇的石板街一路观赏，有始建于南朝梁天监二年的延福寺、秦峰塔，还有首创江南丝竹的唐代陶岘居住过的陶家桥，昆曲开山祖师元代顾坚的纪念馆，他们都是千灯人的骄傲。名气最大的还数顾炎武，他的名言"天下兴亡，匹夫有责"，至今还常被人们挂在嘴边。在"顾炎武故居"，游人如织，人们只知道他是"抗清志士"，对其学术成就却知之甚少。

其实，顾炎武是明清之际贡献卓著、影响深远的伟大学者，一生著述宏富，在经学、史学、音韵学、文字学、地理学、文学等领域都有重要建树，为后世开创了"经世致用"之学。人的一生只要对上述一个方面做出研究成果，已是了不起的成就。而顾炎武的学术研究，大至"治国平天下"的文韬武略，小到舍石鉴定、词章评点，几乎涉及人文科学的全部学科，而且都取得创造性的成就。人们在深受震撼之余，情不自禁地高呼："奇人！奇才！"

顾炎武一生有着浓厚的传奇色彩。他出身官宦世家，曾祖顾章志曾任明廷南京兵部侍郎，祖父顾绍芳为翰林院编修。顾炎武（1613～1682年）本名继坤，改名绛，字忠清；南都败后，改炎武，字宁人，号亭林，自署蒋山佣，人称"亭林先生"。他自幼被过继给叔祖顾绍苏为嗣孙，这是个有着良好文化素养的家庭，嗣母王氏通晓文理，她年轻守寡，抚养炎武，"昼则纺绩，夜观书至二更方息"。博学多闻的叔祖顾绍苏早就预感朱明政权如风中残烛，他指着庭前野草对嗣孙说："有朝一日，你能吃到草根，就算大幸了。"他鼓励顾炎武求"实学"，道："凡天文、地理、兵农、水土及一代典章，都不可不读。"这正是后来顾炎武提倡"经世致用"的渊源。

顾炎武14岁考进县学，取得秀才资格，以后历次乡试都名落孙山。他加入了政治性学术团体"复社"，抨击朝政，以天下为己任，考场受挫使他更加发愤研究实用之学。他遍览二十一史、天下郡县志书、一代名经

143

文集等，抄摘资料四十本，编写成卷帙浩繁的《肇域志》和《天下郡国利病书》。

《天下郡国利病书》是一部地理书，集中反映了他经世致用的史学思想。他略述各地山川形胜、物产资源、民俗风情，剖析农田水利、工矿交通、户口赋役等"利病"之所在，包括漕渠、仓廪、马政、草场、屯田、盐政、赋税等各个方面。例如，土地就涉及土地的分配、占有和使用，土地兼并的发展，进而归结到明代经济、政治的得失，堪称是前所未有的鸿篇巨制，但他只留下未完成稿。

甲申（1644年）之变，崇祯吊死煤山，清兵入关，福王朱由崧在南京登基。经人举荐，顾炎武被福王政权授予兵部司务的职务。清兵攻陷南京，顾炎武在苏州、昆山等地参加抗清斗争，昆山城陷，死难四万多人，顾炎武的生母何氏被清兵砍去右臂，两个弟弟子叟和子武阵亡。顾炎武奉嗣母王氏逃难到常熟，王氏听说昆山城陷，绝食十五天而死，临终前给顾炎武留下遗言：

> 我虽妇人，身受国恩，与国俱亡，义也。汝无为异国臣子，无负世世国恩，无忘先祖遗训，则吾可以瞑于地下。
>
> （顾炎武《先妣王顾人行状》）

王氏遗言，成了以后顾炎武一生的行为准则，尽管漂泊潦倒，他坚持毕生不与清廷合作。以后，他多次参加江南的抗清斗争，失败后在江浙一带流转。他的五言诗《精卫》抒发了抗清复明的决心：

> 万事有不平，尔何空自苦？长将一寸身，衔木到终古。我愿平东海，身沉心不改。大海无平期，我心无绝时。呜呼！君不见，西山衔木众鸟多，鹊来燕去自成窠。

传说炎帝之女游东海溺死，化为小鸟，名精卫，衔木石填海不息。这首诗通过作者和精卫的问答表示自己复国决心至死不渝。最后一句是讽刺当时某些遗民似燕雀般忙于衔木，但只是为了经营个人的窠巢。顾炎武为腐败透顶已无药可救的朱明王朝的复国而牺牲一切并不值得。但他提出的"精卫填海"精神，却启迪和鼓舞后来的志士仁人为振兴中华而自强不息。

带着国恨家仇，顾炎武剪发改装，隐姓埋名，奔走于水陆码头，倍尝艰辛。他先到镇江、南京，又北上清江浦、王家营，然后返回太湖洞庭东山，与抗清义军联络。在长期亡命生涯中，他屡次遭受迫害。昆山降清豪绅叶方恒，为了吞没顾家田产，以通海罪告发顾炎武，所谓"通海"就是与湖上、海上的义军联络相通。未等官府受理此案，叶家就逮捕了顾炎武，私设公堂，严刑逼供。后经朋友的多方奔走，才将顾炎武救出私狱。以后朋友又在官府审理此案中鼎力斡旋，顾炎武方告无罪释放。但叶家并不就此罢休，又派刺客盯梢，在南京太平门外击伤顾炎武，幸遇路人相救，才免于一死。

顾炎武见江南已难容身，决定弃家北游，从事经世济民的实学研究。

二

顺治十四年（1657 年），顾炎武只身北上，开始了他后半生流离颠沛的流浪生活。在二十五年中，他走遍鲁、冀、晋、陕等省，每到一地，即考察山川形势，广交明师豪友。根据他自己的记载，他从未在一地耽搁过三个月，友人送给他两匹马、两匹骡，全部用来装驮书卷，临时雇佣的仆役都是步行。一年当中，半住旅店，有时还夜宿荒郊野寺。

他考察蓟辽咽喉山海关，细致地观察雄关险隘，凭吊历史遗迹，追溯明初徐达筑城建关，明末吴三桂引清兵入关，不禁感慨万千。他写下五言长诗《山海关》，开头曰：

> 芒芒碣石东，此关自天作。
>
> 粤惟中山王，经营始开拓。
>
> 东支限重门，幽州截垠堮。
>
> 前海弥浩瀁，后岭横崒堮。
>
> ……

诗人一开始就描述了山海关的雄浑险峻，接着描写雄关的风云变幻：明朝从正德到万历几代皇帝都沉溺于淫靡和逸乐，努尔哈赤起兵反明攻占抚顺，巡抚王化贞在广宁大败临阵脱逃，经略熊廷弼退守山海关，孙承宗督师蓟辽练兵屯田，李自成攻陷北京迫使皇帝自缢，总兵吴三桂打开山海关城门投降清军，明王朝土崩瓦解，如今懊悔已晚。显然这是一幅晚明的历史画卷。

他还考察了居庸关、古北口、昌黎、三屯等战略要地。这里奔驰过鲜卑人、沙陀人的铁骑，是契丹、女真族入主中原的门户，如今满洲的八旗兵又迈过这些关隘，成了华夏大地的主人。他每到一处阨塞总请来当地的老兵，详细询问当年战斗情景，如果发现同平时听到的稍有出入，就立即去坊肆间购买有关书籍勘校核对。他精确地记载了这一带的地理形势，详尽地描述这些军事要塞的历史沿革，先后写成《营平二州史事》、《昌平山水记》等地理著作，总结宋朝以来由于不了解营、平、滦三州的战略地位，以致造成战乱和亡国的历史教训。

顺治十八年，南明永历政权败亡，清王朝统治趋向巩固。两年后，即康熙二年（1663 年）春，顾炎武和朱彝尊、李因笃、王士禛、阎若璩、屈大均、毛奇令等联袂来到太原，访问山西著名学者傅山。他们都是明末清初的一流学者、学术界精英，对亡明也都有着难以割舍的感情。在傅山居住的晋祠云陶洞里，他们对空奠酒，悼念明朝末代皇帝崇祯，或议论诗文，谈笑风生；或击箸悲歌，缅怀故人。这在今人眼里，也许会觉得很可笑，因为今日荧屏，歌颂"康乾盛世"已成为主流。但在明末清初的读书人中，"怀念先朝"是一种"时髦"，它展示了当时文坛思想倾向。

春天的夜晚，晋祠内殿阁幽邃，亭台朦胧，月影摇曳，花香泉冽。来自岭南的屈大均、来自浙江的朱彝尊等都留下诗文，记叙佳园盛会。顾炎武和傅山（青主）志同道合，多次吟诗酬唱，在《又酬傅处士次韵》（其一）一诗中，顾炎武写道：

清切频吹越石笳，穷愁犹驾阮生车。

时当汉腊遗臣祭，义激韩仇旧相家。

陵阙生哀回夕照，河山垂泪发春花。

相将便是天涯侣，不用虚乘犯斗槎。

这首诗用典娴熟，感情深挚。诗人一连用四位历史人物来比喻傅山的风骨和操守，他像晋代名将刘琨（越石）吹奏胡笳，解晋阳之围；像西晋阮籍驾车独游，虽末路穷途却仍继续前行；像西汉陈咸不畏篡位后王莽的权势，腊祭还用汉朝旧制；像韩国的张良，亡国后散尽家财坚持反秦。夕阳的余晖照映着先明皇陵，春天妍丽的鲜花是用山河的"泪水"浇灌的。两人虽然相隔遥远，但是心有灵犀互为声援。

在与会诸公中，有的后来成为清王朝的重臣，有的以学术成就受到清廷器重。如王士禛（渔洋）官至刑部尚书，朱彝尊为翰林院检讨，成为浙派词家代表；考据学家阎若璩应邀参加《大清一统志》的编纂，是皇四子胤禛雍王府的上宾。因为此时清朝政权稳定，和朱明王朝后期相比，政治较为清明，百姓生活安定，更多的读书人愿为新朝效力。而只有顾炎武、傅山、屈大均等人仍甘当"遗民"，始终如一地拒绝与清王朝合作。

就在这一年，顾炎武的朋友吴炎、潘柽章受庄廷鑨《明史》案的株连，被清廷所杀。顾炎武怀着满腔悲愤，在旅途中遥祭亡友，他在《书吴潘二子事》一文中，详细记载了庄廷鑨《明史》案的始末，颂扬了吴、潘的品德操持和他们临危不惧的精神。

但到了康熙七年，麻烦同样落到顾炎武身上，这个麻烦来得十分突然。这一年，山东莱州人姜元衡诬告黄培家里曾刻过并藏有"悖逆"藏书。姜家本来是黄家世代家奴，入清后，姜家出了个姜元衡，考中进士，点了翰林，便立意要翻主仆名分，并表示对朝廷的忠心，因而状告黄培。官府在黄家搜出一本《忠节录》，是明末天启、崇祯年间遗诗选刊，其中不少是反映满族入侵的诗歌，编者宁人，姜元衡咬定"宁人"就是顾炎武，于是顾炎武被卷进了"黄培诗案"。

此时顾炎武正赴北京搜集资料，闻讯后立即赶往济南投案，在公堂上，他理直气壮地申辩，《忠节录》有"宁人"字样，但无顾姓，根本不能证明就是昆山顾宁人，并指出原告以奴告主，捏造证据，纯属诬告。顾炎武被监禁七个月，后经友人李因笃和在山东巡抚衙门做幕僚的朱彝尊等人营救，才得以出狱。

这场冤狱使顾炎武打消在山东章丘县大桑家庄定居著书以安度晚年的想法，而继续长途跋涉的流浪生涯。此时清政权脚跟已经站稳，文字狱接连发生，在文化高压政策下，顾炎武"退而修经典之业"，他编著了《音学五书》和《日知录》两书。

《音学五书》纂辑了顾炎武三十余年研究音韵学的成果，音韵学是研究语音结构和语音演变的学问。北宋沈括在《梦溪笔谈》中说："音韵之学，自沈约为四声，及天竺梵学入中国，其术渐密。"在顾炎武的《音学书》中，《音论》追溯了音学的源流；《诗本音》和《易音》考订了《诗经》和《周易》中的音韵；《唐韵书》则考察了从春秋战国到唐宋以来的音韵变迁；《古音表》细致地将古音分为十部，并列表加以说明。顾炎武在给友人的信中说，读九经要从"考文"开始，考文要从"知音"开始，所以诸子百家之书都离不开音韵之学。这一观点，开启了清代乾嘉学派注重音韵训诂学风的先河，成为乾嘉学派的不祧之祖。

在清代学术界，《音学五书》的影响非同一般。清学者满锡瑞在《经学历史》一书中说："宋吴棫、明陈第讲求古音，犹多疏失。顾炎武《音学五书》，始返于古。江（江永）、戴（戴震）、段（段玉裁）、孔（孔广森），益加阐明，是为音韵之学。"意思是，前人阐述"古音"漏失和谬误颇多，顾炎武正本清源，才有了真正的音韵学。乾嘉年间，对"文字狱"闻风丧胆的清代学者，纷纷钻入故纸堆中，研究音韵训诂之学，相比顾炎武深入实际多方考证严谨治学的学风，清末大学者梁启超评价乾嘉学派说，他们"只算学得半个亭林罢了"。

顾炎武，一个前明"遗民"，一介布衣，连居所都不能固定的"僇人"。然而在学术界，他的形象是高大的。而一个没有偏见和水分、不戴"势利眼镜"的学术界，同样值得人们尊敬。

三

《日知录》是顾炎武的代表作，也是他一生治学的结晶。他在这部书的《自纪》中写道：

> 愚自少读书有所得辄记之，其有不合，时复改定。或古人先我而
> 有者，则遂削之。积三十余年乃成一编……

从这段话中，我领略到两层意思：其一，这是顾炎武三十多年来读书
心得的札记，以此整理成书；其二，书中不重复古人讲过的东西。这就决
定了《日知录》是一部内容广博、见解独到的巨著。

《日知录》包括经义、政治、风俗、礼制、科举、艺文、杂论名义、
考证旧事、论兵及少数民族、天象、术数、地理、杂考，涉及当时社会生
活的各个方面，可谓包罗万象。顾炎武在世时，于康熙九年刊行初刻本八
卷；康熙十五年增改为二十余卷；在顾炎武逝世十三年以后，他的学生潘
来才刊刻《日知录》全本，共三十二卷，这就是流传下来的"今本"。

作为顾炎武的代表作，《日知录》激烈批判宋明理学"空谈心性"造
成的恶果，鲜明体现了他"经世致用"的治学思想。他说，刘（聪）石
（勒）乱华，是由晋末士大夫的清谈所致，但今日清谈，比前代更甚，昔
日清谈是谈老庄，今日清谈是谈孔孟。"以明心见性之空言，代修己治人
之实学"，结果是"股肱惰而万事荒，爪牙亡而四国乱，神州荡覆，宗社
丘墟"！《汉书》曰："战克之将，国亡爪牙。"顾炎武用"爪牙"来比喻勇
将、义士。

顾炎武把明朝灭亡的原因归咎于宋明理学，以"拨乱世，反诸正"为
己任，提倡"究六经之旨，急当事之务"的实学。他特别厌恶宋明理学的
空疏学风和那些假道学先生的寡廉鲜耻，提出"博学于文"和"行己有
耻"的宗旨，把严谨治学同培养道德情操结合起来，目的是"经世济民"。
他辛辣地嘲讽宋明理学家"束书不观，游谈无根"。而这是任何时代文坛
垄断性群体共有的毛病——浮躁！其"专利权"并不属于理学一家。顾炎
武抨击那些道学先生"置四海之困穷不言，而终日讲危微精一之说"，最
后一些人堕落成"被服儒雅，行若狗彘"的无耻之徒。他认为清谈可以亡
国，"士大夫之无耻，是谓'国耻'"。

语言尖锐泼辣，难道是作者言过其实、失之偏颇吗？其实不然，一部

《儒林外史》对明朝后期"士"群刻画，已是淋漓尽致。如果饱览宋明亡国史，读到儒家形形色色的众生相，包括秦桧、万俟卨的卖国求和、残害忠良；再看明代"阉党"魏忠贤手下的"五虎"、"五彪"、"十狗"、"十孩儿"、"四十孙"，以及委身拜魏忠贤为"干爹"以换取升官的兵部尚书崔呈秀、礼部尚书田吉、锦衣卫都督田尔耕等，无不是十年寒窗金榜题名的幸运儿，士大夫中的顶尖人物，但从他们所作所为的卑劣无耻，就体会到顾炎武评论得淋漓痛快！"博学于文"（不要当冒牌货），"行己有耻"（不要文人无行），也为后世读书人提供了一面自省自律的镜子。顾炎武一生躬行实践自己的主张，集道德文章于一身，他受到后人的崇敬，足称古今文人的楷模。

在《日知录》中，顾炎武批判君主专制政体，发展了先秦儒家的民本思想。他说："为民而立之君，故班爵之意，天子与公侯伯子男一也，而非绝世之贵。"意思是说，君为民而立，是一种高级职位，皇帝和大臣都是一样，并不应显示超越寻常的尊贵。他突破君尊臣卑、君贵民贱的传统，在17世纪的中国，这是"大逆不道"的言论，明朝那些昏君庸主地下有知，准会勃然大怒。这也是乾隆不欣赏顾炎武的原因。《〈四库全书〉总目提要》评价说："其说或迂而难行，或慑而过锐。"在君主专制社会中批判君主专制，当然是"过锐"而"难行"，这已经是"网开一面"的评价了。

顾炎武对"国"和"天下"的诠释也很有趣。历代皇帝都是"朕即天下"，自称是"受命于天"的"天子"，但顾炎武却把"国"和"天下"区分开来。他说，"国"是指一姓一氏的"私天下"；而"天下"则是天下人的"公天下"，所以"保国者，其君其臣肉食者谋之。保天下者，匹夫之贱，与有责焉耳矣"。这明显地流露出对君主政权合理性的怀疑，并提出了渗透着民主意识的"天下兴亡，匹夫有责"这一光辉论断。

此外，他汇集历代都城史实而编写的《历代宅京记》，是中国古代第一部都城历史资料的专著。他的单篇论著，经后人汇编为《亭林文集》，反映了他对专制主义的批判精神和治学主张，如《郡县论》、《钱粮论》、

《生员论》、《军制论》、《形势论》、《田功论》、《钱法论》等。

在这些论文中，根据"鉴古以训今"的原则论述了政体、赋税、盐铁、军事、科举、民俗等多方面的实际课题，围绕"厚民生，强国势"这个中心，提出颇多创见。例如，他抨击八股取士的科举制度，认为八股文败坏人才超过秦始皇焚书坑儒。他说："天下之病民者有三：曰乡宦、曰生员、曰胥吏。"全国当时有五十多万生员，生员户的赋役和科举考试的费用全摊到百姓头上。因此他呼吁："废天下之生员而官府之政清"，"废天下之生员而有姓之困苏"，"废天下之生员而用世之材出"。他主张"天下之人，无问其生员与否，皆得举而荐之于朝廷"。这种不拘一格的人才观，即使在今天，也依然是可取的。

顾炎武一生笔耕不辍，著述繁富。有些已经散佚不见，留下的还有近五十种之多。其主要作品有《日知录》、《音学五年》、《天下郡国利病书》、《肇域志》、《亭林文集》、《亭林诗集》等，对经义、政事、世风、礼制、科学、艺文、古事、史诗、天文、舆地等，均有精湛的研究，开创了许多学术门径。

151

四

千灯浦水日夜流淌，流入吴淞江，浩浩荡荡奔向东海。"潋滟金波光欲碎，玲珑玉镜影浮空"，千灯小镇典雅秀丽，江南景致，江南情致，水乡风韵。但顾炎武自从45岁离开故乡以后就没有回去过，就像长流不息的千灯浦水，奔向江海，永不回头。

顾炎武的三个外甥都任清廷高官，他们是内阁学士、刑部尚书徐乾学，文华殿大学士、明史总裁徐元文，吏部侍郎徐秉义，号称"昆山三徐"。他们和曾起兵抗清、后成为学术界一代大师的黄宗羲关系密切，互通书信，诗歌唱和，徐秉义曾至余姚访问黄宗羲，黄宗羲也几次到昆山拜访徐氏兄弟。徐乾学曾为黄宗羲的父亲、遭魏忠贤"阉党"迫害致死的东林学者黄尊素祠撰写碑铭；徐元文病逝，黄宗羲也写下五言长诗《哭相国徐立斋先生》。可见"昆山三徐"当时在朝野是很有影响的人物。

在徐家三兄弟未发迹前，作为舅父的顾炎武曾帮助过他们，徐氏一门显贵后，多次给顾炎武写信，为他买田置宅，迎请他南归，并专为他建造一座幽雅安静的书院，望他回到家乡颐养天年，整理生平著作，但均被顾炎武拒绝。他说："他们的孝心我领受了，但我已是垂暮之人，奔波多年，毫无成就，我愧对先人，愧对家乡父老。"他怕回乡养老后，许多趋炎附势者托他去徐府钻营，使他无法安宁。因此远离权势，也就远离了是非麻烦。他给学生潘耒写信，要他"不登权门，不涉利种"，不去充当徐乾学的门客。他在写给外甥徐元文的信中勉励道：

> 有体国经野之心，而后可以登山临水；有济世安民之略，而后可以考古论今。

这正是顾炎武自己毕生抱负的概括。

其实，顾炎武不仅无愧于先人和父老，更无愧于我们这个灾难深重的民族。他的一生真正做到了"读万卷书，行万里路"。古语道："板凳要坐十年冷，文章不写半句多"，其中已蕴涵着坐"冷板凳"的艰辛和委屈。而顾炎武却连坐"冷板凳"的条件也不具备，他整日风尘仆仆，经年流离颠簸。他的《日知录》、《营本二州史事》、《昌本山水记》、《山东考古录》、《京东考古录》等著作，都是将实地考察和书本知识相应参证，通过认真分析研究而在奔波中写成的。

他在长年累月的旅途中，总要携带大量书籍，一到旅店，便阅读思考，有时在平原骑马，也会在马鞍上默诵书籍。他读书多达数万卷，单查阅的地方志就有一千多部。他勤于抄书，边看边抄，一律蝇头小楷，万字如一，而且一见一闻都随时记录，并结合思考整理成笔记。虽年过半百，但他每到一处仍登危峰、探深谷、入荒林、考碑碣，向长者盘根问底，访问当地学者磋切求证，从而成为"习六艺之文，考百王之典，综当代之务"的实学家。

顾炎武把写书比做"铸钱"，这是很奇特的比喻，但绝非"书中自有黄金屋"的意思。他鄙弃抄袭古书，改铸古人的归钱，而主张自己去"采山之铜"天炉"铸钱"。所以，凡立一说，他都要广求证据，反复辨析，常用归纳法得出正确的结论。如他写作《日知录》，往往一年时间，"早夜诵读，反复寻求，仅得十作条"，书成后还要征求朋友们的意见。

在长期的漫游生活中，顾炎武结识了许多各地的著名学者，他总是以十分谦虚的心态，取人之长，补己之短。在《广师篇》一文中，他写了一段广为后人传诵的名句：

> 夫学究天人，确乎不拔，吾不如王寅旭；读书为己，探赜洞微，吾不如杨雪臣；独精三《礼》，卓然经师，吾不如张稷若；萧然物外，自得天机，吾不如傅青主；坚苦力学，无师而成，吾不如李中孚；险阻备尝，与时屈伸，吾不如路安卿；博闻强记，群书之府，吾不如吴任臣；文章尔雅，宅心和厚，吾不如朱锡鬯；好学不倦，笃于朋友，吾不如王山史；精心六书，信而好古，吾不如张力臣（《亭林文集》卷六）。

尽管古人早就总结了一条真理，即"满招损，谦受益"，但和这条"古训"同样古老的，是"文人相轻"。过度的敏感和自负使得为数不少的文化人，总认为自己高人一等，心胸狭隘。一旦略有所成，就创立门户形成宗派，自封为"宗师"，排斥异己，垄断学术成果，此谓之"学阀"、学术界中的帮派团伙。

顾炎武广交朋友，坦诚而真挚，彼此间切磋学问，砥砺风节，取长补短。他说："人之为学，不日进则日退。独学无友，则孤陋而难成；久处一长，则习染而不自觉。"所以在《广师篇》中，他列举友人十大长处，用来弥补己之不足。海纳百川，不拒细流，他正是以大海般的广阔胸怀虚怀若谷地吸收学术界朋友各种思想的闪光点，用来充实和丰富自己，终于开拓经世致用的学术领域，并取得丰硕的成果。

顾炎武终生牢记嗣母王氏的临终遗言，不为异朝臣子。康熙十年，清廷开明史馆，内阁大学士熊赐履招请顾炎武参加，他严词拒绝说："果有此举，不为介推之逃，则为屈原之死。"表示他宁愿像介子推被火烧死在绵山，像屈原怀石投跳汨罗江，也不愿从命。康熙十七年，清廷设博学鸿儒科，征举海内名儒，阁学叶讱庵和侍讲韩慕庐欲推荐顾炎武应征，他再次表示"无仁异朝"，"耿耿此心，终始不变"。康熙十八年，叶讱庵任明史馆总裁，再一次邀请顾炎武，他回信断然道："七十老翁何所求，正欠一死，若必相逼，则以身殉之矣！"

晚年的顾炎武定居于陕西华阴，在异乡度过清苦的晚年。他一生曾六谒孝陵，六谒思陵，孝陵是明朝开国皇帝太祖朱元璋的陵墓；思陵是明朝末代皇帝崇祯朱由检之墓。我们不妨大胆想象，这位年过半百，面色黧黑，眼睛微微有点斜视，瞳孔里有一小点白翳的老人，在崇祯的墓前能思索些什么呢？在他的著作中批判君主专制，但对专制君主又饱含依依缅怀深情，这岂非自相矛盾？这只能说，他表现了连自己也很难解释的"遗民孤忠"之心而已。

康熙二十年（1681年），顾炎武不顾年迈体衰前往山西。这年八月他在曲沃病倒，次年正月辞世，年70岁。他留给后世的，不是他反清复明的执著，而是他一生锲而不舍为之奋斗的治学成果。在他以后，在著名学者龚自珍、魏源，乃至康有为、梁启超、章太炎等的学术研究中，都能找到顾炎武治学思想、治学方法的印迹。

由此，梁启超说："清学开山高祖，舍亭林没有第二人。"

山水知音

——明末地理学家徐霞客

一

随着物质富裕、生活好转，现在爱好旅游的人越来越多。对于那些旅迹遍天下的朋友，人们戏称为"徐霞客"，言者风趣，听者乐意，于是到处都有"徐霞客"。其实真正的徐霞客并不轻松，他不是游山玩水的"骚人墨客"，而是豁出性命去寻求真知的探险家，旷古未见的奇人。

就以徐霞客游览考察溶洞来说，据极不完全的统计，他考察过三百零六洞穴，可那是怎样一种"旅游"啊！他曾经跨过睡眠中巨蟒的身躯，小心翼翼地走向洞穴深处；他曾经在没有通路的洞口，抱着有去无回的决心，滑进那深不见底的高山深穴；他曾经不得不裸露身体钻进狭小的洞中孔窍；他曾经忍受着群蚊叮咬，深入幽深的暗洞……

在考察了"峭峰离立，分行兢颖"的滇东溶洞，透析了滇西"长条短缕，缤纷飘飏"的钟乳石之后，徐霞客记叙了对广西、云南、贵州等西南地貌的考察结果。他对石灰岩溶蚀地貌的成因、类型和农业的作用以及水文、气候和植物等多方面的描述，实为我国地学史上第一人。这一成果要比欧洲所进行的同类性质的调查研究早一个多世纪。

在松潘西北海拔二千多米的岷山，白雪皑皑，古柏莽莽，人们偶尔蹦跳奔跑，就会感到呼吸困难。一柱水流从山头石罅中蜿蜒地潺潺流去，这是岷江源头。在古代，根据最早的地理典籍《禹贡》记载，长江发源于岷山。四百多年前的徐霞客却推翻了"岷山导江"之说，他在《溯江纪源》中记叙道，长江的"正宗"上游是金沙江，不是岷江。他令人信服地指出，"岷江为舟楫所通，金沙江盘流蛮獠溪峒间，水陆俱莫能溯"。

四月的澜沧江，色彩斑斓绚丽，沿岸姹紫嫣红，炽热的阳光洒遍亚热带雨林，群群水鸥贴水飞行，光屁股的孩子在江中嬉水。徐霞客曾对这条在云南境内就长达一千多千米的国际水道进行考察，将它和怒江、北盘江、南盘江之间的水系分别梳理，追清源流。

他在《江源考》中指出："怒江江流颇阔，似倍于澜沧，然澜沧渊深不测，而此（怒江）当肆流之冲，则二江正在伯仲间也。"至于澜沧江和北盘江相比，"北盘有奔沸之形，澎湃之势，似浅；此（澜沧江）则浑然逝，渊然寂，其深莫测，不可以其狭束而与北盘相拟也"。他用古老的比较方法来分清这些纵横交错、支流众多的江河水系，纠正了当时《大明一统志》记载中的诸多错误。

在"云边雁断胡天月"的山西雁北一带留下他的《游五台山记》、《游恒山记》，面对北魏时沿峭崖而建的悬空寺，我仿佛听到他当年的惊呼"真天下奇观也"。在"轻舟已过万重山"的长江轮船上，翻阅他的《游楚日记》，他对浔州白石山漱玉泉闻钟而沸这一奇异现象的探索，令人兴致盎然。在"昂逼霄汉、松石奇诡、岩崖峥嵘、气象万千"的黄山，我仿佛看到他在大雪弥漫中苦攀莲花峰的情景，"……塞者凿之，陡者级之，断者架木道之，悬者植梯接之"。

他不仅走路、爬山，还要铺路、凿级、架梯，这不仅让人发出感叹：这才是真正的旅行家！

156

二

"读万卷书，行万里路"一向是我国古代知识分子自砺成才的追求。远有司马迁、李白、杜甫、苏东坡，近有黄宗羲、顾炎武等，他们都有"壮游"的经历。读书、旅行、熟悉社会、了解民情、搜奇访古、开阔视野、汲取山川豪气，从而增长见识和才干。但是无一人如徐霞客那般，从22岁到临终前的54岁，一游就是三十多年。他以苦行僧的生活方式从事探险性的跋涉，登危崖、攀绝壁、涉急流、探险穴，毕生汗水洒遍山山水水。他将研究课题拓展到各个领域，上至天文地理，下至地质矿藏，从社会生活习俗到自然变化规律，无一不仔细推敲、深入研究，阐述独到而精辟的见解，给后代留下了极其宝贵的科学资料。这不仅在中国历史上并不多见，就是在世界也是屈指可数的。所以后人往往称徐霞客为"奇人"，誉《徐霞客游记》为"奇书"。

在三十多年中，徐霞客先后游历了苏、鲁、皖、赣、豫、冀、晋、陕、闽、浙、湘、鄂、黔、粤、桂、川、滇等十九个省份。他不是我国长途旅行的第一人，在他之前，有敲开西域大门的张骞、去印度取经的玄奘、七次下西洋的郑和等。而在元初，威尼斯商人马可·波罗来到中国，一住就是二十三年，曾远游到了戈壁的龙堆，写下了世界闻名的《马可·波罗游记》。和徐霞客处于同一世纪的麦哲伦船长，1519年在西班牙国王查理五世资助下，带领船队环球旅行，1521年到达菲律宾群岛，被当地居民所杀。他们和徐霞客相比各有区别，马可·波罗是经商赚钱，麦哲伦是殖民掠夺，张骞、玄奘、郑和虽然艰难跋涉、成就卓著，但说到底，他们都是"公费"旅差。而徐霞客只是背着简单的行囊，日行百里，或夜宿荒寺，或寄居洞穴，或栖身草莽。不管多么劳累，每晚总要点起油灯豆火，或在旷野燃起篝火，把当天所经历的山川形胜一一详记下来。他没有别人的资助，完全自费游览。他曾三次遇盗，四次绝粮，有一次将袜子、短褂、长衫挂在客栈门外出售，卖得二百余文铜钱，才解决返程的饭钱。

"生平只负云山梦，一步能空天下山"。他曾经两上黄山，而为了寻找大龙湫的源头，又三登雁荡。他在去云南腾冲途中看到一秀丽奇峰，立即搁下行李，"仰攀而上"。他写道：

> ……半里之后，土削不能受足，以指攀草根而登。已而草根亦不能受指，幸而及石，然石亦不坚，践之辄陨……间得一少粘者，绷足挂指，如平贴于壁，不容移一步，欲上无援，欲下亦无地……

这真是一个万分惊险的镜头！

由此可见，徐霞客的一生旅迹，不是一般意义的"旅游"，而是在交通极其不便、旅程极其艰险、生活极其困苦、精神极其紧张情况下的一次次生命拼搏。目的是探求真知，弄清祖国母亲的每一根筋络、每一条血管，是货真价实的文化苦旅、文化险旅。

徐霞客曾经两次前往滇西鸡足山，第一次住了一个月，应丽江知府木生白之请，撰写了《鸡足山志》。第二次在鸡足山待了近四个月，他是和好友、南京迎福寺高僧静闻同行，静闻曾刺血写成《法华经》，愿供鸡足山。不料在湘江时遇盗坠水，但静闻仍将用鲜血写成的经卷高举过头，泅水到岸边。到了南宁崇善寺，他病危圆寂，临终前要求葬于鸡足。徐霞客背负了骨灰和经卷，跋涉五千里，将静闻葬于鸡足山悉檀寺旁侧。云南鸡足山是徐霞客旅行生涯中的最后一站。他因患风湿症双足瘫痪，由丽江知府木生白派人抬他回家，不久与世长辞。他在逝世前曾感慨地说："张骞、玄奘、耶律楚材，都是皇帝派去西域的。我是一个老布衣，能远上西方，成为第四人，死去也没有遗憾了。"

徐霞客是值得引以为豪的，他胼手胝足，默默无闻，用毕生心血谱写出壮丽的篇章，堪称千古奇人。

三

《徐霞客游记》记述了旅行路线、地理地貌、地质水文、植物矿产、名胜古迹、风土人情……在清代，人们称《徐霞客游记》是"千古奇书"，明末清初的著名学者钱谦益赞扬这部游记是"真文字、大文字、奇文字"。

《滇游日记》是这本奇书的瑰丽篇章。《滇游日记》的"奇"在于打破人们对云贵地区的恐惧感。由于地处西南边陲，交通闭塞，这里一向被内地人视为畏途。汉代称这一带为"西南夷"，位于今日贵州安顺的夜郎国王曾问："我国和汉朝比较，哪个大？"自此"夜郎自大"就作为比喻妄自尊大的贬义成语留存下来。其实，首先提出这个问题的是滇王尝羌。据《史记》载：滇王与汉使者言曰："汉孰与我大？"可笑的是，那位汉使竟被吓住了，他也不知滇国有多大？回到长安后，在汉武帝面前他"盛言滇大国，足事亲附"。

三国时的诸葛亮一心要打通云贵川，使蜀汉有个稳固的后方。他"五月渡泸，深入不毛"，还用面粉做了牛、羊和人头祭祀水神。对于云贵山林中的瘴气，孩提时的我们仍然谈虎色变。

然而，就是这一片充满神秘、朦胧色彩的地方，徐霞客却逗留了前后三年，共二十二个月。他一反俗见，徒步跋涉万里，走遍这片"彩云之南"的山山水水，这是他一生中游历时间最长、记述最多的一个省。他在这里写下六百多篇日记，但后来收集到的只有一百二十五篇，共二十余万字，后人辑成《滇游日记》十三卷，占《徐霞客游记》的 2/5。

除了考察西南石灰岩溶洞外，他详细记载了腾冲的火山群。他登上打鹰山，向山民了解三十年前这里火山爆发前后的情景，并亲手掂掂火山石，这种石头"色赭赤而质轻浮，状如蜂房"、"大至合抱，而两指可携"。他还跑到硫磺塘，去仔细观察"作滚涌之状"的沸水滚跃，记下了那热气腾腾如浓烟卷雾的壮景，成为记载并研究腾冲火山地热的第一人。

他描述了云南少数民族的风土人情和社会习俗，对土司制度做了客观介绍和深刻剖析，并和几位土司交上了朋友。在大理，他记载由于朝廷和地方官吏一再索取精美的大理石，附近的石户村"人户俱流徙已尽"；在保山，边民"无衣无裳，惟以布一幅束其阴，上体以被一方，帏而裹之，不复知有衿袖之属也"。在山区，山民"勤苦垦山，五更辄起，昏黑乃归，所垦皆硗瘠之地，仅种燕麦蒿麦而已"。

他介绍云南很多地方货币不通行,平时以"茶、蜡、黑鱼、飞松四种,入关易盐布"而形成"互市制"。他记述了这里的矿产和几百种动植物,其中包括马樱花、十里香、紫胶、龙女树等稀有花树,金线鱼、柔猪、油鱼等名贵鱼兽。他还栩栩如生地描绘了这里大如拳头的蒜,使用藤管吸食的米酒,味道香美而制作复杂的核桃油,待客的茶炊,"初清茶、中盐茶、次蜜茶",款待贵客的烘鹿肉、烤小猪、煮鼯鼠……充满浓郁的生活情趣。

徐霞客也是描绘景物的高手。他目睹穿云破雾飞流直下的玉龙瀑,绘声绘色地写道:

160

> 绝崖喷雪,下嵌九地,兼之霁色澄映,花光浮动,觉此身非复人间!

在珠帘洞,他见到的景象是:

> 水自崖外飞悬,垂空洒壁,历乱纵横,皆如明珠贯索。

他情不自禁地不顾全身淋湿破帘而入,向外一看:

> 如隔雾牵绡,其前树影花枝,俱飞魂濯魄,极掩映之妙。

他在玛瑙山附近发现了少为人知的瀑布,在当晚的日记上他写道:

> 势既高远,峡复逼仄,荡激怒狂,非复常性;散为碎沫,倒喷满壑,虽在数十丈之上,犹纷纷珠卷霞集。滇中之瀑,当以此为第一。

简洁,精确,鲜明。在他的笔下,祖国山水,有情有灵;云雾天影,山石花树,风姿万种,瀑布成了活生生的精灵。他三言两语勾勒出蔚为壮观的现场景致,透露出跋山涉水漫游人迹罕至之处的无穷乐趣。所以,后人认为《徐霞客游记》是具有很高文学价值的散文集,是我国人文科学领域里分量最重的一本"游记"。

四

我曾多次瞻仰"徐霞客故居"。徐霞客的故居在距离无锡市北郊不到二十华里的江阴马镇(现名霞客镇)南旸岐村。这是一座远离村庄的明式建筑，灰色围墙，黑色屋面，三面环水，门前是河庄白荡，水面宽坦，平静如镜，荡通七十二浜，水中游鱼历历可见。进院宅门外有一座古老的小石桥，名胜水桥。相传徐霞客当年外出旅行，常在这里登船。

现为"徐霞客纪念堂"的主体建筑是晴山堂，堂内四壁镶嵌着石刻七十七块，其中有倪瓒、宋濂、文徵明、祝允明、董其昌、米万钟、高攀龙和黄道周等八十五位名人的九十四篇诗文，碑文记载了徐氏家族的渊源和变迁，名曰"晴山堂石刻"。霞客堂内，朱窗雕墙，典雅幽静，堂左堂右画廊相连。沿着一条鹅卵石小径来到花木扶疏的后院，就看到徐霞客墓。这里长眠着一位跋涉一生的游子旅人，墓碑是在清初刻制，上书"明高士霞客徐公之墓"。

每当来到这千古奇人的故园，我总是有这样的疑问：以徐霞客的坚韧个性和渊博学识，在以读书做官为读书人唯一出路的明代，他为什么不应试入仕，而要浪迹天涯？为此，我细读"晴山堂石刻"，仔细拜读吕锡生教授主编的《徐霞客家传》，接着又拜访江阴祝塘镇，此时在徐氏祖居镇编写镇史的学者正撰写"梧塍徐氏"一章，就是徐霞客家世。于是个中原委在我脑海中逐渐明朗起来，原来在徐霞客拒不出仕的背后蕴伏着徐氏家族在科举制度下的一幕幕悲剧。

徐氏家族对举业仕途的追求，可说是百折不挠、锲而不舍。从徐颐、徐元献、徐经到徐洽、徐衍芳，五世都有文名。然而，他们或英年早逝，或科场遭诬，或奔波流离客死异乡，或累试不第抱抑而终，用青春和生命换来的只是绝望和遗憾。它证实八股取士本身具有赌博性质和偶然性，以及科举制度对读书人的戏弄和戕害。到了徐氏第十六代，即徐霞客的父亲徐有勉，情况有了很大的变化。徐有勉是徐衍芳的第三个儿子，父祖科场受挫的教训，使徐有勉绝意仕途。他从事纺纱织布业的经营，闲暇时间在家种树养花，侍弄盆景，或者带三五家僮，乘一叶扁舟来往于无锡、苏杭之间，活得十分潇洒。只要有人劝他参加科举考试，他总是一言不答，掉头而去。

徐霞客字弘祖，是徐有勉的次子。徐有勉摒弃追名逐利的淡泊生活，对徐霞客无疑是有影响的。徐霞客出生在他祖父读书的"湖庄书屋",徐氏是"书香门第",藏书颇丰,这使他有条件博览群书,特别是他情有独钟的历史、地理、方志、游记之类的著作。据说他也曾下过科场,但只是应付了事,像他父亲一样,并不把功名当回事,并很快地从《四书》、《五经》和科举时文的羁绊中解脱出来,立志漫游祖国名山大川。

帮助徐霞客摆脱名缰利锁、彻底绝意仕途的,是他的母亲王氏。徐霞客的母亲是一位卓越的妇女。她出生于江阴王姓大族,当她嫁给徐有勉时,徐氏家道已经中落。王氏是当地著名的织布能手,据说她机织的棉布"轻弱如蝉翼",在苏杭一带能卖出与丝绸相同的价钱。她家有织机二十余张,是个织布小工场。她还在门前垦辟了大片园地种植扁豆和其他蔬菜,夏天就在豆棚架下纺纱织布。这种新兴的生产方式曾经使当时尚未受战火蹂躏的江南部分农家富裕起来,所以徐有勉夫妇的生活远比其他两个兄弟优裕,也资助了徐霞客长达几十年的旅行游历。

徐霞客 19 岁丧父,服孝三年期满,打算远游,但顾虑到母亲年已花甲,妻娇子幼,不便开口。但母亲反而勉励他说:"身为男子,志在四方,羁留家园,一如篱内小鸡,车辕小马!"这一番掷地有声的言辞,实在使须眉自愧不如。她亲手为徐霞客整理行装,送儿起程。

徐霞客是个孝子,因老母年事已高,始终遵循"父母在,不远游,游必有方"的古训,有时春夏秋三季出游,冬季回家陪伴老母。但这位母亲要儿子陪她去游句容茅山、游宜兴荆溪二十一洞。她兴致勃勃地走在儿子前面,并笑着问道:"你看,我还能走路,饭量也不错,你还有什么不放心的吗?"

四百多年前中国还没有旅游业,旅游被人们看成"游手好闲,不务正业"的"浪荡"行为。但这位贤德能干的母亲,像徐氏先辈督促子孙攻举业、入仕途一样,鼓励爱子艰难跋涉、漫游山川,这是何等的气魄、何等的见识!即使在几个世纪以后的今天,重读这位王孺人的"小传"和"墓志铭",仍不免为这位伟大母亲旷古未闻的"奇行"而"拍案惊奇"。

"匡夫教子"是中国妇女的传统美德,它在徐母身上得到了完善的展现。徐霞客对母亲的深厚感情，恐怕也不是单用一个"孝"字就能概括的，她是儿子生活中的导师、事业上的知音。在徐霞客纪念堂的众多石刻中，有一块《秋圃晨机图》，画面上的徐母在豆棚瓜架下织布，这幅图是徐霞客请当时画家张荃石所作，由名家张大复作《记》，李维桢作《引》，夏树芳作《赋》，还有多种不同文体的名流题赞。1624年他母亲八十寿辰时，他特请著名文学家陈眉公撰写《寿序》。1625年，徐母病重，徐霞客衣不解带，伺候汤药，母亲吃不下饭，他也不吃，最后母亲只好勉强下咽几口。徐母病逝后，徐霞客凄然说："母亲健在，我的身体属于母亲，今后我的身体只好交付给山水了。"

徐霞客有如此高的成就，其重要原因之一是他有一位识大体、有远见的好母亲。在徐霞客纪念馆，当人们瞻仰这位伟大先人的奇行时，总会情不自禁地想起那位连名字也未留下的伟大母亲。从这些母慈子孝的感人事迹中，去细细品味和咀嚼融合于骨肉之情中而又超越骨肉深情之外的更加深刻、厚重的内核，从而使人领悟到，在远离朝堂的江南所出现的迥异于封建模式的家庭关系。

徐母死后，徐霞客拜辞父母坟墓，从此漫游天涯，不计程，亦不计年，旅泊岩栖，"持数尺铁作磴道，无险不披；能霜露下宿，能忍数日饥"，在敦煌鸣沙山以及昆仑、星宿海等地，都留下了他的足迹。

徐霞客病逝于1641年，他死后不久，清兵入关南下，他的家乡遭遇烧杀蹂躏，长子徐巍遇难，手稿全部散失。后经其庶子李寄多年辗转奔波，从各地友人中访求残存手稿，加以整理成书。李寄别号昆仑山樵，也是一位"奇人"，他孤身隐迹，生活困苦，但坚决不入仕途，留有著作多种，包括史著、诗词和舆图，他的一生是另外一部"传奇"。

《徐霞客游记》的出版，是在徐霞客逝世一百三十五年后，即清乾隆四十年（1775年）。初版木刻本共十二册，四十多万字；这部著作今已重新出版，有六十多万字，篇幅较旧版增加了2/3。既然是劫后残存的手稿，就很难说是徐霞客旅行日记的"全部"，但就是这部分手稿已充分反映了它在人文科学和自然科学两大领域内举世公认的成就。

　　这本旅行实录凝聚着徐霞客毕生的心血和艰辛。他攀险峰、钻洞穴，穿飞瀑急流，遇巨蛇猛兽，遭瘴毒暴病，冒酷暑严寒，遭匪劫贼偷，经常处于缺食少衣的窘境，数回几乎丧生于悬崖绝壁，多次逢遇暴雨飓风袭击……然而，他不计生死，不计功利，凭着足迹所至而记载了第一手资料，丰富了人类文化科学宝库。不畏艰险、坚韧不拔的顽强意志，对祖国山山水水、一草一木的无比深情，是我们民族精神文明百花苑中的一朵"奇葩"。

　　如今，随着经济发展人们生活质量有了显著提高，中国旅游事业方兴未艾，但像徐霞客那样，"读万卷书，行万里路"，为求取"实学"而进行的"文化之旅"或"探求之旅"，似乎为数不多。这些年来，徒步或自行车周游全国或"考察"长城、黄河、长江的"壮举"也屡见不鲜，徐霞客精神在发扬、徐霞客的事业后继有人，颇令人欣慰。但也有些"霞客传人"每到一地，第一站就是联系报社、电台、电视台，接受采访，之后通过新闻媒介求得首长签名或合影，然后带着这些资料再到另一处"表演"一番。这些"沽名钓誉"的"徐霞客"和真徐霞客比较，似乎差距就太大了。

　　旅游也需要多一点实实在在的文化底蕴，少一点浮躁和噱头。

与皇帝一同失败的帝师

——清末政治家翁同龢

一

沿着一条引向绿荫深处的碎石路，山路愈走愈深，林木愈走愈密，景色愈发清幽，古木参天，修竹似海，在合围老树和茂竹修篁的夹峙中，一道清流顺着崎岖的山涧淙淙而下，仿佛一条盘旋飞舞的白龙。这就是常熟破山的"破龙涧"，山涧往下，是千年古刹兴福寺。

南朝梁大同五年（539 年）兴建的兴福寺（又名破山寺），是南朝遗留的寺院中保存最完好的一座。唐代诗人常建曾写《题破山寺后禅院》名诗，描绘此处风光：

> 清晨入古寺，初日照高林。
>
> 曲径通幽处，禅房花木深。
>
> 山光悦鸟性，潭影空人心。
>
> 万籁此俱寂，惟闻钟磬音。

北宋大书法家米芾书写的这首名诗的手迹石刻，仍屹立于后院亭内。寺东是一泓碧水的"空心潭"，潭水清冽，潭内产无尾螺，这种无尾的螺蛳是"破山一绝"。寺后山麓有"君子泉"，据说此处泉水大雨不淹，大旱不涸，其大度如君子，故得斯名。沿着密荫交盖的曲径登山，经剑门，渡山桥，从峰巅远眺，虞山西麓的尚湖，水波漾漾，烟霞吐纳；东边的昆承湖、阳澄湖，烟波渺渺，芦苇点点；北面的万里长江，如银色骏马扬鬃奋蹄，奔流东去。这就是江南古城常熟。

在苏州以北约五十公里的常熟，是一座充溢着浓郁文化气息的古城。常熟历史上出了不少名人，留下了多处名园，但是最引人注目的是近代翁家巷内的翁氏彩衣堂。翁、庞、杨、季是近代常熟城内的四大望族，其中以翁氏家族为首。翁氏故宅共五进厅房轩廊，第三进的彩衣堂，是一座三间七架梁的明式大厅。清朝道光年间，国子监祭酒（国立大学校长）、体仁阁大学士翁心存，借"老莱子彩衣娱亲"含义，为母亲 75 岁寿辰而营缮。彩衣堂的梁柱枋檐额均为彩绘，色彩繁复，图案精致，技法特异，是我国古建筑施用色彩最复杂、最精细的一种。严格意义上的"画栋雕梁"就是指此类建筑，是江南罕见的彩绘建筑物。

翁氏家族的显赫，江南更是少见。翁心存的长子翁同书，道光进士，官至安徽巡抚。次子翁同爵，授湖北巡抚，兼署湖广总督。最杰出的要数翁同龢（字叔平），他是咸丰状元，同治帝载淳、光绪帝载湉的师傅，历任刑部、工部、户部尚书，后为军机大臣，兼总理各国事务衙门大臣，状元、帝师、宰相集一身，位极人臣。翁氏一门，有阁部要员，有封疆大吏，在众人眼里可谓荣耀、鼎盛而风光，是一个值得艳羡的大富大贵家族。可是在那"伴君如伴虎"、"天威难测"的家天下社会里，官场诡谲，宦海浪急，这些权臣中有的险遭杀头，充军流放，有的受到牵连，一命呜呼；有时受皇室猜忌，有时被同僚攻讦，整日提心吊胆，以防随时会到来的灭顶之灾。他们远不能像普通百姓那样，"生于编伍之间"，"老于户牖之下"，宁静地生活。

特别是翁同龢，作为一介书生，却位于庙堂高位，被卷入激烈险恶的政治旋涡之中。他在任时兢兢业业，呕心沥血，暮年被黜返乡，寂寞而凄凉。他作为戊戌变法中的主要人物之一，在中国近代史上留下了沉重的脚印。

166

二

旧时的知识分子，"熟读圣贤书，货与帝王家"。翁同龢饱读诗书，才华横溢，然而平心而论，他并不算是"治世名臣"。和同时代的高官比较，他缺乏曾国藩孤注一掷的"豪气"，没有左宗棠目空一切的"霸气"，更谈不上李鸿章圆滑权诈的"痞气"。何况在清王朝大厦将倾的前夕，任何能臣名将都无法"独木支撑"。翁同龢任户部尚书，掌管全国财粮时，正值李鸿章进入军机处任大臣。此时京师就有人写了副对联讽刺道：

> 宰相合肥天下瘦，
>
> 司农常熟小民荒。

李鸿章是安徽合肥人，被称为"李合肥"，而称翁同龢为"翁常熟"。这副对联流传颇广，表明民间对他们执政的失望。翁同龢是个文人，善书法，据野史记载，翁同龢的书法不拘一格，为乾嘉以后第一人。他喜爱养鹤，一次有鹤飞去不返，翁大书"访鹤"两字，张贴在正阳门瓮城城墙上，先后贴了三次，三次都被人偷偷摘下收藏，可见翁同龢的书法在当时就很有名气。

翁同龢长期任京官，在当时闭关锁国的朝廷里，他和所有高层官僚一样，对世界知之甚少，对西方的科学技术有盲目抵触的情绪。在他早期给皇帝的奏疏中，对于"火轮驰骛于昆明（湖），铁轨纵横于西苑，电灯照耀于禁林"，表示"忧心忡忡"。然而，翁同龢是一位爱国者，中法战争时，他主张出重兵抗法，反对李鸿章的妥协政策。中日甲午战争时，他力主一战。他因前方战事每况愈下而"焦灼愤懑，如入汤火"。《马关条约》签订后，他愤于李鸿章割地求和，又因慈禧名为"归政"，而实际上却事事掣肘，所以他决定辅翊载湉筹谋新政。可见翁同龢并不是"腐儒"！

翁同龢的开明、睿智和远谋，在暮气沉沉的清廷高级官僚集团中，是十分难能可贵的了。然而，倭仁、徐桐、刚毅那伙迂腐、愚昧、顽固的官僚却得到慈禧的恩宠和信任，他们上有"老佛爷"撑腰，下有盘根错节的门生故吏网络，在朝中形成强大的顽固保守势力。清末吏治，已腐朽至极。在《便佳簃杂钞》中，沈宗畸有首讽刺诗写道：

> 六街如砥电灯红，彻夜轮蹄西复东。
>
> 天乐听完看庆乐，和丰吃罢吃同丰。
>
> 街头尽是郎员主，谈助无非白发中。
>
> 除却早衙迟画到，闲来只是逛胡同。

这首诗描写了当时京官们的生活。"天乐"、"庆乐"是剧场戏班名称；"和丰"、"同丰"是著名酒楼牌号；"郎员主"指六部的侍郎、郎中、员外郎、主事；"白发中"是搓麻将；"八大胡同"为京师妓院集中所在。当时吏治腐败、官员堕落的情况可见一斑。

地方官员的情况更糟。据李慈铭的《祥琴堂日记》记载："地方官吏全无实政，废事者酒色烟赌，终日酣嬉，余力则奔走形势，不知其他。喜事者则任用蠹役，厚结劣绅，攫夺剥削，无所不至。"当时盛传官场有"三畏"，"以土匪待百姓，以犯人待学生，以奴才待下属"。黑暗的官场哪里还有黎民百姓的活路！

如此朝廷、如此吏治，是任何变法都无法改变的。北宋的王安石、明朝的张居正，其道德声望之高，绝对权力之大，均属无可非议，但他们的变法却都以惨败而告终。何况清末的政治环境比宋明两代要复杂许多倍，外有列强环视插手，内有满清宗室牵制和汉族大臣的分权鼎峙，翁同龢作为博古通今的国学家，不会不考虑到变法的后果。而这位来自常熟古城的翁中堂，明知不可为而为之，这不能不说他确有几分"鞠躬尽瘁，死而后已"的精神。

三

当时朝野一切酝酿变法的活动都经过翁同龢密奏光绪，他是"帝党"中坚，又是光绪的"首席智囊"，因此深受光绪的信任。传说慈禧偏袒北派，光绪则倾向于南派，当时人们开始称"李党"、"翁党"，以后又称为

"后党"、"帝党"。

一个书生气十足的老夫子，被卷进尔虞我诈的官场斗争，结果必然凶多吉少。但甲午战战争惨败，《马关条约》签订，割台湾、旅顺、青岛、威海，举国愤慨，迫使朝廷中维新变法的步子加快。翁同龢破格求贤，冀匡时变，给维新人物以"游说公卿"推行变法的机会。他曾以帝师身份走访康有为，讨论变法。1895 年 7 月，他支持强学会在北京成立，这个维新派的重要政治团体，聚集了当时社会各界精英，它以"挽救时局"为宗旨，演说、译书、办报，大张旗鼓地宣传变法。光绪二十四年（1898 年）一月，清廷总理衙门亲王大臣廷召康有为问话，翁同龢将双方对话经过奏报光绪，密荐康有为"才堪大用"。

朝野维新派逐渐形成气候，当廷臣纷纷上书请求变法维新时，翁同龢拟了《明定国是诏》，于光绪二十四年（1898 年）四月二十三日（6 月 11 日）正式颁布，宣布变法维新。所谓"明定国是"表示了变法决心，认为"国是不定，则号令不行"。

这道诏书是温和的，只是提出"努力向上，奋发自雄，佩圣贤义理之学植其根本，又当博采西学之切于时务者，实力讲求，以救迂谬空疏之弊"。诏书仅仅发问："试问今日时局如此，国势如此，岂真能制梃以挞坚甲利兵乎！"诏书措辞委婉，只是说要遵循"圣贤义理之学"，仍不肯丢失"冬烘"之气；道理也说得不错，哪能用木棍去对付"坚甲利兵"呢？诏书避开了敏感的政体问题，但它却拉开了戊戌变法的帷幕。就是这样一道小心翼翼、委曲求全的诏书，也刺痛了慈禧等人的末梢神经，于是他们磨刀霍霍，决定动手了！

后世的史学家往往重视变法中的康梁和"戊戌六君子"，以及推行变法的一百零三天京华风云，却忽略了翁同龢。如果没有他的调节、周旋和倡导，就不会有戊戌变法。翁同龢，一代文宗，德高望重，在当时的维新派人士中，没有一个人能起到他所能起的作用。慈禧显然看得很清楚，她首先要除掉翁同龢。就在实行变法后的第四天，即光绪二十四年（1898 年）四月二十七日（6 月 15 日），一道朱谕突然将翁同龢开缺回籍。朱谕说：

协办大学士翁同龢近来办事多不适当，以致众论不服，屡次有人参奏。况且常于召对时咨询事件，任意可否，喜怒形于辞色，显露专揽大权，狂妄悖逆情况，决不能胜任枢机要职。本来还应彻查究竟，给予严肃惩办。姑念他在毓庆宫行走多年，不忍实加严责。即命翁同龢开缺回籍，以示保全。

翁同龢被罢，是戊戌变法中的重大谜团之一，朝野众说纷纭。但不管什么原因，翁同龢在变法中无可置疑和无法替代的重要作用，实际上早将他推至腹背受敌、举步维艰的境地，他的被罢，不过是朝夕之间的表露形式。一叶落而知天下秋，翁同龢被罢正预示了"戊戌变法"的最终命运。

翁同龢被罢官回籍，推行"新政"的步伐并未停止，其中一系列激烈的新政举措继续出台，对此慈禧均未表示反对，她在施展"欲擒故纵"的"传统"伎俩。慈禧对外国列强无可奈何，但她的那一套用来对付光绪和维新派，还是绰绰有余的。

天真而善良的人们，欣然看到一潭死水终于开始流淌，他们期待和盼望新政能带来生机。被开缺回籍六九高龄的翁同龢，于七月十七冒炎热酷暑，渡鄱阳湖，到他侄子江西藩司署理巡抚翁鲁桂署中暂住。这里电信方便，一旦复台，立即由翁鲁桂派人护送进京。但到了七月三十日，翁同龢的日记只删存"发京电"三字，然后黯然回乡。因为京中将有剧变，暴风雨即将来临！

风云突变，京华上空布满阴霾，霎时间狂风暴雨。光绪二十四年戊戌（1898年）八月初六（9月21日），慈禧突然出面训政，第三度掌握政权，光绪被幽禁于西苑瀛台，康有为之弟康广仁、御史杨深秀，以及光绪左右办理新政的四位军机章京（即被称为"四京卿"的杨锐、刘光第、林旭、谭嗣同）被斩（史称"戊戌六君子"），翁同龢的主要助手、曾任户部左侍郎的张荫桓被革职流戍新疆，并于1900年被杀。

政变原因据说是谭嗣同夜访袁世凯，策动他带兵入京包围颐和园，劫持慈禧。袁世凯这个内奸立即回天津向荣禄告密，于是荣禄秘密进京，迅雷不及掩耳地拥护慈禧复出训政，这就是中外史家所称的"戊戌政变"。就这样，史称"窃国大盗"的袁世凯为虎作伥，彻底扑灭了漫漫长夜中的虚弱星火，而自己也因此逐渐成为中国封建社会最后一批政治投机客之一。

十月，已经被逼无路可走的翁同龢，如雪上加霜，又奉朱谕：

> 翁同龢授读以来，辅导无方，往往巧借事端，刺探朕的意图。以至甲午中日战役，信口雌黄，任意怂恿。办理各种事务，出现种种乖谬，以致不可收拾。今年春天又力陈变法，滥保不适当的人，罪责不可逃避。事后追思，深为痛恨，前令开缺回籍，实在不足以抵罪，着令翁同龢革职。永不叙用，交地方官严加管束。

据说，在戊戌政变后，刚毅弹劾翁同龢曾向光绪帝保举康有为，慈禧遂再下"朱谕"。

尽管幸免了杀头灭族，然而作为变法主将之一的翁同龢，实际上同样成了戊戌变法的祭品。

四

翁同龢的晚年是寂寞的。戊戌变法失败后，他蛰居常熟，闭门谢客，专研禅学，并自号"松禅老人"，于光绪三十年（1904年）病逝于常熟。1909年（宣统元年），杨锐之子杨庆旭向清廷呈献光绪密诏原件，说明戊戌政变真相。在匆忙中，清廷草草宣布翁同龢"诏复原官"，追谥"文恭"，这已是翁同龢逝世后的第五年了。

曾经引发群情沸腾、点燃民族希望之火的变法维新，寿命只有一百零三天，最后以人头落地、志士扼腕而告终。这是我国历史上最后一个王朝的最后一次"变法"，它留下了阵阵浓雾、重重谜团。但随着时代的进步和近代新史料的不断发现，它逐步在云幕雾帐中露出了"庐山真面目"。这一次为期极短的失败变法，给中国大地吹过一阵清新的风，使明智者深思、混沌者清醒。这场类似玩笑的"百日维新"，让各种人物都有机会上台"表演"一番。有的深藏不露，有的张牙舞爪，有的在幕后提线，有的到前台表演；有的在激愤中喋血法场，受到后人的崇敬；有的得逞于一时，最后仍不得善终。钓鱼有术，障眼得法，但被众人识破了也就一钱不值。而翁同龢的故居却被一代代保存下来，他本人更为后人所纪念，这也许就是历史的公正。

常熟是一座美丽的历史文化名城，峻拔葱茏的虞山，半入城中，半倚城外，面临群湖，背枕大江，正如古人所描绘的"七溪流水皆通海，十里青山半入城"。虞山以商末逸民虞仲而得名。虞仲即仲雍，为了让掉部落首领之位，他与长兄泰伯避居江南。泰伯定居无锡梅村，仲雍落户常熟虞山，他们成为开发江南的先驱。虞山东麓的虞仲古墓四周苍松挺立，浓荫蔽日，墓地入口有石刻"敕建先贤仲雍墓门"以及前人书刻的"南国友恭"、"让国同心"石坊。气势磅礴的古墓，标志着江南古老的文明。

与虞仲墓相邻的言子墓，是江南大型古墓葬之一。言子，名言偃，字子游，是孔夫子三千弟子中唯一的南方人。二千多年前，一位江南子弟，千里跋涉，前往不可知的黄河流域求学。孔夫子对这位高足是满意的，当言偃在鲁国任武城地方官时，孔子路过武城，曾停留视察一番。这位十分爱挑剔的老夫子对言偃理政治民评价道，言偃任一个小城的地方官吏是大材小用，他的"杀鸡焉用牛刀"流传了二千多年。但言偃并没有留恋官场的荣华富贵，后来回到故乡设帐教书，弟子遍及东南，后人称他为"兴东吴文化之祖"。

虞山东南麓有读书台，这是一个小巧玲珑的园林，据载是南朝梁代昭明太子萧统读书处。此外，这里留下了画坛"元代四大家"中的黄公望和"清初六大家"中的王石谷、吴历的遗迹；还有南嫁吴国的齐女墓、万民留葬的于宗尧墓、一代名妓柳如是墓、清初名士钱牧斋墓。所有这一切，使小小古城在质朴古拙的氛围中夹杂着文采风流的气韵。

距翁氏"彩衣堂"不远的曾家花园，亭轩榭阁，假山荷池，典雅幽静，是清末维新小说家曾朴故宅。曾朴笔名"东亚病夫"，最早翻译法国文学大师雨果的戏剧全集。其以维新运动为背景的谴责小说《孽海花》，抨击清廷腐败，揭露社会弊端，曾风靡全国，是清末民初的最畅销图书，问世以后，连续再版六次。《孽海花》中人物均有所指。如"唐常肃"指康有为，"庄寿香"为张之洞，"李鹤汀"指盛宣怀，"黎鸣篆"为胡雪岩……而书中以道德文章著称于世、蔼然有长者之风的"龚和甫"就是翁同龢。

山辉川媚，松风水月，苍崖翠壑，两湖如镜，漫步在这灵山秀水之间，人们不能不想起昔日的满天阴霾，也不禁忆起戊戌风云和翁同龢老人。

不作人间第二流

——近代报人王韬

一

新闻记者，曾被称为"时代骄子"。他们站在历史变革的前沿，敏锐思考，振笔疾书，披荆斩棘，奋勇向前。中国新闻事业起步晚，比西方新闻业的历史短得多，但其所肩负的历史重任却举世无双。在曲折崎岖、风雷迭起的道路上，他们用血和汗写成的百年新闻史壮丽多姿，足以彪炳史册。

在我国早期的报人中，首屈一指的要推王韬。

王韬（1828～1897年）本名利宾，又名瀚，字兰卿，紫诠，去香港后改名王韬。1828年（清道光八年）11月，他出生于苏州所属吴县角直镇的一个塾师家庭。苏州葑门外五十华里的角直，古名甫里，是个典型的水乡小镇，四围河道纵横，湖荡泽池星罗密布，镇内弯弯曲曲的河道长达五千六百米，"小巷小桥多，人家尽枕河"，小镇贴水建街，就水成市。全镇共有桥七十二座，现存四十座，桥与桥面转相接，桥桥相望，三步两桥，近在咫尺。

桥给小镇增添无限风情，这里有北宋初年的和丰桥，桥面浮雕典雅精美；有架在小溪之上的半步桥，不加雕饰天然古朴。有的如彩虹临空，姿态万千；有的庄重深沉，格调雍容；有的雕柱画栏，若妙龄少女；有的赤膊光背，如庄稼大汉……姿态不同，风格迥异，构成独特的水乡风景线。

淙淙清溪围绕千年古刹保圣寺，据载保圣寺始建于南朝梁武帝天监二年（503年），唐朝大中年间重建。寺内归有唐塑十六罗汉像，历经沧桑，现仍保存着九尊，人称"半堂罗汉"。相传这是由唐代著名雕塑家杨惠所作，虽然有的已手断肢残，但仍然神采流溢。盘膝而坐的达摩罗汉，端庄凝重；温文尔雅的袒腹罗汉，坦然自若；深目隆准的降龙罗汉，气宇不凡；微微前倾的讲经罗汉，平和慈祥。保圣寺西侧，有晚唐著名文学家陆龟蒙衣冠冢，墓前有斗鸭池、清风亭，亭内有陆龟蒙执卷阅书塑像。陆龟蒙号天随子，自称甫里先生，原住苏州，隐居甫里，与同代诗人皮日休常相唱和，时称"皮陆"。

在这样一个妩媚的水乡、文化氛围浓烈的古镇，王韬渡过了少年时代，"余少居甫里，莫有知余者"。五岁时他由母亲教书识字，后来随父亲王桂昌熟读四书五经，打下扎实的经学基础。少年王韬在念书之余，常到甫里镇上陆龟蒙墓前的斗鸭池观赏荷花，或到明代梅花别墅探梅。他最爱在夕阳将落时分到保圣禅院听松，"有如千军万马声，又如千山落叶，万豁泉流"，毕生难忘。17岁他中了秀才，次年南京应试落第，回乡设馆教书。

此时的中国正处于风雨飘摇之中，鸦片战争打开了这个古老封建帝国的大门，太平军如急风暴雨横扫了大半个中国，有识之士都在为国家的前途、民族的命运担心。中英南京条约签订后，作为"通商口岸"的上海，出现了畸形的繁荣。1847年，王昌桂到上海设馆授徒，次年初春，王韬去上海探望父亲，这次上海之行使他开了眼界。

一方面，黄浦江畔停满了外国兵船，外国水兵在街头耀武扬威；另一方面，西方文化开始在上海滩渗透。他听说英国传教士麦都思博士创办的墨海书馆，用活字板机器印书，十分迅捷，便主动去拜访了麦都思。在印书车间，他看到用牛拖曳着机器，车轴旋转如飞，一日可印几千张。汉语

175

说得很流利的麦都思，对王韬的学识也很欣赏，以后他们成了朋友。

1849 年王昌桂去世，家庭重担全压到了王韬身上，加上这年发大水，颗粒无收，生活无法维持。麦都思雪中送炭，两次派人持信前往甪直聘请王韬，王韬欣然前往。从此，他在上海住了十三年。在墨海书馆，王韬担任中文编撰。他先后和西方学者伟烈亚力、艾约瑟等合作编译了《格致新学提要》、《西国天学源流》、《重学浅说》、《光学图说》、《华英通商事略》和《泰西著述考》。

《格致新学提纲》是介绍近代西方自然科学的综合性书籍；《西国天学源流》为中国学子打开西方天文历法研究之窗；《重学浅说》是物理学通俗读物；《光学图说》为第一本阐明光学理论的中文书籍；《华英通商事略》叙述了英国东方贸易公司兴衰史；《泰西著述考》是王韬记述了自己学习西方著作所得，是一本学习西学的入门书。王韬努力将西方文化科学介绍给国人，在东西方文化交流中，他跨出第一步。

二

王韬虽然在洋人办的书馆做事，但始终未忘却炎黄子孙的历史责任，他渴望国家富强、民族振兴，并多次上书江苏巡抚徐君青和上海道吴晓帆，主张与英法修好，仿效西方，实行改革。但由于"言过切直"，王韬反被视为"狂生"、"叛逆"。对此，他自叹"虽有心救时，然进身乏术"，常常"痛哭流涕扼腕叹息"。在旧势力眼里，来自底层的声音，不仅人微言轻，简直是自作多情。

太平军占领江浙后，王韬回老家小住，结识了太平军逢天义刘肇钧，他是太平天国苏福省民政长官。王韬用"黄畹"化名上书太平天国当局，这个条陈转到忠王李秀成手中，但时隔不久，清军在洋人帮助下攻破李秀成王家寺大营，王韬条陈落入清军之手。这个条陈被层层上报，清统治者吓出一身冷汗。1862 年 4 月，一道通缉令急如星火地从北京传来，同治皇帝谕旨："……惟逆党黄畹为贼策划，欲与洋人通好……着曾国藩等迅速查拿，毋任漏网。"一时沸沸扬扬，在清朝官场，居然称他为"长毛状元"，是太平天国中的"重要人物"。

其实王韬只是上了个条陈。在太平军前期，颇有一番蓬勃景象。读书人投奔太平军、游说献策、上条陈提建议的，不知其数。我国最早留学美国归来的容闳，就曾经游说"天国"，并得到洪秀全的接见，而容闳后却成为曾国藩、李鸿章洋务运动中的重要助手。为什么王韬一纸条陈，却弄得清廷如此紧张？原因是，这个条陈的分量太重。

据众多野史所载，王韬条陈洋洋两万余言，向太平军献出袭取上海之策，他提议"请媾和外国，借其势以图中原"。《清稗类钞》道："泽之数千言，皆足致官军于死命……忠王亡于此人（王韬），交臂失之，不可谓非清廷之福也。"《南园丛稿》记载："同治元年三月，清人攻克七堡，得其书，阅之大惊，苏抚薛焕疏闻于朝，江南北大为戒备，至四月，李鸿章督师来上海，依为根据，遂平苏常，由忠王不用王韬之计也。"又是"大为戒备"，又是火速调兵遣将，足以说明王韬条陈戳中了清廷的"软肋"。所以，时人称他为"霸才"。所谓"霸才"，即称雄之才，辅佐主子成为"霸主"的"智囊"，如春秋战国时齐国的管仲、秦国的商鞅。事隔几年，清廷的黄遵宪、吴瀚涛随使美洲经过日本，与王韬相聚，吴瀚涛赋诗一首赠王韬：

> 铜琶高唱大江东，不许闲愁恼乃公。
>
> 四海霸才能有几？今宵欢乐又偕同。

然而这时的"霸才"却遭清廷通缉，避居上海英领事馆长达一百三十五天，连母死都不能回乡。最后在英国人帮助下，不得不出逃香港。

1862年10月4日，上海外滩码头，一个相貌平常、经过改装的青年，急匆匆地登上英国怡和洋行"鲁纳号"邮船，开始了长达二十三年的流亡生涯。他就是被通缉的"黄畹"——王韬。

王韬到达香港后，在英华书院任职，以后又担任英人罗郎也创办的《近事编录》主编。英华书院院长理雅各，是一位研究汉学的西方学者，他欢迎王韬的到来，始终以国士之礼优待。为了使欧美人士了解中国文化，理雅各正致力于《中国经典》的翻译编纂，他得到王韬的帮助，如虎添翼。本来就有着扎实经学功底的王韬，每译一经前都要广辑博集，收历代名家之说，并结合自己研究心得，作为译经参考。他先后助译了《书经》、《竹书纪年》、《诗经》、《春秋左氏传》、《易经》和《礼记》等。理雅各赞誉王韬是他所见到的"最博通中国典籍的中国学者"，他一再表示"感激而承认苏州学者王韬之贡献"。

1867 年，理雅各邀请王韬去他家乡苏格兰续译《中国经典》，这成了他一生中的重要转折点。在理雅各家乡苏格兰北境的克拉克曼郡亨达利镇的杜拉村，王韬一住两年多，一边译书，一边浏览。他每到一处，必登岸考察当地民俗风情，将所见所闻记载在他的《漫游随录》一书中。在杜拉村居住期间，理雅各及其三女玛丽常陪同王韬游览邻近的杜拉山、坎伯古堡、替里扣特里镇、阿罗威、斯德零故宫和爱丁堡，参观爱丁堡大学，游览阿伯丁、亨得利、格拉斯哥、丹迪等地。王韬登上杜拉山，在山顶看到的奇异景象令他情不自禁地抒发下了"家乡不见空生哀"的感叹：

> 济胜渐无腰脚健，探幽陡觉心胸开。
>
> 泉声若共石斗激，岚影时与云徘徊。
>
> 眼前已觉九霄近，足底忽送千峰来。
>
> 天悦羁人出奇境，家乡不见空生哀。

这首《独登杜拉山绝顶》诗，咏异域他乡的山光秀色，抒写诗人遥想家乡的深沉感受，颇具特色，是清诗中少有的描写外国山水风光的作品。

王韬还访问了法国、俄国，两游伦敦，三访苏格兰首府爱丁堡。离英后，他又访问了日本。很多新鲜事物使他惊异交集，如火车、自来水、煤气、马路上的洒水车、电报……他多次旁听英下议院开会，对"君民共主"的政体十分赞赏。而当他看到埃及的衰落时感慨万端，认为是由"闭关锁国"和"不知变通"所致，是中国的"前车之鉴"。

《中国经典》的出版，在西方引起轰动。至今虽已一百多年，但理氏译本仍被认为是中国经典的标准译本。理雅各声名大振，获法兰西学院儒莲奖金、爱丁堡大学法学荣誉博士学位，并特邀为牛津大学首位汉学讲座荣誉教授。王韬也因此名噪一时，为英国社会所瞩目，各大学、教会和民间团体竞相邀请他讲学，成为英国最高学府讲坛上的嘉宾。

在牛津大学讲台上，王韬呼吁英国停止对华不平等行为，提出相互尊重、和睦共处。他对中西文化的异同做了具体比较，结论是"本质同而异"，他说："东方西方心同理同，历史嬗递，发展演变，最终浮现出一个大同世界。"他是第一个走上牛津讲台的中国人，演讲的内容英人闻所未闻。据说，当时满堂听众的鼓掌蹈足声"墙壁为震"。此后，爱丁堡大学、苏格兰大学等高校和团体，纷纷邀请他讲学，各报舆论欢迎这位"东方学者"，他的手书、诗词被视为珍品，他的相片和题诗被悬挂于伦敦画室。

在英格兰海耳商会的座谈中，王韬大声疾呼鸦片害人。他说："丝茶贸易，有利于英国和中国；鸦片则不同，除了英国获巨利外，对中国有百弊而无一利，其害不可胜言。这难道是正常的公正贸易吗？这就是自称为仁义文明之国的大不列颠王国的'正义之举'吗?"

三

王韬的欧洲之行，使其从中西文化交流中，拓开思路，充实新知。他于1870年到达香港后，决定从办报入手，宣扬"变法自强"。

这时，英国人办的中文报纸《华字日报》刚创刊，王韬及其友人黄平甫积极为该报撰稿，王韬编译的《普法战纪》在《华字日报》连载，酣畅笔墨，神采飞扬。上海《申报》评价他的文章说："飞毫濡墨，挥洒淋漓，据案伸笺，风流蕴藉。"1873年，他们投资筹办中华印务局，次年创办了《循环日报》，由王韬任主编。这是中国创办的第一份传播资产阶级政治改良的报纸、一张办报时间长且影响深远的报纸。

和当时一般外文报纸不同，《循环日报》每天都刊载一篇政论文章，绝大多数出自王韬手笔。从1874年到1884年这十年中，王韬撰写的对海内外影响较大的政论有《变法》（上、中、下）、《变法自强》（上、中、下）、《洋务》（上、中、下）、《重民》（上、中、下）、《尚简》以及《治中》等数百篇政论文章，多数后来被收集在《弢园文录外编》中。这些政论系统地宣传他的"变法"主张，具体提出变法图强的纲领。

王韬的政论凸显一个"变"字。他用进化论观点来观察和分析中外历史演变，他说"中国正处于四千年来未有之创局"，闭关自守，夜郎自大，国势愈来愈糟，要想转弱为强，别无他法，"一变而已矣"。他提出"富强即治国之本"，富强之道，必须"先富而后强"，为此，应该广贸易，开煤矿，办铁路，兴织纴，造轮船，主张"民间自产公司"，兴办工矿交通事业。他的这一套"变"的方案，是其考察西方的结晶。他谈论的都是发展资本主义经济，为中国民族资产阶级走上历史舞台鸣锣清道。

但是王韬不主张"速变"，而是提倡"渐变"。鉴于社会封闭、民智未开、长期停滞等国情，多数中国人难以承受"突变"。变法太速，宛如"寒暑骤更，冰炭立异"，可能招致社会动荡；只有"渐变"才能真正取得效果。

他在政论中指出，当时世界上的政体有三种："一曰君主之国，一曰民主之国，一曰君民共主之国"。三者孰优孰劣？王韬认为，君民共主，可以实现"上下相通，民隐得以上达，君惠得以下逮"，是三种政体中最好的一种，也就是英国式的君主立宪制。

对于政治改革，王韬提出首先要"重民"，就是"开言路，启民智，得民心"，"以民为重"。具体要求是：让民众自由择业，使"工农商学各探其业"，民有所难，政府救恤，民有所求，尽力帮助，允许人民发展工商业，自办公司，让民众得利。他建议各省省会都要办报，扬善贬恶感化人心，了解世情。在他的政论中，他不厌其烦地介绍西方的议院制，认为这是"民众言政议政"的机构。

他尖锐批评捐纳为官的弊政，从而使朝廷变成买官卖官的"市场"，其危害大则祸国殃民，小则空縻廪禄，故提出"裁撤冗员，清理仕途"，撤裁旧官僚而延用新人。他揭露律例繁多，刑狱琐碎，官吏由此舞文弄弊，黑幕重重；他赞美中国古代法律"尚简"，介绍西方国家法律简明，政治清明，提出"改革律例，简化繁文"。他主张改革科举制度，用"科

180

甲"和"保举"并行的办法取士。"科甲"考试分经学、吏学、掌故之学、词章之学、舆论、格致、天称、律例、辩论时事、直言极谏十科，士子可根据所长自由选习一门。"保举"是乡里推荐，专家评选。他建议改旧式书院为新式学校，让学生掌握各科知识。

在军事方面，他提出改革武科武学，开展新式练兵，废弃落后的武器装备，全部使用西式装备。为此，他撰写了《火器略说》和《操肋要览》，前者介绍了西方最新枪炮制造；后者详细叙述了西方新式炮船的各种式样和制作方法，希望中国能从"仿制"到"精致"到"驾乎其上"，超过西洋。

他对清廷在外交上所持的依仗与外国签订成约就可相安无事的态度，提出能否守约取决于签约双方力量之均衡。他建议：要简派公使，组成办事效率高的使团；要多设领事，维护海外侨民应享有的权利；及时调整总理各国事务衙门。他是我国最早提出独立自主外交政策的改革者。

上述种种，虽然只是"书生议政"，但王韬通过媒体舆论，勾勒出一幅励精图治、变法自强的壮阔图景，在一百二十多年前，在那拖长辫、裹小脚的时代，他的精辟论述就像阵阵惊雷，划破了"万马齐喑"的漆黑夜空。不少文章一发表，就在国内外引起巨大反响。作为我国最早的报人，王韬开创了新闻史家所称的"政论时代"，以至在他以后的许多新闻界有识之士都把言论看做是报纸的"脊梁"。

面对列强欲壑难填、民族灾难日益加深的状况，王韬用尖锐的笔锋刺向殖民者。1874年，日本悍然出兵台湾，占领琉球，改名为日本冲绳县。就这一事件，王韬先后发表了《琉球朝贡考》、《驳日人言取琉球有十证》等多篇时论。针对英国侵占缅甸、法国入据越南、沙俄蚕食我东北和新疆领土，他都有专论予以揭露批驳。王韬的政论，思想新颖，说理严缜，观点明确，评述及时，笔锋犀利。如美国以澳门为基地贩卖华工，他为此撰文指责说，他们"至岁以中国十数万生灵掷于洪涛巨浸之中，殒于瘴雨蛮烟之地，此其戕我民命，辱我国体"，呼吁清朝当局"首宜索还澳门一隅"。

感情激荡，语言泼辣，他在写作上冲破旧时文的章法和笔触，形成全新的战斗文风，对国内文化界产生深远的影响。这种既迥异于刻板的政策图解，又不同于一般枯涩论文的报刊政论文体，以其鲜明、活泼、敏锐的个性，深受读者欢迎，并在新闻界进步报人中代代相承。说到王韬的"政论体"，总会使人想到后来的梁启超、章太炎、邵飘萍、张季鸾、恽逸群、邓拓、赵超构等一连串报界前辈的名字。

王韬的新颖文风，和他迫切推动变革的豪情相辅相成，他写道："文章所贵在乎记事述情，直抒胸臆，俾人人知其命意之所在而一如我怀之所欲吐，斯即佳文。"他的文章直抒胸臆，发自肺腑，不吐不快，故读来倍感真挚、亲切，从而形成报刊文字一大特色。

182

四

王韬蛰居香港近二十年，其中曾数度回乡探省，直到 1884 年，得到李鸿章的默许，年近花甲的王韬终于回到故土，定居上海。

"昔我往矣，杨柳依依；今我来思，雨雪霏霏"。和二十三年前比较，国势更加凋颓，百姓灾难更加深重。他吸取当年文字祸的教训，不涉政治，冀期平安度过晚年，终此残生，所以每日载酒看花、放浪形骸，出没于灯红酒绿的青楼歌台，人称"风雅宗主"。诗人黄遵宪以惋惜的笔触写下了《怀王紫诠》：

> 走遍寰球西复东，蓴鲈归隐川吴淞。
>
> 可怜一副伤时泪，酒尽吞花卧酒中。

这正反映了王韬退隐上海时内心的痛苦和矛盾。

国势每况愈下，在中法战争中，清廷一味妥协，结果法国"不胜而胜"，中国则"不败而败"。王韬日夜不安，"每及时事，往往愤懑郁勃，必倾吐而后快，甚至叹息泣下"。作为一个中国人，时事不让他继续"风雅"下去，他不顾环境的险恶，重新拿起笔来，在《申报》等报刊上发表了大量文章，宣传变法维新。《申报》和《新闻报》几位主编常向他请教办报经验，他虽然没有担任这两家报社的实职，但始终影响着这两张报纸的办报思想。作为报界前辈，他受到人们的尊敬。

1887 年，王韬应邀担任格致书院掌院，这是我国第一所教授西方自然科学的新型学院。王韬一到任就抓了两件事，一是增设学童班，从娃娃抓起，学习西方语言和自然科学知识；二是改变办院宗旨，把原来单纯学习西方科技改变为在学科技的同时更要关心国事时政；在教学方法上，提倡自由讨论，改变"满堂灌"。学院风气大为活跃，在校园里评论时政，蔚然成风。

在王韬办学思想推动下，格致书院"讲求西学，揣摩时局"，成了吸引四方之士、传播西学、支持维新变法的阵地，迎来了"格致黄金时代"。格致的莘莘学子在历史大变革中，向社会灌输新知，启蒙民智，大造舆论，实现了从改良主义者向资产阶级革命派的过渡。而这位坎坷大半生、晚年仍壮心不已的老人说："为国家培植人才，教育后世，夫岂有涯哉！"

更引人注目的是王韬和孙中山的见面，孙中山是由同乡、广东实业家郑观应的介绍认识王韬的。这是 1892 年 2 月的一天，在上海的一所私寓里，年近七十的王韬会见了青年孙中山，身穿长袍马褂的王韬，同气宇轩昂、一身紧领制服的孙中山促膝长谈。孙中山向王韬阐明自己的政治主张，并请王韬帮助他转一封重要书信，交给当时洋务运动的首领李鸿章，这就是著名的《上李鸿章书》。王韬和孙中山一见如故，他决定帮助孙中山向李鸿章上书。同年秋天，孙中山和李鸿章在天津会面，孙中山向他提出"人尽其才，地尽其利，物尽其用，货畅其流"的变革主张。

王韬返沪后的十三年中，一直疾病缠身。1897 年秋，这位早期改良主义思想家、中国报业的开拓者，在寓所城西草堂溘然辞世，年 70 岁。

王韬死后第二年，"戊戌变法"开始，王韬多年播下的星星火种，燃起了荧荧火苗，但只有一百零三天，"变法"就遭到清廷的血腥镇压。修修补补的改良之路，在中国断然行不通！任何名医良方，都挽救不了"病入膏肓"的封建王朝，王韬呕心沥血的苦心设计，不过是"乌托邦"而已。

王韬生前有句名言："不作人间第二流，奔腾万里驾轻舟"，这句话为后世无数仁人志士所传诵。它可以作为王韬一生的写照：他协助英人理雅各编译了向西方介绍中国文化的一流经典，至今西方国家仍奉为圭臬；他

183

在香港主办了一流的《循环日报》，开创了"政论时代"和"政论体"，成为中国新闻史上的"一流报人"；他向国人传播西方文化，为维新派勾勒变法图景，都取得显著业绩；他办了当时国内一流的新式学校格致书院……

王韬一生学贯中西，留下著作五十多种。其中最重要的著作是《弢园文录外编》和《弢园尺牍》，前者是集《循环日报》政论精华汇编而成的政论文集，后者是王韬通信集，体现他对各个领域的改革思想。这两部著作反映了他的生活轨迹、思想演变过程，也汇集了近代早期改良主义理论的精髓。

在王韬已出版的著作中，还有《蘅华馆诗录》、《瀛壖杂志》、《海陬活游录》和文言短篇小说集《遁窟谰言》、《淞隐漫录》、《淞滨琐话》等。其中，《淞隐漫录》是他"追忆三十年来所见所闻，可惊可愕之事"，用"聊斋体"编写的短篇故事，从 1884 年开始在《申报》的《画报》上连载，每月三期，到 1887 年底才刊登结束。

鲁迅在《中国小说史略》中曾评价说：

> 迨长洲王韬《遁窟谰言》（同治元年成）《淞隐漫录》（光绪初成）《淞滨琐话》（光绪十三年序）……其笔致又纯为《聊斋》者流，一时传布颇广远，然所记载，则已狐鬼渐稀，而烟花粉黛之事盛矣。

是的，王韬生活在"花月之光迷十里，笙歌之声沸四时"的上海滩，他反映了与蒲松龄迥然不同的社会生活现实。由于他仿照《聊斋》模式，故连载时又名为《绘图后聊斋志异》，作为当时的通俗小说，曾经广泛流传，风靡一时。

吴淞江水悠悠流淌，甫里塘波潺潺荡漾，河道纵横，拱桥石林，小镇宁静，古意盎然。为了缅怀这位站在当时历史潮头的一代名贤，如今角直镇已建造起王韬纪念馆。在这里，我们听到一个小故事，据说王韬年近五十时，仍膝下无子，友人劝他纳妾生子，以延后嗣，他却慨然答道："人为什么非得儿孙传代？我假如能把写的文章留给后世，使五百年后，姓名还挂在读者嘴上，则胜过一碗祭供的酒饭多之矣！"

诚哉斯言！从其琳琅满目的著作，人们欣慰地看到，他的愿望实现了。

从地狱走出来的乐师

——现代民间音乐家阿炳

一

在无锡崇安寺闹市，响起了二胡演奏声，周围立即涌来大批听众。一个穿着布满补丁的灰色长衫的瘦弱中年人，头发蓬松，瘦削的脸上戴着一副墨镜，身上挂着琵琶、箫、竹板等乐器，他拉动二胡的弓弦，潇洒自如，时而如百鸟报春，时而如高山流水，时而如风掠枝头，时而如瀑飞深谷……突然琴声戛然而止，观众中响起阵阵掌声。这时观众中有人嚷道："阿炳，来一段鸡叫！"

二胡弦乐再起，蓦地响起公鸡高亢的报晚叫声，"喔！""喔！""喔！"的啼鸣，母鸡生蛋后咯咯咯兴奋的自鸣得意……听众笑逐颜开，一个劲地喊好。

这是阿炳每天早晨的街头演奏。尽管他身怀绝技，二胡、琵琶演奏在当时的沪宁线上堪称"一绝"，但他只能靠街头卖艺，维持可怜的生计。

江南的秋夜是阴湿而寒冷的。一个萧瑟的深秋之夜，冷风飕飕，寒雨凄凄，在无锡城的小巷深处，年近半百的盲人阿炳由一个蓬头垢面、衣衫褴褛的妇女搀扶着，拉着二胡，在这风雨交加的黄昏，过街串巷，踽踽而行。

小巷砖路凹凸不平，一脚踩下，溅起两裤管的泥水，但琴声仍旧回旋在小巷的夜空。这是一把特制的二胡，琴把是用旧秤杆改制的，弓弦的马鬃也比一般胡琴要粗得多，那胡琴发出的非同一般的共鸣声响，有一股勾魂摄魄的力量，人们的心扉似乎随着琴声跳荡……但此刻家家的门户都对他们紧闭着，悠扬跌宕的琴声，在寂寞的秋夜流淌。阿炳好像要将自己的欢乐、忧伤和苦涩，要将这万花筒般的世态人情，向寒夜陋巷的每扇门窗、每块砖瓦尽情地倾诉……一阵寒风刮起他那件补了又补的单长衫，他颤抖了一下，叹了口气，继续拉着二胡走下去。

瞎子阿炳（1893～1950 年）和当时江南最底层的很多小人物一样，他的经历平凡而又坎坷。

他是雷尊殿当家道士华清和无锡某望族一个寡妇的私生子，生于清光绪十九年（1893 年）。既是道士儿子，寡妇"私生"，且这位寡妇又出自名门望族，阿炳从小只能被藏养老家乡下的阿婶家。从呱呱落地起，他就被打上了耻辱的印记。

从 5 岁起，他到父亲的道观里做小道士，读了三年私塾，他没有姓名，只有乳名——阿炳。1902 年，在阿炳 10 岁那年，江西龙虎山第六十三代天师张恩溥来无锡。从当时的记载看，"天师"出巡，非同小可，不仅本城和邻县的道众云集无锡，大作法事，欢迎天师，而且当地的地方官和头面人物也纷纷出马，以争得沾上一点"仙气"。全城百姓争睹"活天师"风采，张恩溥赏赐阿炳道号——华彦钧，这在道家正一教中，是一种殊荣。阿炳有了姓名，这也许是他在黯淡一生中，感到最光彩的事情。

天师赐名，并没有改变人们对"道士的私生子"的世俗偏见，他仍旧被社会抛弃，遭万人鄙视，成为世间多余的人，不能参加科举考试，不能为正当行业所接纳。然而阿炳从小受江南丝竹和道家音乐的熏陶，一生和音乐结下不解之缘。

江南丝竹是我国民间音乐的一朵"奇葩"，据说首创者是隐居昆山千灯一带的唐代高士陶岘。丝弦包括琵琶、二胡、京胡、板胡、三弦、月琴等，管乐器则有笙箫、管笛。丝竹音乐合称"江南丝竹"，演奏细腻委婉，旋律荡气回肠，乐曲轻松明快，悠扬动听，有曲牌四百多种。道家音乐，素以吹、拉、弹、唱为基本技能，据说传自南朝著名道士陆修静和陶弘景。早期道教在斋坛上使用的乐器是钟、鼓、磬、木鱼、铃、钹，明代以后引入了笛、笙、箫、二胡、三弦等丝竹乐器，包括吟唱、鼓乐、吹打和器乐演奏等多种形式，斋醮仪式表现召神遣将的磅礴声势、降妖除魔的显赫威风，祈求风调雨顺，宣扬清净无为的缥缈境界。

在受歧视和屈辱的环境中成长的阿炳，从小就爱好音乐。他将孤寂、屈辱和愤慨，融合在旋律和音符之中，以非凡的毅力、过人的颖悟，练习笙箫鼓笛和丝弦等各种民族乐器，他找到了自己的"天堂"。

其父华清熟悉各种乐器演奏，尤其擅长琵琶，阿炳跟他学弹琵琶，寒冬凌晨，他站在凛冽寒风中练习，因为如果手指冻僵都能弹奏，平常当然会弹奏得更好。他练习吹笛时，在笛子尾部挂上石秤砣，用来训练腕力。在与他拉过的用秤杆做的二胡琴柄上，留下两个深深的凹印，可见对这把与他相依为命的二胡，他付出了多么艰辛的劳动。

他虚心地向各位演奏高手求教，向被誉为"江南鼓王"的朱同甫道长学习打鼓，先用铁筷子敲方砖，再用淋湿的棉花团练习，掌握敲鼓的快和准，从不同的角度敲出不同的声音，他终于习得一手精湛鼓技。他向评弹艺人张步蟾学弹琵琶大套《十里埋伏》、《龙船》等，从而从原先只会弹出三条龙船而扩展到能演奏七条龙船。他向北方来锡演出的雷琴高手盲艺人王殿玉学弹雷琴，且从此结为艺友，相互切磋。他搜集大江南北的民歌和昆曲的各种曲牌，刻苦钻研各种民间曲谱，乐此不疲地自谱乐曲。

"春播一粒籽，秋收万颗粮"，倘若在现今社会，以阿炳的天赋和勤奋，是能够成就一番事业的。然而，音乐上的成就并没有改变阿炳塞滞的命运和贫困的生活。这是一种很奇异的社会现象，很多人承认他的音乐成就，当面恭维他为"小天师"。然而却改变不了"道士私生子"的卑贱地位，即使豁出性命地奋斗，也走不出"另册"的泥沼。世俗偏见，是一把无比锋利的"利刃"，作为一个被社会所抛弃的人，他又不幸染上鸦片瘾，

187

中年患眼疾，无钱医治，终身落魄潦倒，最后死于贫病交迫。

然而，阿炳并没有诅咒这个对他很不公正的社会，他将自己的心声化为一阕阕乐曲，在袅袅旋律中，将世道沧桑、江南风情和内心世界的喜怒哀乐，送进千家万户，把"美"留在人间，在中国音乐史上立下很不平常的"丰碑"。

二

江南山水，陶冶了阿炳的情操，也铸造了阿炳的乐曲。他的乐曲，大都以江南山水为依托，将水乡风情和人生悲欢融为一体，联人生畅想，融山河深情。

和很多"老无锡"一样，阿炳爱惠山。惠山本是江南的佛教名山，始建于南朝。山门两侧的六米高的石幢，分别为唐代乾符年间和北宋熙宁年间所建。其中一座唐代佛顶尊胜陀罗尼经幢，经文的译者是阿富汗著名佛陀波利，是佛教珍贵的古物。

山门内有一方水池，曰"阿耨水"，为南朝刘宋元徽二年（474 年）开凿。阿耨，梵文意译"极微"，今译为"原子"。"阿耨水"是印度"天热恼池"的译名，佛经上称为"八功德水"，是万河之源。现在"阿耨水"的原名早被人们忘却，只是俗称"日月池"。但明代在池上建造的"香花桥"，名称一直保持至今。"积德行善，香花伎乐来迎"，似乎对善男信女们更有吸引力，因为人们向往的，是天堂里的凡俗世界。

不远处是宋代的金莲桥，池中开满金莲。金莲，俗称"草蓬莲"，睡莲的一种，开黄色复瓣小花，满池金黄，烘托出佛教的圣洁、庄严和纯净。拾级而上，是南朝梁武帝时建造的大同殿和大同井（又名"龙眼泉"），井边的六角石柱小亭中，有一块长两米平滑的褐色大石，名"偃人石"，俗称"量人石"。传说，石床可按人体高矮而伸缩，但后来一孕妇睡上该石，"秽气"冲走了"灵气"，石床从此就不灵了。因为当时石床附近栽有六朝古松，唐代名士李阳冰为之题名为"听松石床"。唐代诗人皮日休曾描写这里的风光：

　　　　千叶莲花旧有香，半山金刹照方塘。

　　　　殿前日暮高风起，松子声声打石床。

　　这只是惠山一角。一处名胜的形成，往往凝聚着很多代人的智慧和辛劳。它不仅有如诗似画的景观，更具有丰厚的人文资源。有人以为在风景区建造些楼台亭阁，名胜旅游景点就可以一蹴而成，其实不然。代代相传的人文景观，真正的民族文化积淀，不能像做买卖那样"现买现卖"，需要更多的有识之士，以如炬目光，精雕细刻地培育和保护民族文化的菁华。

　　在阿炳的很多作品中，总能够咀嚼到浓郁的惠山情韵，但却找不到老惠山特有的那种佛教的氛围，找不到佛子的肃穆，只有道家的飘逸，更多的还是对山水的吟咏和人生的感怀，是山水清音，也是生活之歌。所以阿炳是个"俗人"，一个非凡的"俗人"；所以他的音乐语言才能和寻常百姓的心贴得那么近，靠得那么紧，并得以久远流传。

　　在阿炳生活的时代，"听松石床"周围的六朝古松早已荡然无存，只剩下一棵高达二十一米的明初洪武年间的古银杏。它斑痕累累，枝叶茂盛，傲然挺立，以六百岁"高龄"阅尽人间春色。但绵亘二十余公里的惠山却是松柏满坡，在万籁俱寂的月夜，站在惠山任何一角，都能听到松涛的喧嚣。特别在山的深处被称为"七十二个摇车湾"的曲径小道上，那迎风长啸的参天古松，如流水、似钟磬、像私语、若低吟的各类松柏和谐发出响声，仿佛是来自另一个世界的亲切呼唤。

　　阿炳是用心灵去感受这大自然的语言的，他的著名二胡演奏曲《听松》、《寒春风曲》，就是将这种十分敏锐而又非常难辨的"天籁"，跟自己心底凝结的块垒拌和、搅碎、磨细，化为浓浓的血液，以优美的旋律、跌宕的节奏，缓缓地流淌着，流淌着……令人仿佛感觉到在松的咏叹调中，在苍劲的主旋律笼罩下，山在絮语，风在轻歌，花木在吟哦，而身负重荷的人们在一步步地前行。它以江南特有的温馨，让人们用心灵去一点一点地消受那精致的曲曲弯弯和透射出苍凉浩茫的深邃。

后人往往根据当时的历史政治背景来诠释阿炳的音乐作品，评价他的作品"预示寒冬过后春天必然来临"，充溢着"倾诉不愿做亡国奴的爱国热情"等。这当然很高明，这种"贴标签"的思维程式，曾经风靡过整整一代人。它的可爱之处是简单易行，"放之四海皆准"。试想，在中学语文课堂上，针对一个复杂的人物心态分析，学生一下子就能回答出这是什么"主义"，那是什么"思想"，多能抓住要领，又节约了多少"废话"啊。

然而，不知什么缘故，我总感到这并不能代替真正的音乐感受。就像舞台和荧屏上出现的阿炳一样，或似落魄书生，气质类似锡剧《珍珠塔》中的方卿；或像革命志士，经历很像电影《聂耳》。我不敢轻率地否定作者的劳绩，他们曾深入民间，甚至了解阿炳生前的每一个生活细节。但作品经过一次次修改，人物一次次变样，最后仍成为"标签"模式。其实，阿炳就是阿炳，他的艺术成长道路和所有音乐家不同。阿炳的音乐作品，有它独特的艺术深度，有着极其鲜明的个性，恐怕很难属于贫乏得可怜的"标签"范畴。

阿炳是挣扎在城市贫民群中的"贱民"，他双目失明后，贫病交困，用光父亲留下的微薄积蓄后又身负债务。他在40岁左右，与寡妇董催娣同居，从此两人相依为命。阿炳每天由老伴搀扶着，上午在崇安寺茶馆里卖艺说唱，下午和晚上则身背琵琶拉着二胡走街串巷，听任好心人的赏赐。

无锡旧城中心的崇安寺，类似苏州的玄妙观和南京的夫子庙，这里小吃摊云集，汇聚三教九流，如医卜星相、打拳杂耍、卖梨膏糖、唱"小热昏"，在有些人眼里，他们均属"无业游民"。在这里，阿炳拉二胡，有时还要来一段"说新闻"，把当天报纸新闻改编成快板，在茶馆里说说唱唱。这种"说新闻"有着强烈的社会性，他用说唱形式，揭露劣绅强奸婢女、欺压乡邻的丑行，宣传爱国学生要求抗日的请愿运动，抨击汉奸为虎作伥、鱼肉百姓的无耻嘴脸……

但这些并不是衡量阿炳的音乐标尺。在那寒夜小巷凄婉而孤寂的二胡声中，有着只属于阿炳的那独特的思绪和情韵。

"文穷极而后工"，他酝酿了二十多年的二胡演奏曲《二泉映月》，终于在这里脱颖而出。可是当这首世界名曲第一次演奏时，没有鲜花，没有掌声，甚至连一个听众也没有，除了深夜寒风，江南秋雨，紧闭的门窗，冷峻的砖墙以外，留下的只是这对贫贱夫妻蹒跚的步履和对明日三餐的愁思。

三

《二泉映月》是一阕江南月夜畅想曲。

我多次观看江海的月现月隐，云烘雾托，含蓄而深沉；塞外明月，莽莽苍苍，一览无遗，"铁马夜嘶千里月"，道出了它的雄浑和寥廓；"开门半山月，立马一庭霜"，描写的是北方山间明月，好像近在咫尺，却又远在天边。而江南的月色，皎洁、朦胧，别有一番梦幻美。它的清辉，透过山水冈溪、楼阁庭院、荻港芦滩、小桥村舍，以重重叠叠扑朔迷离的幻影，勾起人们的心潮涟漪。阿炳的《二泉映月》，反映的正是多重感受的江南月。

在阿炳的这首乐曲中，人们想起当时荒芜破败的惠山寺，如水月华洒落在南北朝、唐、宋、明、清历代建造的山门、颓殿、古木、莲池之间，既显得凋零，又使人想到它昔日的辉煌。"曲栋接游禽，危栋凌层空"的云起楼，是清康熙年间建造的悬空长廊，从这个制高点极目远眺，惠山如青龙盘旋，太湖澄碧万顷，正如宋代诗人杨万里所写：

惠山分明龙样活，玉脊琼腰百千折。

锡山泉止吐一珠，簸弄太湖波底月。

半轮晕月，一角山影，投向二泉池，红色的鱼在轻烟笼罩碎月晃动的山树花石、轩廊台榭的水影中游弋，山峦夜雾的烘托，仿佛是"高处不胜寒"的"琼楼玉宇"。

此情此景，很自然地使人联想到宇宙的无穷，造化的莫测，人生的变幻。阿炳从青年时代就开始酝酿《二泉映月》，生活的日益潦倒使他饱经人情冷暖、世态炎凉，阅历丰富了《二泉映月》的内涵，加深了作品意境的深度，使一阕吟咏良辰美景、风花雪月的乐曲，成为感叹生活的歌唱。这是一位饱经沧桑的孤寂老人在月光下的抒怀和倾诉，曲调苍凉而柔和，节奏舒缓而跌宕，生活的煎熬、世情的浅薄、人世的不公，都化为似乎看透一切的心平气和的旋律。压抑中不失激情，孤寂中传递温馨，荡气回肠，绕梁三匝，真正达到"哀而不怨"、"忧而不困"、"复而不厌"，这正是中国传统音乐的高境界。如果用现代语言来评价，正如美籍学者沈星扬所说，"阿炳的音乐是人与宇宙的对话"。阿炳的音乐创作，靠生活积淀，靠心灵感受，更靠华夏民族传统音乐的滋润和哺养。

　　江南是一片适宜音乐滋生和繁荣的"沃土"，温和而湿润的空气中，仿佛飘游着柔和的音符，"阳春三月，江南草长，杂花生树，群莺乱飞"，就是蕴涵着美的音乐旋律。在明清两代，江南就出现专门从事民族器乐演奏的社团，昆曲和江南丝竹从这里走向全国。从小镇古旧的墙门里，从水乡农村的茅舍中，走出了一位位声震乐坛的音乐家，如江阴刘天华、杭州李叔同（弘一法师）、川沙黄自、常州赵元任等。瞎子阿炳，以其在音乐多方面的深厚造诣，带着严酷生活留给他身心的累累伤痕，拉着自制的二胡，步履艰难地投入这个行列，以他独特的格调当之无愧地走进神圣的音乐殿堂。

　　阿炳和江南丝竹的渊源深远，江南丝竹合奏的乐曲，大都是柔婉秀丽的抒情乐曲和活泼轻快的民间小调。阿炳出身于道家，旧时祭祀典礼，如祭天地、祭孔、祭祖庙、出庙会、做道场等，也都用道教音乐，而丝竹乐是道教音乐的主体，所以吹笛子和拉二胡就成为儿时阿炳的"强项"。加上阿炳不是修身养性的道家"全真"，他生活在民间底层，又能从滩簧、吹打、道情等民间音乐艺术中汲取养分，因而他克服了道教音乐的单一、刻板和拘谨，显示了大千世界的多姿多彩，演奏技巧也达到炉火纯青的程度。

　　如今阿炳的作品已经蜚声海内外，《二泉映月》被卫星带到太空播放。这位富有传奇色彩的民间音乐家的故事，出现在影视、戏剧、评话中。在他的故乡锡山区东亭镇，人们建造起"华彦钧纪念馆"，引起众多国内外游人的兴趣。但是这些毕竟距离阿炳逝世已近半个世纪，阿炳生前并没有看到自己创作乐曲的广泛传播。

五十多年前，阿炳梦寐以求的，只是取得一饱。即使在滴水成冰的严冬，他只有一件补了又补的单长衫；他的老伴每天要到崇安寺去捡人家买菜时剩下的烂菜皮。他一生从事音乐，但临终前家里找不到一件乐器。生活的艰难，已到了冻馁而死的绝境，然而在他创作的乐曲中，却很少找到凄惨、悲切和怨愤，他总是在娓娓倾诉，倾诉欢乐、忧患、坎坷，倾诉对生活的热爱和悲天悯人的情怀，倾诉祥和与谅解，仿佛饱含着热泪，仍朝着人们深情地微笑。这恐怕是不少满腹经纶、学贯中西的艺术家们很难做到的，但从阿炳的作品中，我们却找到了完善的艺术人品。

有些材料在介绍阿炳音乐成就的同时，总要带着一点遗憾的口吻，拖上一个"尾巴"："年轻时纵情声色，染上吸食鸦片"、"庙产卖光后变卖法器"、"不过这一切都是瑕不掩瑜"。我总觉得这不像是对一个音乐家的评价。

我幼年曾到过瞎子阿炳当道士的崇安寺雷尊殿，三间破旧平屋，一个小天井，屋内供三清神像，还有一尊不大的雷神泥塑。屋角有一口烧饭的行灶，天井里几竿修竹，一堆碎砖，远不及苏州玄妙观小小一角。寺观由他和他的堂哥华秉钧轮流掌管。如此巴掌大的寺庙，有多少"香火"，有多少"庙产"和"法器"可供他"纵情声色"？令人惘然。

倒是日本音乐家小泽征尔先生说过这样一句话："奏《二泉映月》，我们是应该跪着听的。"语意虽带有夸张，但掂出了这位来自民间的"音乐奇才"的分量。

四

阿炳在死后才于音乐界取得一席之地，这多亏了杨荫浏。在阿炳坎坷一生中，其唯一的幸运是他结识了杨荫浏教授。

193

杨荫浏出身无锡名门，上海圣约翰大学毕业，他酷爱音乐，擅长吹笛，人称"杨笛子"。他根据《金陵怀古》旧调谱写的《满江红》新曲，几乎家喻户晓。他长期从事音乐教育，留下大量音乐专著，其中包括在乐坛享有盛誉的《中国音乐史稿》。

他比阿炳小 10 岁，对音乐的共同爱好使他们惺惺相惜，一个是名门望族、前程远大的大学生，一个是名声不好的老道私生子。杨荫浏遭到社会非议和家庭的竭力阻挠，但这位视音乐为生命的年轻人不顾一切世俗偏见，勇敢地冲破门第、身份、年龄和职业的藩篱，常和阿炳在一起切磋乐理、琵琶指法、乐曲演奏技巧等，两人成了好朋友，这在当时十分难能可贵。

194

以后杨荫浏长期在外地执教，抗战时又辗转到了"大后方"，先后任燕京大学、重庆国立音乐学院、金陵女子大学教授。直到 1950 年暑假，担任中央音乐学院教授的杨荫浏回到故乡，此时阿炳已处于肺结核晚期，靠帮人修琴糊口。

"未老莫还乡，还乡需断肠。"面对阿炳贫病交迫的困境，杨荫浏竭力帮助老友改善处境，并抢救他创作的乐曲。但阿炳家徒四壁，找不到一件乐器，杨荫浏和他的学生借来了二胡、琵琶，病入膏肓的阿炳已经力不从心，只录下了《二泉映月》、《听松》、《寒春风曲》三首二胡曲和《昭君出塞》、《龙船》、《大浪淘沙》三首琵琶曲。

值得一提的是，当时东南一角，是民族音乐最发达地区，从上海到南京，有不少音乐专业学校和民族器乐专业，还有若干民族音乐研究机构。然而抢救阿炳作品的却是从天津远道赶来的杨荫浏。

我们现在听到的阿炳乐曲的原始录音，是使用钢丝录音带录制，加上阿炳三年未理琴弦，指法荒疏，远远未达到他平时的演奏水平，然而，这却为人类留下了永世绝唱。

当地处天津的中央音乐学院领导听了阿炳乐曲的录音后，一致支持杨荫浏教授的推荐，决定不拘一格聘请阿炳前往任教。可是当这所学院的黎松寿先生从天津赶到无锡时，阿炳已奄奄一息，他在病榻上婉言谢辞。

1950 年 12 月 12 日，他带着欣慰和遗憾溘然长逝，时年 58 岁。

在冯梦龙的《警世通言》中，记述了春秋时俞伯牙摔琴谢知音的故事，讲述的是晋国上大夫俞伯牙和楚国樵夫钟子期之间的一次音乐交流，"高山流水，知音难觅"就成了千秋佳话。当俞伯牙得悉钟子期的死讯后，来到他的墓前痛哭一场，操奏一曲，并将珍贵的古琴摔得粉碎，从此不再操琴。这种以音乐维系的深挚友情感动了多少代人。然而这毕竟是消极行为，而杨荫浏和阿炳的友情，在朴实、真诚的传统意义上，更加富有时代的绚丽色彩。他录下了阿炳的代表作品，将阿炳生前创作的二百多首乐曲，整理出版了《阿炳曲集》，并亲自撰写了《阿炳小传》，使这个终身潦倒、鲜为人知的小人物，伴随着他的乐曲享誉中外，传之后代。

阿炳的遗体，本来被草草埋葬在无锡西郊的道士墓地中，后来被迁移到惠山的黄公涧旁。坟墓用水泥浇铸，墓形似琴台，墓碑是杨荫浏书写的"民间音乐家华彦钧（阿炳）之墓"。现在"华墓"已成为惠山一景。这是阿炳魂萦梦绕的地方。相传黄公涧是战国"四大公子"之一的楚相春申君黄歇饮马的地方，故又名"春申涧"。吴地曾经是黄歇的封地，从上海的黄浦江到江阴的申港，都留下这位著名楚相的印记。那位写过"月落乌啼霜满天"的唐代诗人张继，曾吟咏过一首《春申君祠》诗：

> 春申祠宇空山里，古柏阴阴石泉水。
>
> 日暮江南无主人，弥令过客思公子。
>
> 萧条寒景傍山村，寂寞谁知楚相尊。
>
> 当时珠履三千客，赵使怀惭不敢言。

黄公涧是惠山东麓的一条陡峭突兀的石涧，这里漫山葱翠，香花满坡，亭阁掩映，山涧曲折。每到梅雨季节或暴雨过后，涧水自山腰飞泻而下，如凌空白龙。风驰电掣，冲向块块天然巨石，砉然震响，水花飞溅，激起漫天银珠。《锡山景物略》对黄公涧有着生动的记载："每逢山雨欲来，或秋水时注，急流湍飞，自峻岭争道而下……蹑屐褰裳，踏乱流而上，愈上愈奇，势如奔马，声如轰雷，人如飞凫，山如星海，楼台烟树，如坐洪涛中。会须逆流疾赴，始竟其妙，迟则逝矣。"

每年春夏之交大雨初息，"老无锡"们总要带着全家老少，到这里赤脚卷裤下涧嬉水。在"十面埋伏"般的声响中，在满天飞雨的氛围里，全家人挽手摸石逆流而上，经受飞瀑急流的冲击，衣衫俱湿，不时发出意外惊呼和欢声笑语，当地人俗称为"游大水"。

就在这一块充满生命活力的土地上，阿炳长眠于山水明月的怀抱之中，陪伴他的是峰峦急流所演奏的雄伟乐章。在朦胧月色下，风和松的朗诵，水与鸟的对歌，仿佛都在诉说着高山流水的奇闻，咏赞两个普通人——阿炳和杨荫浏的珍贵友情，一种在茫茫人海中难以寻觅的理解和信任，一种充溢着人间温暖的情操。

唐代大诗人杜甫曾在《赠花卿》一诗中写道：

锦城丝管日纷纷，半入江风半入云。

此曲只应天上有，人间能得几回闻？

这本是艺术夸张。可是，如今卫星将阿炳的《二泉映月》带向茫茫太空，向外星传递地球琴韵，幻想成为现实。阿炳和他的乐曲，不仅是民族瑰宝，也成了整个宇宙的奇珍。